陳查禮探案全集 3

BEHIND THAT CURTAIN

帷幕背後

厄爾・畢格斯◎著
劉育林◎譯

臉譜

陳查禮探案全集 3

帷幕背後

Behind That Curtain

作　　者	厄爾・畢格斯 Earl Derr Biggers
譯　　者	劉育林
特約編輯	曾淑芳
發 行 人	蘇拾平
出　　版	臉譜出版
發　　行	城邦文化事業股份有限公司 台北市信義路二段 213 號 11 樓 電話：(02)2396-5698 / 傳真：(02)2357-0954 郵政劃撥：1896600-4 城邦文化事業股份有限公司 城邦網址：http://www.cite.com.tw
香港發行	城邦（香港）出版集團 白港北角英皇道310號雲華大廈4 / F，504室 電話：25086231 / 傳真：25789337
新馬發行	城邦（新、馬）出版集團 Cite(M) Sdn. Bhd.(458372 U) 11, Jalan 30D/146, Desa Tasik, Sungai Besi, 57000 Kuala Lumpur, Malaysia 電話：603-9056 3833 / 傳真：603-9056 2833 57000 Kuala Lumpur, Malaysia
初版一刷	2002 年 1月 10 日

ISBN　957-469-716-9

定價：350 元

目次

陳查理3

【第一章】從蘇格蘭警場來的人

比爾・蘭金一動也不動的坐在打字機前，苦苦的為他那篇採訪稿想一個開頭，冷不防一個黑影從他手肘邊竄過，悶悶的「碰」一聲蹬在書桌上。比爾的心臟差點跳出來。

只不過是艾格柏罷了，報社裡養的貓。艾格柏大概在想，你孤家寡人坐在這裡幹嘛，怎樣，玩玩如何？蘭金深惡痛絕的瞪著那隻貓。光為了一隻艾格柏就生那麼大的氣，太荒謬了吧。但是，跟一個大人物談了一個多小時，內容又跟殺人案有關，當然很容易神經質。

他伸手把艾格柏推下桌。「走開！」他說道：「你是要故意嚇我，好讓我少活一年是嗎？你沒看到我正在忙嗎？」

艾格柏的自尊受到侵犯了，賭氣的離開這一大堆空蕩蕩的辦公桌椅。比爾・蘭金看牠終於走出大門，拐進走廊消失了蹤影。時間是下午五點三十分，十層樓下面，大街上滿是下班回家的人潮，但是在《環球報》城市版的編輯室裡，倒是頗為安靜。辦公室所有綠色燈罩的檯燈，就只有蘭金打字機上的這盞是亮著的，蒼白的燈光照在機器夾著的空白紙上。編輯檯上空無一人，只有他背後那個小房間坐著城市版的主編，是觸目所及唯一的人類。如果你認為蘭金是在為他工作，因此他就很有人情味的話，那就錯了。

比爾・蘭金回到他的採訪稿上，稍微凝神思索，隨即伸出修長、靈巧的手指在鍵盤上敲打。他寫道：

泉湧的才智和科學的奧秘在推理小說裡偵破了不少刑案，但在實際的辦案工作裡卻發揮不了作用。這是蘇格蘭警場刑案偵查廳的前任主管菲德烈克・布魯斯爵士的論斷。

在環遊世界的旅程中，菲德烈克爵士將在舊金山停留兩個禮拜，他是有資格提出這種意見的專家。在當今最有名的刑案偵查機構裡，他以副廳長的身分主事將近十七個年頭，現在雖然是退休了，對刑案偵查的興趣卻像以往那樣的敏銳。菲德烈克爵士是位大人物，灰色的眼睛總是閃現著光芒，但偶爾會有冷峻凌厲的一面，令採訪的記者感到膽怯。如果那位伯爵死在他那珍貴的波斯地毯上，我們一定很希望菲德烈克爵士來偵辦這個案子，因為這位偉大的偵探是很難被打敗的蘇格蘭人，他絕不放棄任何可疑的線索。

「我讀過不少偵探小說，」菲德烈克爵士說：「偵探小說很有意思，不過能讓辦案人員學習的地方卻很少。除了指紋系統和化學實驗室裡對於各種痕跡的篩檢之外，科學對於犯罪偵查幫得上忙的並不多。解決殺人疑案和其他困難的刑案，靠的是聰明才華、辛苦的偵查和運氣，精巧的科學器材被小說作者視為至寶，事實上並沒有多大幫助……」

比爾．蘭金寫到這裡忽然停住了，直挺挺的坐在那個並不舒適的椅子上。他剛才寫下的這些意見多麼熟悉呀，他曾經聽人講過，而且是在最近。他先前聽到的意見和這裡寫的完全相同，只不過不是用菲德烈克爵士那種精煉的英語敘述，而是用一種相當不一樣的慣用詞語——啊，是了，他笑了起來，三天前他在史都華飯店的大廳裡採訪那個矮矮胖胖的人，他想起來了。

記者從他的座椅上站起來，點燃一根香菸，開始在辦公室裡兜圈子。他大聲嚷道：「當然是要這樣，我竟然沒有想到。一個棒得不得了的獨家報導就擺在我的面前，而我卻瞎了，瞎了。我的腦筋一定有問題。」他焦急的看了一下時鐘，把香菸丟掉，再度回到座椅上坐下。他把寫到一半的句子寫完，又繼續寫道：

當被問到哪一個案子是他印象中破得最漂亮的一件時，菲德烈克爵士說：

「這個問題我無法回答，因為偵辦刑案時，運氣是最重要的，」他回答說：「就像我剛才所講的，大部分的刑案都是靠辛苦的偵查、聰明才智和運氣來破案的，三者所占的分量視案件的性質而有所不同，而我必須很遺憾的補充，這三者之中運氣格外重要。

「不過，在很多案例裡，花下心血講究方法的偵查工作，也有一些成果出來，像有名的克里平弒妻案就是明顯的例子。在那個案子裡，我們接到的第一個暗示就有點不對勁，當我們聽到那個音樂廳的女出納員……」

比爾．蘭金一路寫著，他的速度飛快，因為他急於把文稿結束。他現在正在做的事情突然之間變得不那麼重要了，還有一個更好的寫作題材在他腦筋裡打轉著。他的手指頭在打字機的鍵盤上飛快的舞著，沒過多久他停下來，趕緊看一下時鐘。

他從打字機上把紙取下來，帶著寫好的新聞稿，匆匆走向城市版主編的小房間裡。那位主掌編輯檯的人才剛剛和排版的領班吵了一架，正陰鬱的削著藍色鉛筆，看到他進來後臉臭臭的。

「你那是什麼?」比爾・蘭金將稿子扔在他面前時,城市版的主編問道。

「菲德烈克・布魯斯爵士的採訪稿。」比爾提醒他。

「喔,你找到他了?」

「我們都找到他了,一整個屋子都是記者。」

「他在什麼地方?」

「他住在巴利・寇克的木屋裡,寇克在倫敦認識他的兒子。我起先去每一家飯店問,跑得我腳瘦死了。」

主編嗤之以鼻,「你真是有夠笨,英國佬如果要避免他人打擾的話,是不會住到飯店裡去的。英國的作者來這裡演講,我叫你去採訪的次數也夠多了,你應該曉得這個情況的。」

「這篇採訪稿沒有什麼價值,」蘭金說道:「這裡的每一家報紙都會有相同的報導。不過我剛才在寫的時候,心裡頭猛然聯想到一篇獨家報導,那絕對是天大的創舉,只要我能夠說動菲德烈克爵士的話。我想我必須再跑一趟,看看能不能夠談得成。」

「一篇獨家報導?」主編皺起眉頭道:「假如你在搞文學創作的中途忽然碰到什麼

新聞，你會告訴我，是不是？我在這裡絞盡腦汁要讓報紙出刊，而你們這些傢伙卻老是給我一大堆短得不能再短的短評，我懷疑你們統統在妄想哪一天能夠跳槽到《大西洋月刊》去。」

「可是我這篇報導真的很棒，」蘭金抗議道：「我必須趕著去……」

「等一下。當然啦，我只不過是你的主編，並不想偷窺你的計畫。」

蘭金笑了起來，他真的是有一套，而且大權在握。「我很抱歉，主管，我現在實在沒有時間多做解釋。有人說不定會比我早一步，《先驅報》的葛李森今天也去採訪了，搞不好他也會有同樣的靈感。所以你要是不介意……」

城市版的主編聳了聳肩，「好吧，要去就去吧。趕快去到寇克大廈，可別讓這股衝勁在那裡冷卻掉了。快去快回！」

「是的，遵命，」這位記者說道：「當然啦，我得吃一點晚餐。」

「連我都還沒吃……」他那位可愛的主管咆哮道。

比爾·蘭金火速的穿過了城市版編輯部，他那些同事才剛結束下午的採訪任務，慢慢吞吞的逛回來，辦公室裡又恢復了生氣。來到門邊，通身漆黑的艾格柏擋住了蘭金的去路，以一種傲岸的姿態昂首走過。

下來到大街上，記者停下腳步，猶豫了一下。寇克大廈離這裡不遠，他可以走路過去，但是時間非常珍貴。他如果用走的，說不定到了那邊，人家會告訴他，菲德烈克爵士正在換衣服準備參加晚宴。英國人講究準確無誤是出了名的，整裝待發的神聖儀式哪裡肯受到一個氣喘吁吁的記者所打擾。不行，他必須趕在菲德烈克爵士伸手去取那黑色的珍珠領扣之前亮相。他招了一輛計程車。

正當計程車停靠下來時，一位也是《環球報》的年輕記者滿臉通紅的從人群中鑽了出來，彎腰拉開了計程車的車門。

「老兄，麻煩載我到皇家戲劇廳，」他大聲說道：「你如果能夠在路上趕過公爵的座車，我另外加錢給你。」

蘭金一把將那位程咬金推向一旁。「不要插隊，老弟！」然後向司機吩咐，「到加州街的寇克大廈。」

計程車立刻拐到市場街，在熙來攘往的車陣中過了好幾個十字路口，再轉到蒙哥馬利街。不久來到了舊金山的金融區，現在已經是傍晚時分，金融區籠罩在一貫的寧靜當中。暮色四合，投資公司、信託會社和銀行的大樓嚴肅而氣派的站立著，那些令人敬畏的黃銅大門已經關上了。鍍金的招牌映入蘭金的眼簾——「橫濱銀行」；旁邊一家，「上海貿易公司」；光看這兩家行號，任何人都不會忘記這個城市的金門公園區有著東方人的勢力。計程車來到一棟二十層的辦公大樓，蘭金就在這裡下車。

寇克大廈的結構完美，典雅出眾，標記著這個家族自第一代的道森．寇克發家致富以來，便在這個基礎上繼續茁壯。現在這裡成為年輕的巴利．寇克特別喜愛的地方，他住在最頂層那個寬敞而舒爽的木屋裡，過著單身貴族的生活。大樓內白色的大廳維護得纖塵不染，電梯小姐穿著剪裁合宜的制服，容貌秀麗，電梯少爺則帥得像是艦隊司令一般。在白天的忙碌業已結束的這個時刻裡，負責打掃的女清潔工正跪在大理石地板上，用心的擦洗著。現在還有一部電梯尚在使用，比爾．蘭金走了進去。

「到頂樓。」他對電梯小姐說。

他到了第二十樓，電梯的最末一站。通往巴利．寇克的木屋有一道狹窄的樓梯，前來採訪的記者每兩級為一步跳了上去。來到一座壯觀的大門前，他按了一下門鈴。開門的是寇克的英國管家帕拉岱斯，好像一位主教似的站在那裡，阻住蘭金的去路。

「啊……呃……我又回來了！」蘭金氣喘喘的說。

「我們又見面了，先生。」他真的很像一位主教，滿頭白髮，非常醒目。他的態度並不十分慇勤，白天他已經接待了許多記者，現在露出一副很疑惑的樣子。

「我必須立刻見到菲德烈克爵士，他在嗎？」

「菲德烈克爵士人在辦公室裡，就在底下那層樓。我想他正在忙，不過我會替你通報一聲——」

「不，不用了，請不用麻煩。」蘭金趕緊接話。跑回第二十層樓，他看到一扇霧玻璃門上面有巴利．寇克的名字。他走向前去的當下，門忽然打開了，一位年輕女子從裡頭走了出來。

蘭金停住腳步。那是個相當年輕貌美的女子，即使在這第二十層樓昏暗的燈光下依然閃閃動人。一頭人見人愛的金髮，穿在苗條身材上的是一襲俏麗的綠色洋裝，可能是某種編織衣料裁製成的。個子不很高，但是……

怎麼回事？這個年輕女人在哭呢。不聲不響，沒有傷痛欲絕，但哭是不容置疑的。那眼淚當中不僅是悲傷，也含有憤怒，如果蘭金沒看走眼的話。女子瞥見蘭金時吃了一驚，旋即加快腳步走過穿堂，進入一扇標有「加爾各答進口商公司」的大門後消失了蹤影。

比爾·蘭金大步走到巴利·寇克的辦公室，推門進入一個像是接待室的房間裡，另一頭通往裡面辦公室的門是開著的，蘭金於是大步走了進去。在第二個房間，菲德烈克·布魯斯爵士這位前任刑案偵查廳的頭頭正坐在一張寬大的辦公桌前。他轉過身來，灰色的眼睛射出嚴厲懾人的光芒。

「喔，」他說道：「原來是你。」

「很抱歉我又闖了進來，菲德烈克爵士。」比爾·蘭金開口道：「不過我呢，呃……我可以坐下來嗎？」

「當然可以。」大偵探緩緩的收拾辦公桌上的文件。

「事情是這樣的……」蘭金的信心一點一滴的流失了，他心裡有一個聲音在告訴自己，這位先生已不是下午在頂樓那間木屋接受大家採訪的那位和藹可親的紳士了。他已不是造訪舊金山的貴客了，而是蘇格蘭警場的菲德烈克·布魯斯爵士，那位不屈不撓、冷靜、令人生畏的大偵探。「事情是這樣的，」蘭金囁嚅的說：「我有這樣一個想法。」

「哦？」那雙眼睛——讓你無所遁形。

「菲德烈克爵士，你今天下午告訴我們說，科學方法在刑案偵查的價值上，比不上運氣、努力還有……」蘭金停了下來，他似乎無法把話完整的講出來，「當我在撰寫你這篇採訪稿時，忽然想到這樣的觀點在幾天前就聽過了，你說這是不是很奇怪？」

「哦？嗯，我想我這個想法並不是個人專利。」菲德烈克爵士將手中的文件扔進一個抽屜裡。

「噢，我並不是跑來抱怨你的想法有什麼不對，」蘭金笑道，稍稍恢復了一點興沖沖的精神。「在普通的情形下，那並不算什麼，不過這樣的想法我是聽一個很不簡單的人講的，菲德烈克爵士，那位謙卑的人跟您同行，他竟然在距離蘇格蘭警場如此遙遠的地方，推出這麼一套想法。那個人是檀香山警察局的陳查禮探長。」

菲德烈克爵士聳起了濃密的雙眉。「真的嗎？那我必須為這位陳查禮探長喝采，不管他是何方神聖。」

「陳警官在夏威夷辦案子辦得有聲有色。剛好這幾天他人在舊金山，就要返回夏威夷了。他是來美國本土幫人辦點事，結果沒想到一件小事情變成了大案子，必須把它結案。我想他做事是很實在的，雖然他的長相有點其貌不揚，不過——」

菲德烈克爵士插嘴道：「他是一個中國人，我猜得對不對？」

「是的，爵士閣下。」

這位大人物點點頭：「對呀，那又有什麼不可？中國人是會成為了不起的偵探。東方人是很有耐心的，你知道吧。」

「一點也不錯，」比爾．蘭金同意道：「他很有耐心，而且做人很謙虛。」

菲德烈克爵士不以為然的搖了搖頭：「謙虛可不是什麼有價值的資產。做事有強烈的信心，那才管用。而你卻說陳警官為人很謙虛？」

「他嘛？『飛得越低，摔得越輕』，這是他親口告訴我的。陳警官真的飛得很低，甚至觸到了地上的雛菊。」

菲德烈克爵士站起來，走到窗口，看著大樓下面的市街，那些燈火活像是滿天星斗灑落在黑暗的市區裡。他默不作聲了好一陣子，然後回過頭來面對那位記者。

「一個謙虛的偵探，」他臉上帶著冷冷的微笑，「不管怎麼說，那可真是新鮮。我倒是很想見見這位陳警官。」

比爾・蘭金鬆了一口氣。真沒想到這麼容易就搞定了。

「那正是我來這裡要向你建議的，」他興致勃勃的說：「我想約你和陳警官見個面，聽聽你辦案子的方法和經驗，嗯，就是好好的談一談。我想，能不能請你賞光，明天來和我以及陳警官一起吃個午飯？」

這位刑案偵查廳的前任首腦猶豫了一下，「謝謝你那麼熱心，不過我多多少少要考慮到寇克先生為我所做的安排。他明天晚上要辦個晚宴，我想就連午餐他也另有安排。我是很想立刻就答應你，不過我們必須和寇克先生商量一下再決定。」

「那好，我們去找他。他在哪裡？」比爾・蘭金幹勁十足的說。

「我想他就在樓上的木屋裡吧。」菲德烈克轉過身去，用力關緊牆上保險箱的開關，又很迅速的扭了一下把手。

「你這兩下子一點都不輸給美國的生意人，菲德烈克爵士。」蘭金笑道。大偵探點點頭，「寇克先生非常客氣，讓我在作客期間使用他的辦公室。」

「喔，那你這趟旅行就不是純度假囉！」比爾・蘭金不假思索的說。

灰色的眼睛一下嚴厲起來，「當然是純度假，只不過我還在做一點事，私人的事

——我在寫我的回憶錄。」

「喔，是，是，原來如此。」記者語帶歉意的說。

一位女清潔工打開門走了進來，菲德烈克爵士轉身向著她。「妳好，」他說：「我想妳知道這張辦公桌上，或抽屜裡的任何文件都不能動吧？」

「噢，是的，先生。」女清潔工回答。

「很好。那，我說……」

「敝姓蘭金，菲德烈克爵士。」

「喔，是的。那個房間有樓梯可以上到樓上的木屋，你可以跟著我一起上去。」

他們走進最後面的辦公間，比爾．蘭金跟在這位高大英國人的背後拾級而上。菲德烈克爵士打開最靠近的一道門，登時見到滿屋的亮光，蘭金也跟著踏入木屋裡的客廳。客廳裡只有一個帕拉岱斯，他冷淡的對待記者。巴利．寇克看來是在換衣服，準備參加晚宴，帕拉岱斯不情不願的走去報告他說來了一位不速之客。

寇克立刻就出來了，他才剛穿好白襯衫，領帶還掛在脖子上尚未打好。他長相英俊，身材頎長，年紀還不到三十歲，一副少年老成的樣子，不矯柔造作。他的足跡遍布地球的各個角落，到處尋找值得納入寇克家族財產的東西，對他來說，日常生活裡的任何事物都不足為奇。

「喔，原來是《環球報》的記者蘭金，」他愉快的說：「有什麼要我效勞的嗎？」

帕拉岱斯迅速去幫他打領帶，比爾．蘭金一面看他們忙著，一面向寇克解釋他來此的目的。寇克聽了點點頭。

「你的點子很棒，」他說道：「我在檀香山認識不少朋友，也聽說過陳查禮這個人，我想當面認識他。」

「我們也歡迎你的加入。」蘭金說道。

「那不成，必須是你來加入我們。」

「可是，一起吃午飯的建議是我提的……」蘭金心裡有點不舒坦。

寇克揮了揮手，表現出這種情形下有錢人的優雅儀態：「老兄啊，明天中午我已經安排好了一個飯局，地檢處的人寫信給我，說他對刑事犯罪學很有興趣，希望和菲德烈克爵士見個面。我向爵士說，人家這樣的請求我可不能等閒視之，在現在這樣的社會裡，誰曉得我們什麼時候會需要地檢處的人幫我們的忙呢。」

「是一位檢察官嗎？」蘭金問道。

「是的。一位叫做莫洛的傢伙，J．V．莫洛。說不定你認識他？」

蘭金點點頭。「我認識。」他說道。

「好吧，就這麼說定了。」寇克說：「我們明天下午一點在聖法蘭西斯飯店和這位老兄碰面，談論的主題是謀殺案，我相信很適合你那位檀香山來的朋友。請你務必約到陳警官來和我們一起吃午飯。」

「真是太謝謝你了，」蘭金說道：「你真的很給面子，我們一定會到的。那……我就不打擾了。」

帕拉岱斯立刻走過來，送他出門。走到第二十樓的樓梯口時，蘭金碰到了他的老對手，《先驅報》的葛李森。他不禁露出了得意的微笑。

「請回吧，」他說道：「你來遲了一步，這個點子是我先想到的。」

「什麼點子？」葛李森故作不解的問道。

「我約好了菲德烈克爵士和陳查禮見個面，這個點子是有版權的。足下可以死心了。」

葛李森先生只好垂頭喪氣的回頭，陪著比爾・蘭金走向電梯口。正在等電梯時，穿著綠色洋裝的女子忽然從加爾各答進口商的辦公室裡走出來，和他們一起等電梯。三個人一同到了樓下。那女子臉上的淚痕已經沒了，心情愉快的出了大門。她的眼睛是藍色的，這補足了蘭金對她的印象。葛李森先生似乎也對她迷人的倩影頗感興趣。

走到街上時，葛李森說道：「我是吃晚飯時才想到的。」語氣中帶著酸意。

「在我呢，我是工作第一，」蘭金回答道：「結果你還是把晚飯吃完了？」

「是啊，運氣真背。好吧，我希望你挖到不得了的內幕消息，寫出爆炸性的報導，一篇經典名作。」

「謝謝你啊，老兄。」

「而且我希望你連一個鬼字都印不出來。」

葛李森說完便快速走入暮色之中，蘭金並沒有回答。他一直看著那個穿綠色衣服的女子走向加州街的身影，她為什麼哭著離開菲德烈克爵士在裡面的辦公室呢？菲德烈克爵士對她說了些什麼？也許明天可以問菲德烈克爵士那是怎麼回事。想到這裡，他不禁苦笑起來。他彷彿看到自己——或其他人——正窺伺著菲德烈克・布魯斯爵士的隱私。

【第二章】伊芙・杜蘭德出了什麼事？

第二天下午一點，菲德烈克・布魯斯爵士站在聖法蘭西斯飯店的大廳裡，他是個大塊頭的人，身上穿著斜紋軟呢西裝。在他身旁站著的是巴利・寇克，同樣西裝革履打扮，正以欣然而有耐性的神情看著門外忙碌的街景，一個年輕人擁有無盡的閒暇，對這個世界愛理不理的，就是這種調調。寇克將手杖掛在臂彎中，從口袋中取出一張便箋。

「順便提一下，我今天早上在拆閱郵件的時候，收到了這張便箋，」他說：「信裡頭很有禮貌的感謝我的邀請，並且說他一到，我就能認出他來，因為他會戴著一頂綠色的帽子。大概是那種厚毛絨的帽子吧，我想。我要是地檢處的檢察官，根本不會戴那種玩意兒。」

菲德烈克爵士並沒有回答，他看到比爾・蘭金正快速的走過來。在蘭金的身邊是一位其貌不揚的矮個兒胖子，肚子鼓鼓的，滿臉的福相，表情相當專注，令人奇怪的是腳步很輕。

「我們來了，」蘭金說：「菲德烈克・布魯斯爵士，這位就是檀香山警局的陳查禮警探。」

陳查禮立刻行了個九十度的鞠躬。「真是天大的榮幸，」他說：「能夠親炙菲德烈克爵士的大駕，我感到非常高興。爵士閣下真是降尊臨卑，屈高就下。」

英國人摸著髭鬚，低頭向這位檀香山警探微笑示意，表情若有所失。他一向觀察入微，陳警官那雙游移不定的黑眼睛給人一種說不出的感覺，引起了他的注意。

「幸會，陳警官，」他說道：「聽說我們有一些想法不謀而合，想必可以深入談一談。」

蘭金又向主人介紹這位矮個子中國人，寇克表現出一見如故的樣子。「謝謝你撥冗前來。」

「四輪馬車是不可能把我載到其他地方的。」來賓篤定的回答。

寇克看了看錶。「大家都到了，只差莫洛一人，」他說。「他今天給我的信上說，他會從面對郵電街那邊的門進來。抱歉讓大家稍等一下，我去那邊看看。」

他沿著走廊朝郵電街的方向走去。靠近門口處有一張天鵝絨長椅，坐著一位令人驚艷的年輕女郎。那兒沒有其他的座椅，寇克饒有興味的看了那女郎一眼，也坐在同一張椅子上。「如果妳不介意的話……」他囁嚅的說。

「噢，不會。」她回答道，聲音和人挺相配的。

他們默默的坐著，不久寇克發現女郎在看著他，他轉過頭，看到女郎滿臉的笑容。

「老是有一些人會遲到。」他搭訕道。

「可不是啊？」

「遲到的人通常沒有什麼理由。做事情沒有效率怎麼會成功呢，我最受不了人家遲到了。」

「我也有同感。」女郎頷首。

又是一陣沉默，女郎依然對他微笑著。

「就像你請一個不認識的人來吃午飯一樣，」他接著說：「結果那個人卻不遵守禮節，準時到達。」

「是很令人生氣，」女郎同意道。「我很同情你的感受，寇克先生。」

他愣了一下。「噢，妳認識我？」

女郎點點頭。「有人曾經向我指出你來，在一次慈善性的義賣會裡。」女郎解釋道。

「喔，」他回答道：「他們對我不夠慈善，沒有人幫我將妳指出來。」他看了一下手錶。

「你在等的人是……」女郎開口道。

「一個搞法律的人，」他回答道。「我痛恨所有搞法律的人，他們老是告訴你一些你連聽都不想聽的事情。」

「是啊，可不是嗎？」

「他們依賴別人的麻煩在混日子，真不曉得他們在幹什麼。」

「真是可怕。」又是一陣沉默。「你好像不認識這位搞法律的人，是嗎？」一名不修邊幅的年輕男子很快的從他們面前走了過去。「如果不認識的話，你要怎樣認出他來？」

「他寫信給我說他會戴一頂綠色的帽子。妳想想看！為什麼不是耳邊插一朵花？」

「一頂綠色的帽子。」女郎臉上的笑容更加燦爛了。她真的很迷人，寇克心想。突然之間，他吃驚的望著這位女子。「老天，妳不就戴著一頂綠色的帽子嗎！」他失聲叫道。

「恐怕是的。」

「甭說妳就是……」

「是的，沒錯。我就是那個搞法律的人，而你卻痛恨所有搞法律的人，真是不幸。」

「可是我做夢都——」

「我就是J．V．莫洛，」女郎說道：「J字是裘恩（June）的縮寫。」

「我卻以為是吉姆（Jim），」他嚷道：「請妳原諒我。」

「你要是認識我的話，你就不會邀請我了，是不是？」

「正好相反，我要是認識妳，就不會另外邀請別的人了。請跟我來吧，大廳裡有好幾位謀殺案的專家正等著要見妳呢。」

他們站了起來，快速走過走廊。「妳對謀殺案有興趣？」寇克問道。

「我對別的事物也有興趣。」她微笑著。

「務必把我列入興趣之中。」寇克低聲私語。

寇克發現，大廳裡的男士看到這位莫洛小姐都張大了眼睛。她的黑眼睛所散發出來的機警，和陳警官有些相似，舉止則是活潑中帶著客套，但不管怎麼說她很有女人味，非常的吸引人。

寇克介紹她認識菲德烈克爵士，然後是陳查禮。這位矮個子中國人的表情保持一貫，並彎腰行禮。

「這真是迷人的一刻。」陳查禮說道。

寇克轉過身去指責蘭金說：「弄了老半天，其實你早就知道J・V・莫洛是什麼人。」

記者聳聳肩說：「我以為應該讓你自己去發現比較好，日常生活裡這種令人驚喜的事情並不多哩。」

「我還真的沒碰過比這個更驚喜的事情呢！」寇克回答道。他們移駕到寇克預先訂好的桌位，就在餐廳較為僻靜的一角。

入座之後，莫洛小姐向主人說：「我要感謝你那麼大方，還有菲德烈克爵士也是，我知道他一定忙得很。」

那個英國人點了個頭。「我才是幸運，」他微笑道：「好在我認定自己並沒有那麼忙，可以來會見一下J．V．莫洛。我聽說貴國的年輕女性已經獲得解放……」

「噢，你可能不太贊成吧！」莫洛小姐說。

「喔，我是贊成的。」爵士含糊的說。

「至於陳警官的話，我相信陳警官一定對我不以為然。」

陳查禮木然的看著她：「大象會對蝴蝶感到不以為然嗎？這種事誰會去計較呢？」

「那就完全沒有答案了，」莫洛小姐笑道：「陳警官，聽說你很快就要回檀香山了？」

木然的臉上出現了欣悅的表情。「明天中午茂伊號郵輪會載著我這個微不足道的人，一起搖搖晃晃回夏威夷去。」

「我看得出來你歸心似箭。」莫洛小姐說。

「最雪亮的眼睛有時候也會看走眼，」陳查禮回答說。「但這樣的話對妳並不適用。我來到本土已經三個禮拜了，非常想嚐嚐放假的樂趣。在我尚未了解自己被事情絆住之前，就像一個有假可放的郵差，呆呆的展開長時間的跋涉，把自己弄得累得要死。現在我可以很高興的說，跋涉已經結束了，我就要帶著興奮的心情，回到潘趣盂山的蝸居了。」

「我了解你的感受。」莫洛小姐說。

「請恕在下這麼講，妳並不了解。我不知道是否該告訴妳，有一個無法抵擋的力量在召喚我回家，我馬上就要當爸爸了。」

「是第一胎嗎？」巴利・寇克問道。

「噢，是第十一次碰到這樣的機會。」陳查禮答道。

「那想必不會覺得有多稀奇了。」比爾・蘭金說。

「這樣的事每回都很新鮮的，」陳查禮答道。「你以後就會曉得。但是我個人的瑣事並不是這個場合的重點，因為某位貴客的關係，我們才會在此相聚的。」他看向菲德烈克爵士。

比爾・蘭金想到他即將到手的報導。「我所以會安排二位見面，」他說：「是因為我發現二位的想法頗為類似。菲德烈克爵士也覺得科學對於犯罪案件的偵辦沒有多大的幫助。」

「我是從自身的經驗當中形成這個看法。」菲德烈克爵士說。

陳查禮笑道：「聽到菲德烈克爵士那麼卓越的頭腦裡，竟然有跟我這個思想貧瘠的腦袋瓜相吻合的想法，我真是太高興了。書裡面精巧的科學儀器非常好用，現實生活當中卻不是那樣。我的經驗告訴我，必須對人類本身深入思考，也就是人類的七情六慾。是什麼造成謀殺呢，有沒有始終存在的因素？憎恨、貪婪和報復，都是必須把一個人不聲不響殺掉的原因，你必須時時刻刻研究人本身。」

「對極了，」菲德烈克爵士同意道。「人的因素是最重要的，科學儀器從來沒有帶給我什麼好運道。就拿口述錄音機來說吧，在蘇格蘭警場就因為完全失敗而不可用。」午餐送來了，他一面說一面吃著。最後他轉向陳查禮：「陳警官，你最得力的助手又是什麼呢？我聽說你的績效相當好。」

陳查禮聳聳肩。「是運氣吧，每次都是令人愉快的運氣。」

「你太謙虛了，」蘭金說：「謙虛並不會帶給你什麼好處。」

「那問題來了，你認為我想得到什麼好處？」

「可是你一定很有企圖心吧？」莫洛小姐扣問說。

陳查禮很認真的轉過頭去看著她。「『飯疏食飲水，曲肱而枕之』，我的國家古時候對於快樂的定義就是這樣。而企圖心又是什麼呢？白種男人的內心被腫瘤侵蝕了，以致無法體會知足的樂趣。白種女人是否也受到這種侵蝕呢？我希望沒有。」莫洛小姐聽了，視線轉了開去。「我恐怕成了東方自然哲學的受害者。男人是什麼呢？只不過是將過去與未來連結起來的一個環結而已，我總認為自己只是一個環結，連結著長眠於遙遠山邊的列祖列宗以及潘趣盂山家中的十個子女──現在也許是十一個了。」

「真是個令人欣慰的生活信念。」巴利・寇克說。

「所以，安分守己，事情發生時就善盡自己的職責，我總是行走在先人為我們指引好的大道上。」他看向菲德烈克爵士。「我在報上讀到一件事，感到很好奇。據說閣下在蘇格蘭警場辦案時，只追蹤一條線索，也就是你所謂的基本線索，是嗎？」

菲德烈克爵士點點頭，說：「我們的習慣通常是如此，所以當我們失敗時，批評我們的人就會把原因歸咎於此。譬如他們說，我們之所以沒辦法偵破著名的『伊里地謀殺案』，原因就在於我們對基本線索太執著了。」

在座的人都好奇的坐直了，比爾・蘭金露出會心的微笑，好戲要上演了。「菲德烈克爵士，恐怕我們都不曾聽說過什麼是伊里地謀殺案。」他暗示道。

「我也真的希望我從來沒有聽說過，」這位英國人回答道：「這是我十六年前初掌刑案偵查廳時，所碰到的第一個困難案子。我必須很遺憾的說，我對這個案子始終是無能為力。」

他吃完了沙拉，把盤子移向一邊。「既然我已經講出來了，我想我必須再講下去。在英國豪波恩的伊里地有一家賓諾克與高特聯合律師事務所，希拉利・高特是裡頭的資深合夥律師。這家事務所做的是獨門生意，已經開了二、三十年之久，上流社會的名流碰到麻煩時，都會跑去找他們尋求專業的意見，因此希拉利・高特和他那個已在二十年前過世的老丈人賓諾克所知道的上流社會秘辛，比起任何一家倫敦的律師事務所都還要多。歐洲每一位黑社會人物有什麼不為人知的底細，他們都知道，所以他們幫助了不少人免除勒索者的侵害。他們誇口說，他們從未把任何事情的紀錄保存下來。」

甜點送上來了，談話中斷了一陣子，菲德烈克爵士又繼續說下去。

「十六年前一月裡一個漫天大霧的晚上，一名工友進到希拉利・高特先生的私人辦公室裡。他本以為裡頭的人應該都走光了，卻不料煤氣燈正亮著，門窗緊閉而且都鎖上了，現場也沒有凌亂的樣子，但是希拉利・高特卻倒臥在地板上，頭部中了一槍。

「那裡只有一個線索，為了那個線索，我們前後折騰了好幾個月。希拉利・高特是個非常注重衣著的人，身上一向穿得整整齊齊，而他這次也是穿得很整齊，只有個例外。他那雙擦得漆亮的靴子——好像你們這裡叫做鞋子——被脫了下來，放在辦公桌上的一疊紙上，而他自己的腳上卻穿了一雙絨布拖鞋，上面繡了一些奇異的圖案。

「當然啦，那對於我們而言似乎就是基本的線索，於是我們就展開調查。我們追蹤這雙拖鞋一直到波蘭的中國公使館。高特先生曾經幫過那位中國官員一點小忙，就在他遇害的那天早上，他剛好收到那位官員寄來的拖鞋禮物。高特還把這雙拖鞋拿給事務所的員工看，他們最後看到那雙拖鞋用包裝紙鬆鬆的包著，放在高特帽子和拐杖的旁邊。我們所知道的就是這些。」

「那雙拖鞋困擾了我十六年。為什麼希拉利先生會脫掉鞋子，穿上拖鞋，一副像是要去做什麼奇怪事情的樣子呢？一直到今天，我依然是不得其解，那雙拖鞋仍然在我的腦海裡揮之不去。當我離職的時候，我把那雙拖鞋從檔案中心裡弄了出來，當成是我偵辦第一案件的紀念品——一件不愉快的失敗紀念品。我想我應該拿來給妳看的，莫洛小姐。」

「真是扣人心弦。」莫洛小姐說道。

「應該說是傷腦筋才對吧！」菲德烈克爵士嚴肅的糾正她。

比爾．蘭金看著陳查禮。「探長，你對這個案子有何感想？」他問道。

陳查禮半瞇著眼睛想著。「請容在下冒昧的請教一下，」他說：「菲德烈克爵士，你們在辦案的時候，是不是習慣把自己放在兇手的角色上？」

「你這個意見很好，」英國人回答道：「只要能夠做到的話。依你的意思……」

「能夠把一個非常精明的人殺死的兇手，勢必知道蘇格蘭警場對於基本線索的觀念牢不可破。有了這樣的見解，他自然樂於安排出一個基本線索，而線索本身並沒有什麼意義，查也查不出什麼所以然來。」

菲德烈克爵士專注的看著陳查禮。「真是高見，」他說：「根據你這樣的觀點，那還有一個好處，因為如此一來，你那位人在中國公使館的同胞就跟兇殺案毫不相干了。」

「可能不只如此。」巴利・寇克說。

菲德烈克爵士若有所思的吃著甜點，一時之間大家都沒有話說。但是比爾・蘭金還想要挖出更多的新聞材料。

「這真是非常有趣的案子，菲德烈克爵士，」他說道。「像這種案子你一定知道得不少，蘇格蘭警場一定很成功的偵破過很多謀殺案。」

「偵破過上百件，」大偵探點點頭，「可是沒有一件像伊里地謀殺案那樣，到今天依然對我有吸引力，其實，我從來不覺得謀殺案會像別的事情那麼有魅力，這種案子來了又去，破案後很快就忘記了，很少有我剛才講的那種例外。不過對我來說，世界上還有一件最耐人尋味的案件。」

「哦，什麼案子？」蘭金問道，在場的人都津津有味的期待著。

「那是個失蹤案件，」菲德烈克爵士回答道。「故事裡的人不聲不響的走開了去，然後整個人不見了，再也沒有人看見過他。希拉利・高特倒臥在他的辦公室裡，那當然是個謎，但是那個案子還有地板上的一具屍體可以掌握，有個你能夠摸得到的東西。然而，如果希拉利・高特在那個黑夜裡消失在濃霧之中，沒有留下任何痕跡，那可要另當別論了。

「好幾年以來，我一直對這些失蹤案非常著迷，」大偵探繼續說道：「即使它們發生的地點並不在我的轄區範圍裡，我仍然追查了其中好幾件。這種案件的結局通常很簡單，或說是醜惡，但是有一些尚未偵破的失蹤案，我至今依然沈迷其中。在所有未結案的案子裡，有個案子是我從未放棄思索的。有時在夜夢中醒來，我仍然會問我自己——伊芙·杜蘭德究竟是發生了什麼事？」

「伊芙·杜蘭德。」蘭金熱切的覆誦了一遍。

「那是她的名字。老實說，我跟這個案子一點關係也沒有，它發生在我的直轄範圍之外，距離非常的遙遠。但是我從一開始就興趣濃厚的深入了解這個案子，有幾個人也從來沒有忘記這個案子。在離開英國之前，我從一份刊物上剪下了這個案件的簡介。今天我也帶來了。」他從皮夾裡取出一張紙片。「莫洛小姐，能不能麻煩妳把這個很清楚的唸出來？」

莫洛小姐接過了紙片，以低沉、清晰的聲音唸了出來：

「十五年前的一個夜晚，白夏瓦有一小群英國人登上了這個邊境孤城附近的小山丘，觀賞月色。這些人裡面，艾瑞克・杜蘭德和他的太太才剛從家鄉來到這裡。伊芙・杜蘭德年輕貌美，系出名門，本姓曼諾林，是英國德文郡人。那天晚上有人提議說，在騎馬回白夏瓦之前，大家先來玩個捉迷藏遊戲。結果這個遊戲一經開始就沒有辦法結束，到今天他們仍然在尋找伊芙・杜蘭德。後來，全印度的人都加入了這個遊戲。叢林、市集、城堡和柚木林，到處都在搜尋她的蹤影，至於白種人進不去的印度當地人社會，也由情報單位透過各種管道深入查訪。五年後，她的丈夫從軍中退伍，在英國過著隱遁的生活，伊芙・杜蘭德成了一件傳奇，當地要是有孩子不乖，奶媽就以這件傳奇加上北方一帶傳說的鬼故事來嚇唬他們。」

莫洛小姐唸完，睜大了眼睛看著菲德烈克爵士。大家沉默了好一陣子。

比爾・蘭金第一個開口。「是那種小孩子經常玩的捉迷藏遊戲。」他說。

「你們會不會覺得奇怪，」菲德烈克爵士問道：「十五年來，伊芙・杜蘭德的失蹤，就跟希拉利・高特的拖鞋一樣，一直困擾著我？她是個出身名門的漂亮女人——其實應該說是孩子吧，發生事情的時候她只有十八歲。一個金髮、藍眼、手無縛雞之力的孩子，消失在那個黑暗的危險山區當中。她會去哪裡呢？有沒有遇到什麼事呢？是被謀殺了嗎？伊芙．杜蘭德究竟出了什麼事呢？」

「我真想親自把這些答案找出來。」巴利．寇克輕輕的說道。

「就像那張剪報上說的，整個印度都加入了那個遊戲，電報一封一封的拍，信差往來個不停，關切的詢問不斷的湧來。她那心急如焚的丈夫向軍中告了假，冒著生命的危險深入蠻荒之地到處尋找。情報單位也使盡了力氣，卻得不到任何結果。沒有隻字片語傳回白夏瓦。

「就像在稻草堆裡找一根針一樣，過了一段時間之後，大多數的人對這個遊戲已經失去熱情，所有的吶號與哭泣都沈寂下來。除了少數幾個人，其他的人都忘記了這件事。

「我從蘇格蘭警場退休，展開這趟環遊世界之旅時，印度當然排進了我的行程裡。雖然白夏瓦距離我的旅遊路線相當遙遠，我仍然決定前去造訪。我去到德文郡的瑞波巷，和喬治．曼諾林爵士交談，他是伊芙．杜蘭德的叔叔。他真是可憐，年紀還沒到就已經老態龍鍾了。他把他找得到的情報都給了我，但卻少得可憐，我向他承諾，當我抵達印度之後，我會盡力去查訪這個陳年舊案的線索。」

「你這麼做了嗎？」蘭金問道。

「我試過了。但是，在座的各位，你們知道白夏瓦是什麼樣子嗎？當我到達那裡的時候，套句陳警官的話，我碰到一股難於抵擋的力量告訴我說，來這一趟是沒希望了。他們說，那裡什麼人都有，那些骯髒的巷道充滿了東方各個人種。那不是一個城市，只能說是旅行商隊的落腳處，當地的人口不時在改變。英國在那裡的駐軍也經常在調動，失蹤案發生當時住在那裡的人，我幾乎找不到。

「就像我說的，白夏瓦把我嚇壞了，那裡有可能發生任何事情。那是個邪惡的城鎮，它的罪惡來自於鴉片、大麻，來自於嫉恨、陰謀，來自於戰爭、謀殺、突然死亡，來自於賭博、怪異的狂喜以及報復的慾望。有誰能解釋那些居民的血液裡究竟是中了什麼邪毒嗎？那裡有一條所謂的『講古街』，我去尋訪伊芙・杜蘭德的故事，但卻一無所獲。去到那裡尋訪一個嬌生慣養、毫無社會經驗的年輕女子，可真是有得受了。」

「你問不出什麼來嗎？」巴利・寇克問道。

「你能夠期待什麼呢？」菲德烈克爵士將一塊方糖放進咖啡裡。「那一群賞月夜遊的人騎著馬回白夏瓦，回到那冷清孤獨的軍營裡，背後跟著伊芙・杜蘭德那匹無人騎乘的小馬，這件事算到今天已經有十五個年頭了。我可以告訴你，十五年的時間可以製造出一塊厚厚的布幔，蓋在印度的邊境上。」

比爾·蘭金再度詢問陳查禮。「你有什麼看法，陳警官？」

陳查禮考慮著。「白夏瓦非常接近開伯爾山口，再過去就是阿富汗了吧？」他說。

菲德烈克爵士點點頭。「沒錯。但是開伯爾山口的每一個據點日日夜夜都有英國軍隊守衛著，除非發生特殊狀況，任何一個歐洲人都不准從那條路徑離開。所以，伊芙·杜蘭德不會取道開伯爾山口離開印度，那種情況不可能發生，就算她真的走那條路，印阿邊境有那麼多野蠻的山地民族，她連一天都活不了。」

陳查禮認真注視這位來自蘇格蘭警場的人。「難怪你對這件案子有那麼濃厚的興趣，」他說：「就連在下也無限渴望的想要一看這件案子帷幕背後的秘密。」

「這就是幹我們這一行的人受到的詛咒了，陳警官，」菲德烈克爵士回答道：「不管我們過去的破案紀錄多麼輝煌，總是會有一些帷幕後面的秘密令我們非常渴望想要一窺究竟，但卻始終無法如願。」

巴利·寇克結帳後，眾人站了起來。大家在大廳裡相互道別之後，分成了兩路人馬，蘭金、寇克和莫洛小姐走向大門，在迅速表達謝意之後，記者先匆匆走入大街之中。

「寇克先生，這次聚會真是棒極了，」莫洛小姐說：「為什麼每個英國男人都那麼的有魅力，你能夠有所解釋嗎？」

「噢，真的嗎？」寇克聳一聳肩。「這應該要由妳來解釋吧。我發現，妳們女人家總是對他們有好感。」

「嗯……他們身上有一種氣質，一種感染力。他們不會像扶輪社會員那樣土里土氣的，老是想告訴你自來水是怎麼來的。他給了我們身歷其境的感受，對不對？倫敦和白夏瓦，要我再多聽幾個小時我也願意。很抱歉我現在必須要走了。」

「請等一等。我可不可以麻煩妳一件事？」

她笑道：「讓你請了那麼棒的一頓飯之後，我很願意效勞。」

「好極了。那位中國人，陳警官，我沒有想到他是那麼有趣的紳士，我相信在我今天晚上辦的晚宴上，他會受到大家矚目的。我很想邀請他，但這樣一來，我就不太好安排客人的座次了，那必須再找一位女客才行。怎麼樣？你們老闆布拉克史東肯不肯今天晚上放妳的假呢？」

「他可能會，也可能不會。」

「噢，只是個小聚會——客人有我的祖母、菲德烈克爵士，以及爵士拜託我邀請的一些人。既然妳認為英國男人那麼的有魅力，來賓還有一位約翰．畢罕上校，他是著名的亞洲大陸探險家。晚上他會放映他在西藏拍攝的紀錄片給我們看——那可是第一次有人在西藏拍攝影片呢。」

「那真是太好了。我在報紙上看過畢罕上校的照片。」

「我知道，很多女性都很迷他，就連我那位可憐的祖母也是，她甚至想資助一筆錢，讓畢罕上校下回到戈壁沙漠探險呢。晚上妳會來吧？時間是七點三十分。」

「我是很想去，不過那似乎有點冒昧，因為你說搞法律的人……」

「啊，那是我太不小心了，我必須用行動來表達我的歉意。給我一次機會吧。地點在我那個木屋——妳知道地方吧？」

她笑了起來。「謝謝你，我會去的。晚上見。」

與此同時，菲德烈克．布魯斯爵士引導陳查禮在大廳的一個沙發上坐下。「陳警官，我非常渴望和你會面，」他說：「這有好幾個理由。你能不能告訴我，你是不是對舊金山的唐人街很熟？」

「唐人街我多少了解一點，」陳查禮承認道。「我的堂兄陳麒麟是天后廟街的榮譽市民。」

「你有沒有聽說唐人街來了一位名叫李剛的外地觀光客？」

「這個名字同名同姓的人想必不少，不過我沒有聽說過你提到的這個人。」

「這個人是傑克森街一戶人家的親戚，在那裡作客。陳警官，你可以幫我一個大忙。」

「能夠為你效勞，」陳查禮說：「將是我畢生的榮幸。」

「李剛有我想要的情報。我曾試著親自去求教於他，結果當然沒有成功。」

「光線又黯淡下來。」

「如果你能設法和他認識，取得他的信任……」

「這個在下要請你原諒，沒有很好的理由，我可不能調查自己的同胞。」

「這個案子的理由非常充分。」

「那倒無庸置疑。但是你提的這件事需要花上一段時間，而我幫不上什麼忙，你也明瞭我的情況才對。明天中午我就要趕回家了。」

「你可以再待上一個禮拜吧，我會讓你覺得很有價值。」

陳查禮的眼睛這時湧現出一股頑固的眼神。「現在對我而言，有價值的事情只有一件，那就是回到潘趣盂山的家裡。」

「我是說我可以付你錢……」

「這我又要說抱歉了，我有飯吃，雖然身材很胖也還是有衣服穿，吃的穿的都有了，錢又有什麼意義？」

「你說得很好，我這只是一個建議。」

陳查禮回答說：「我覺得非常不安，但是我必須拒絕。」

巴利．寇克這時回到他們身邊。「陳警官，我想要麻煩你一件事。」

陳查禮設法擺出關注的表情，成功了，但接著又會有什麼請求，他又遲疑起來。

「我洗耳恭聽呢，」他說道：「你是主，我是客。」

「我剛才邀請莫洛小姐今晚到我家吃飯，這樣需要一位男士配對，你能來嗎？」

「你真是太給面子了，拒絕的話就太不知道感激了。但是我現在欠你一份情，再欠下去就不知該怎麼辦了。」

「你別擔心那個。希望你晚上七點半能夠光臨，地點是寇克大廈我的那間木屋。」

「太好了，」菲德烈克爵士說：「陳警官，到時候我們可以再談談。我的請求可能有點冒昧，但我想我只是還沒說服你而已。」

「中國人是很有意思的人，」陳查禮說：「他們口裡說不，心裡頭也是不。他們嘴巴上說好，那就不再改了。關於晚上那頓飯，我是欣然接受的。」

「好極了。」巴利·寇克說道。

「那位記者哪裡去了？」菲德烈克爵士問道。

「他一下子就走了，」寇克說：「急著去寫他的報導吧，我想。」

「什麼報導？」英國人一臉茫然的問。

「喔，當然是我們吃午飯時講的那些呀，你和陳警官的晤談。」

大偵探的臉上一陣驚訝。「老天，你該不是說他要把那些談話白紙黑字登在報紙上吧？」

「本來就是這樣嘛，我以為你知道……」

「我恐怕是太不在意美國的習慣了。我以為這只是個社交性的聚會，做夢都沒有想到……」

「你是說你不要讓他報導這件事？」巴利．寇克吃驚的問道。

菲德烈克爵士連忙轉頭對陳查禮說：「陳警官，我必須告辭了。今天真的談得很愉快，晚上見。」

他迅速跟陳查禮握了個手，抓住正在發愣的寇克的手就往外走，到了街上，他伸手叫了輛計程車。「那壞傢伙的報社叫什麼名字？」他問道。

「叫《環球報》。」寇克告訴他。

「司機，請載我們到《環球報》，麻煩請快一點。」菲德烈克爵士吩咐道。

兩個人坐在飛馳的車上，有好一陣子不發一語。

「我想，你大概很好奇吧！」菲德烈克爵士終於說道。

「我希望你不會認為我這麼想會有點不近人情。」寇克笑道。

「小老弟，我是很相信你的個人判斷。吃午飯的時候，有關伊芙．杜蘭德這件事我只講了一小部分，但就算是那樣，也絕對不能見報。時間、地點都不對。」

「天吶！你的意思是說……」

「我的意思是說，經過漫長的追蹤之後，我已經快要抵達終點了。伊芙·杜蘭德她逃跑了，我也知道她為什麼要逃跑，甚至我還猜出她逃走時所使用的怪異方法。更進一步……」

「怎麼樣？」寇克急切的問道。

「更進一步的情形我現在不能告訴你。」接著兩個人都沒有再說話，不久《環球報》到了。

在城市版的主編室裡，比爾·蘭金正興奮的和主編談著。「那一定是個很棒的特稿……」正講著，後面忽然有人緊緊的抓住他的臂膀。他轉過身來，看到菲德烈克·布魯斯爵士。「嗄，啊，你好！」他口吃道。

「我們有個小小的誤會。」大偵探說道。

「我來解釋好了！」巴利·寇克說道，他隨即和城市版的主編握了手，向他介紹菲德烈克爵士，爵士只是略微頷首，雙手仍緊緊扣住蘭金快要麻痺的手臂。「蘭金，事情真的是不湊巧，」寇克繼續說道：「但那也沒辦法。菲德烈克爵士還不習慣美國報社的採訪方式，以為那只是純粹的社交聚會而已。所以我們特地趕來這裡，希望你不要將今天中午的事情披露出去。」

蘭金一臉驚悸。「不能披露？噢，我……」

「我們懇請二位務必幫忙。」寇克又對主編說道。

「那得看你們所持的理由是什麼。」城市版主編說道。

「我的理由是這種事在英國會受到尊重，」菲德烈克爵士說：「在這裡，我不知道你們的習慣是什麼，不過我可以告訴你，如果你把我們談話的任何一點內容報導出去，那你們將會嚴重的干擾到司法的程序。」

城市版主編低頭了。「非常好。菲德烈克爵士，沒有得到你的准許，我們將不會報導任何事。」他說道。

「謝謝你，」大偵探回答，並鬆開了蘭金的手臂。「我想，我們到這裡來的目的已經達成了。」於是他轉身走了出去。寇克也表達了他個人的謝意，跟了出去。

「真是好極了，我不知道交了什麼狗屎運！」蘭金哀嘆了一聲，癱在椅子上面。

菲德烈克爵士走過城市版的編輯部，那隻貓艾格柏擺出一副王者的姿態，饒有興致的望著這位前任刑案偵查廳的頭頭。來到門前，英國人停了下來，若不如此他就會踢到那隻貓，而一身黑毛的艾格柏只是懶洋洋的移動步伐。

【第三章】高樓上的木屋

巴利．寇克從客廳穿過法國式落地窗，走到小花園裡，這個小花園使高樓上的木屋平添了幾許優雅的韻味，他管花園叫「我的前院」。他走到欄杆前，看著外面的景致，那是一般人家的前院所無法看到的。二十層樓下面，市區裡的景象不是燈光就是昏暗，遠處的渡船燈火猶如螢火蟲般，躑躅的從港灣的這一端駛到另一端。

天上的星辰清晰明亮，近得有如就在頭頂上，這時候他聽到貝爾維達那兒的霧鐘敲響了，看來海上的濃霧正逐漸越過海灣，即將飄到這裡來。在午夜以前，濃霧會圍繞住這個高樓上的住家，像一層薄紗般的將他和外面的世界隔離開來。他喜歡起霧，霧會帶來遠處花園的氣味，以及太平洋上的鹹味，那是他家鄉的註冊商標。

他走回客廳，小心的關上落地窗，站著對客廳端詳了好一陣子，這兒結合了財富與品味的陳設是很引人注意的。一張又大又深的沙發，好幾張舒適的椅子，牆上有六組落地立燈散發著溫暖的黃色燈光，寬大的壁爐裡嗶嗶剝剝的燃燒著旺盛的爐火，不管窗外的強風如何呼號，這裡是舒適而歡愉的。

寇克走進飯廳裡，帕拉岱斯正在點亮大型餐桌上的蠟燭。鮮花、雪白的亞麻桌布、古典的銀質餐具，三者構成了一幅完美的圖畫，預告著一頓完美的餐宴。寇克檢視著那十張席次卡，不禁笑了起來。

「看起來每一件事都很理想，」他說：「今天晚上更應該如此。我祖母等一下要來，你也知道她對單身漢是如何想的。她老是說，每一個家都必須有女人在料理。」

「我們今天會再一次的點醒她的，老闆。」帕拉岱斯說。

「那就是我的目的。倒不是說這樣做會有什麼好處，反正她只要打定了主意，就很難改得過來。」

門鈴響了，帕拉岱斯從容不迫的前去應門。巴利・寇克走進客廳，眼前的光景不禁使他站在那裡著迷起來。地檢處助理檢察官正站在玄關，她穿了一件款式簡單的橘紅色晚禮服，黑色的眼睛露出盈盈的笑意。

「莫洛小姐，」寇克很殷勤的走上前去，「妳要是不介意我這麼說的話，妳今天晚上看起來真的不太像是搞法律的人。」

「我想這是一種恭維。」她回答道。陳查禮在她背後出現，她說：「陳警官也來了，我們是坐同一部電梯上來的。天吶，我們該不是最早到達的吧！」

寇克笑道：「我還小的時候，每次吃蛋糕都是先把上頭的糖霜吃掉。我這樣講是想告訴妳，對我來說，一馬當先就是最棒的一件事。陳警官，晚安。」

陳查禮鞠了個躬。「你盛情相邀令我非常的感動，今天晚上的聚會必然會成為我在美國本土的美好回憶。」陳查禮穿著有點陳舊的晚禮服，不過襯衫倒是潔白耀眼，舉止風度也落落大方。

帕拉岱斯拿著他們的外衣跟在後面，隨後走進了稍遠處的一扇房門。另一扇門打開了，菲德烈克·布魯斯爵士出現在門邊。

「晚安，莫洛小姐，」他說道：「喔，妳看起來好迷人。陳警官你也好，你們是最早到的，那太好了。你們沒忘掉吧，我答應給你們看一件我失敗的過去所留下來的紀念品。」

他轉過身，再度進入房間裡。寇克帶著客人來到火焰燦爛的壁爐邊。

「請坐，請坐，」他說：「老是有人在問，我住在這麼高的地方，如何受得了舊金山著名的西風呢，」他向爐火比了比，「這就是我的答案之一。」

菲德烈克爵士回來了，換上晚宴服，他的確是個出眾的人。他手上拿著一雙拖鞋，用精巧的絨布作鞋面，顏色有如勃艮地葡萄酒般的暗紅，每一隻拖鞋上面都有一個中國字，字的周圍綴以石榴花圖案。他把其中一隻拖鞋拿給莫洛小姐看，另一隻遞給了陳查禮。

「這真是漂亮啊！」莫洛小姐驚訝道：「而且居然保存了那麼久！這個基本線索。」

「結果它並沒有產生什麼實質的作用。」大偵探聳聳肩說。

「請恕我冒昧的問一下，你知道這絨布上的字是什麼意思嗎？」陳查禮問道。

「喔，」菲德烈克爵士說：「我相信在這個案子裡，它並沒有什麼作用。有人告訴我它代表『壽』的意思。」

「完全正確。」陳查禮慢慢的翻看手上的拖鞋。「這個字有一百零一種字形變化，其中一百種是一般平民百姓用的，剩下的一種保留給皇帝。這是個很可愛的禮物，給中國高官穿的拖鞋，只有大富大貴的人才有資格穿。」

「唔，當我們看到希拉利．高特時，這玩意兒正穿在他腳上，人已經躺在地上被殺死了。」菲德烈克爵士說。「『祝足下步履輕安』——那位中國官員贈送拖鞋所附的信上是這麼寫的。希拉利．高特那天晚上走路走得很輕，可是他以後沒辦法再走了。」英國人拿起這雙拖鞋。「喔，對了，這樣的請求有點不太好意思，不過這件事我希望你們今晚吃飯的時候別講出來。」

「噢……那當然。」莫洛小姐驚訝的回答。

「還有那個伊芙．杜蘭德的案子。唔，恐怕我今天中午有一點不夠慎重。現在我已經不在蘇格蘭場警了，做起事來有欠思考。你能諒解我吧，陳警官？」

陳查禮的小眼睛銳利的看著菲德烈克爵士，看得他有點不安起來。「請容我吹噓一下，」這位中國人說：「我可是在講究慎重的學校考第一名的好學生喔。」

「那一定是的。」大偵探微笑道。

「這些事情不講出來並不會讓我受不了，這我很肯定，」陳查禮接著說：「菲德烈克爵士，你是個聰明人，你知道中國人是很相信心靈感應的民族吧？」

「真的嗎？」

「這是無庸置疑的。有幾件事情令我覺得……」

「喔，我們現在暫時用不著談，」菲德烈克爵士馬上說：「我在樓下辦公室有一點事要辦，請恕我告退一下。」

說完他就踩著拖鞋走進了他的房間，莫洛小姐一臉驚訝的望著寇克。

「他剛才的話到底是什麼意思？伊芙・杜蘭德……」

「陳警官能心靈感應，」寇克建議道：「也許他能夠解釋吧。」

陳查禮笑了起來。「有時候心靈感應卻搞不出什麼名堂。」他說。

這時，帕拉岱斯陪著兩位新來的客人從外頭玄關走進客廳來。一位像小鳥一樣的矮小女人踮起腳尖來親吻巴利・寇克。

「巴利你這個壞孩子，我已經好久沒看到你了，你該不會忘記你這位可憐的老祖母吧。」

「我怎麼可能忘掉。」他笑道。

「在我還健硬朗的時候，諒你也不敢，」祖母反駁說，接著走近壁爐邊。「喔，這裡可真是舒服。」

「祖母大人，這位是莫洛小姐，」寇克介紹道：「莫洛小姐，這位是道森・寇克夫人。」

老太太拉起莫洛小姐的雙手，說：「親愛的，真高興認識妳。」

「莫洛小姐在司法界工作。」寇克補充道。

「搞法律的呆瓜嗎，」他祖母不禁嚷道：「她怎麼可能——你看她這副模樣。」

「我早先也這麼說。」寇克點點頭。

老太太又上下打量了莫洛小姐一下。「那麼年輕又那麼漂亮，」她說道：「我的孩子，我要是跟妳一樣年輕漂亮的話，才不會把時間浪費在發了霉的法律書上面呢。」她轉過頭去看著陳查禮，「而這位是……」

「檀香山警察局的陳警官。」寇克告訴她。

老太太露出驚訝的表情熱情的和陳查禮握手。「我聽過你所有的事，」她說：「我非常的欣賞你。」

「你這麼說太抬舉我了，我不敢當。」陳查禮有些惶恐。

「用不著客氣。」她答道。

陪著寇克夫人來的是個女人，她站在眾人背後，稍稍受到了冷落。寇克趕快進一步介紹，原來她是寇克夫人的秘書和女伴脫普—布洛克太太，她的態度冷淡，與人保持距離。陳查禮仔細的看了她一眼，深深的行一鞠躬。

「帕拉岱斯會帶妳們到客房去，」寇克對幾位女客說：「妳們在那房間可以看到一對軍用的衣服刷子，以及華特．坎普寫的每一本美式足球的書。如果還需要任何東西的話，儘管自行取用。」

三個女人隨著管家到內室去。門鈴響了，寇克親自去應門，引進來一對夫妻。先生是賈力克．恩得比，在湯瑪斯．庫克父子公司駐舊金山辦事處服務，一個身材高大、行動緩慢的金髮男子，戴著單邊眼鏡，整個人沒有什麼特別之處，光彩似乎全讓他太太艾琳佔去了，艾琳是位黝黑亮麗的女人，年齡大約三十五歲左右，像一陣微風似的走進來，她也到內室加入女人國。客廳裡留下三個男人默默的站著，一般晚宴便是如此拉開序幕的。

「看起來這裡要起霧了。」恩得比懶洋洋的說。

「恐怕是如此。」寇克答道。

女士們出現時，道森・寇克夫人立刻走到陳查禮身旁。

「檀香山的莎莉・喬登是我的老朋友，」夫人告訴他：「我們兩個很要好，相交了數十年，很少有人的友誼像我們這麼穩固。我想你以前曾經，呃，受過她的照顧……」

陳查禮向她一鞠躬。「這是我卑微的一生中莫大的榮幸。我以前在她家裡幫傭，她對我的照顧我一輩子都不會忘記。」

「噢，她告訴我說你最近是怎麼回報她的，她說你的回報幾乎千倍於她當初待你的好處。」

陳查禮聳聳肩說：「我那位老僱主只有一個缺點，她講的這番話過分誇大了。」

「噢，你不用那麼謙虛，」寇克夫人說：「謙虛這一套早已經過時了，如果你再這樣跟人打交道，時下的年輕人說不定會用很不好聽的話批評你唷。不過，我倒是很欣賞你這一點。」

門口的動靜打斷了她的話，約翰・畢罕上校走進了客廳。約翰・畢罕是位探險家，足跡曾踏過許多文明落後、人跡罕至的地方，熟知西藏、土耳其、柴達木盆地和蒙古南部的地理環境。他曾經住在船屋裡面，漂流在亞洲心臟地帶最大的河川上生活了一年；曾經兩度橫越西藏的雪原，在生死一線的絕境中熬了過來；更曾經造訪沙漠中的城市廢墟，那些廢墟在耶穌尚未降生前繁榮過。

誰也沒想到，這樣的一個人如今就出現在這裡，他的體型瘦削，高高的個子，古銅色的皮膚，灰色的眼珠子帶著熾烈的火焰。話雖如此，他也像陳查禮一樣是個謙虛的人，在人家介紹他的時候流露出一種不好意思，拙於應對的神情。

「真是幸會。」他喃喃說道。「真是幸會。」這是他僅僅會講的客套話。

菲德烈克．布魯斯爵士又來到客廳裡了，他握住了畢罕上校的手。

「我曾經在好幾年前見過你，」菲德烈克爵士說：「也許你記不起來了吧。你那時候是大家注目的焦點，而我只是在一旁觀禮的人。就是倫敦皇家地理學會的那次晚會，他們頒給你金質獎章，好像叫做『奠基者勳章』，沒錯吧？」

「噢，是的，的確是如此。」畢罕上校囁嚅的說。

昏黃的燈光下，他的眼睛有如銅質鈕扣般的炯亮，陳查禮注視著菲德烈克爵士讓人引介認識在場的女士——脫普—布洛克太太和艾琳·恩得比。帕拉岱斯手上端著盤子走進來，盤子上放著東西。

「大家都到了，只有格蘭小姐還沒來，」寇克宣布道：「我們再等一下下。」門鈴響了，他向管家示意他自己親自去應門。

寇克回來時，身邊多了一位貌美的女人，女人滿臉通紅，戴著珠寶飾品的手上掬著一把東西。她趕緊走到桌旁，把手上零散的珍珠放在桌上。

「我上樓梯時發生了最奇怪的意外，」她解釋說：「我脖子上的項鍊居然斷線了，珍珠掉得一地都是，真希望一顆都沒有遺失才好。」

一顆顆珍珠滾落地板上，寇克撿了起來。女人一顆顆清點，順手放進針織皮包裡。最後她終於點完了。

「全部都在吧？」巴利·寇克問道。

「我想——是吧，我一向記不得有多少顆。嗯，你一定要原諒我這樣沒頭沒腦的走進來，真的。如果是在舞台上，這樣子出場效果應該很不錯，但是這是真實的生活，我恐怕很失禮吧。」

帕拉岱斯接過了她的披風，寇克接著向大家介紹這位貴客。陳查禮仔細的打量她良久。她已經不再年輕了，但卻美麗如昔，那一定是因為她的職業是在舞台上表演的緣故，而她正是澳洲劇院裡的紅星。

客人都入座後，陳查禮發現他左手邊坐的是寇克夫人，右手邊則是裘恩・莫洛小姐。座次如此安排，他雖然覺得有點怪，不過並未表示出來。他聆聽寇克夫人講了莎莉・喬登的好幾則軼聞，又轉過頭去看右手邊的那位小姐，後者正用亮晶晶的眼睛注視著他。

「我真是太興奮了，」她輕聲說道。「能夠在同一個晚上和菲德烈克爵士，還有那位了不起的畢罕上校共聚一堂——嗯，還有你。」

陳查禮笑了一下，說：「在這個衣冠楚楚的名人堂裡，我只是個孤伶伶的蒼蠅罷了。」

「你能不能告訴我你剛才講的心靈感應？你該不會認為菲德烈克爵士真的找到了伊芙・杜蘭德吧？」

陳查禮聳一聳肩，說：「君子一言以為知，一言以為不知。」

「噢，拜託你不要背東方古書了吧。想想看，伊芙．杜蘭德說不定今天晚上就跟我們同一桌吃飯。」

「陌生的場合的確給人許多豐富的想像，」陳查禮同意說，他的眼光緩緩的移向飯桌對面，先看到的是脫普—布洛克太太，沉默而疏遠；再看艾琳．恩得比，活潑而爽朗；離他最遠的是美麗的葛蘿莉亞．格蘭，她現在已經從項鍊珍珠灑滿地的興奮中恢復過來了。

「菲德烈克爵士，」寇克夫人問道：「你在巴利這個女人都沒有的伊甸園裡，住得還習慣吧？」

「噢，我住得舒服極了，」大偵探笑道：「寇克先生對我非常大方，我不僅能在這棟可愛的木屋裡自由活動，他甚至還把樓下那間辦公室借給我用。」他看了一下寇克，「講到這裡我才想到，樓下那個保險箱我好像忘記上鎖了。」

「可以叫帕拉岱斯去關。」寇克建議道。

「噢，不必了，」菲德烈克爵士說：「不用麻煩了。我想應該不要緊。」

賈力克．恩得比忽然提高聲音說道：「我說，畢罕上校吶，你知道嗎，我剛看過你寫的書哩。」

「噢，是嗎，呃，是哪一本？」畢罕溫和的問道。

「別傻了，賈力克，」艾琳．恩得比有點過份熱心的說：「畢罕上校寫過很多本書，你為了今天要和他見面，匆匆忙忙看了其中一本，你以為人家就會對你留下深刻的印象嗎？」

「我才不是匆匆忙忙的看過去，」恩得比反駁道：「我是很用心看的。你知道，我指的是那本《我身為探險家的日子》。你從事的那些探險活動，老天爺，真的是很引人入勝。噢，當然啦，我並不是很了解你的，上校。對我來說，舒舒服服的坐在溫暖的爐火旁邊，喝著陳年威士忌加蘇打，那是再愜意不過的事了。而你呢，你為什麼會那麼渴望到那些不毛之地歷險呢？」

畢罕露出了微笑。「是空白記號，地圖上的空白記號。它們一直在呼喚我，使我渴望到那裡走一走，到人跡不曾到過的地方走一走。這種想法有點古怪，是不是？」

「噢，那回家的時候一定是很興奮吧？」恩得比說：「那麼多國家的國王和總統贈勛給你，賜宴，表示推崇……」

「這反而是最令人吃不消的部分了，我向你保證。」畢罕說道。

「不管怎麼說，你最使我佩服的，就是那些古老的沙漠探險了，」恩得比繼續說：「像那次你迷路了，呃，是在，在……」

「塔克拉瑪干沙漠，」畢罕替他說道。「那回我遇到了麻煩，可不是？但是我那時並沒有迷路，老兄。我只是到了那個交叉點的時候，所攜帶的水和補給品不夠了。」

寇克夫人說：「那本書裡有一段你引用日記上的話，我看了非常感動。你那時候想，這可能是你最後寫下來的一段話吧。我記得很清楚是這樣寫的：『我們佇立在一處沙丘上，駱駝已經疲累得快要撐不下去了。我們用望遠鏡找尋日出的東方，極目望去四周都是沙丘，沒有一根枯草，沒有生命的痕跡。有的，只是我們這一組人和駱駝，而且已經虛弱不堪了。上天保祐。』」

「但那並不是我的最後一句話，妳知道吧，」畢罕提醒她。「第二天夜裡，我已經接近死亡邊緣了，只能伏在地上用爬的，結果居然來到一處樹林，一處乾枯的河床，還有一個水池。那真的是有水咧，我那時候所得到的比我應該得的多太多了。」

「對不起，我可不可以問個小小的問題，」陳查禮說道：「那個古老的迷信是怎麼回事，上校？六百五十年前，馬可・孛羅提到過，當一個人夜晚在沙漠裡行走的時候，他會聽到很奇怪的聲音一直在呼喚他的名字。在心神喪失的情況之下，那個人就會很快被那些鬼魅的聲音帶向死亡之路。」

畢罕回答說：「顯然我並沒有隨著任何聲音而去，事實上，我根本沒有聽到什麼聲音。」

艾琳・恩得比聽得渾身發抖，她說：「像這樣的事，我就根本辦不到，我非常怕黑，我會怕得幾乎發狂。」

菲德烈克・布魯斯爵士注視著她，過了片刻才開口說：「我想很多女人的反應都是那樣的吧。」他忽然向寇克夫人的女伴說：「脫普—布洛克太太，妳個人的經驗又是如何呢？」

「光線黑不黑，我根本就不在乎。」那女人以一種平淡的語氣冷冷說道。

大偵探犀利的眼神落在女演員身上，「格蘭小姐呢？」

女演員似乎有一點點尷尬。「噢，我嗎？我是比較喜歡站在聚光燈下。嗯，我想我並不喜歡四周黑漆漆的。」

「那很荒謬，」道森・寇克夫人說道：「事物在黑暗和光亮中根本就是一樣的，我從來不在乎黑不黑。」

畢罕緩緩的說：「我們何不請教幾位男士呢，菲德烈克爵士？在黑暗中感到害怕，並不只是女人的弱點。你如果問我的話，我是會承認的。」

菲德烈克爵士驚訝的看向他，「你也會怕黑，上校？」

畢罕點點頭。「我會怕到發抖，平常的生活因此過得很糟。每天晚上我自己一個人待在房間裡時，那種感覺簡直是生不如死。」

「我的天！」恩得比嚷道：「可是你長大後就走遍世界各地，在黑暗裡討生活。」

「那你一定克服最初的恐懼吧？」菲德烈克爵士問道。

畢罕聳聳肩。「像那樣的事，有誰能夠真正克服得了呢？喔，大家談到跟我有關的話題真的太多了。寇克先生要我在吃完飯後，放幾捲影片給大家看，那是我去年在西藏拍的。我怕我老是唱你們美國人所謂的獨腳戲，大家一定會覺得很無聊吧。」

眾人又再度兩兩交談起來。莫洛小姐傾身向陳查禮那邊。

「真是難以想像噢，」她說：「這位偉大的探險家竟像個孩子似的，還怕黑呢。這真是我所聽過最有意思，也最有人性的一件事。」

陳查禮認真的點點頭，眼睛看向艾琳．恩得比。「那會教我害怕得幾乎發狂。」這話是她說的。白夏瓦城外群山之間，入夜之後想必是黑得可以吧。

帕拉岱斯先是把咖啡送到客廳，接著又拿來一塊潔白的屏幕布，按照上校的指示，他站在矮几上，將屏幕張掛在牆上的法蘭斯壁毯上。巴利．寇克幫助畢罕將一台沉重的投影機從玄關那裡搬過來，又拿了好幾盒影片進來。

「幸虧我們沒有把這件事情忘了，」巴利．寇克笑道：「如果都要回家了，人家根本就沒有請你表演，那一定很尷尬吧。那就像一個人帶著豎琴去參加晚宴，而人家並沒有要求他表演，他就想要偷偷溜走一樣。」

機器終於安排就緒，大家都坐在舒適的椅子上，面對著屏幕。

「當然啦，我們要的是完全黑暗，」畢罕說：「寇克先生，能不能麻煩你……」

「那當然，」巴利．寇克關掉了燈，又把玻璃門和窗戶上厚厚的簾布拉上。「現在可以了嗎？」

「玄關的燈還亮著。」畢罕說。

寇克走去關掉那裡的燈，接下來是一陣沉默。

「老天，這真是令人毛骨悚然！」艾琳．恩得比在黑暗中說道，聲音帶著些微的歇斯底里。

畢罕將一捲影片放入機器裡。「大家一面看，我一面說明。」他開始放映，「我們是從大吉嶺出發的。各位想必知道，大吉嶺是印度最北邊國界上的一個小小的山地管制哨……」

菲德烈克爵士打岔道：「印度你經常去嗎，上校？」

「很常去，都是在前後兩次旅程中間的空檔。」

「噢，是，很抱歉我插了嘴。」

「沒關係。」影片又開始轉動起來。「這第一個畫面就是大吉嶺，我在這裡雇用嚮導，採買補給品，並且……」上校旁述著他那有趣而又漫長的故事。

時間分分秒秒過去，畢罕上校的聲音在黑暗中沉悶的流淌著，空氣中瀰漫著濃濃的菸味，聲響時而從此處或彼處傳來，後面不時有人在走動，偶爾將窗戶上的簾幔打開一下。但是畢罕上校並沒有注意那些事情，他又在西藏高原上面活躍，往日情懷又回來了，他在積雪的荒徑跋涉，將死去的隊員和牲口遺棄在荒野之中，像一個狂熱分子似的掙扎著向他的目標邁進。

陳查禮忽然感到有一種奇異的感覺向他壓迫而來，他將這種感覺歸諸室內一股濃郁的氣氛。他站了起來，心懷愧疚的退避到外頭的頂樓花園。巴利．寇克正站在那裡，濃霧之中的一個模糊身影，吸著一根香菸。現在是大霧瀰漫的時刻，霧鐘在遠處敲著，頂樓已被雲霧包圍著。

「哈囉，」寇克低聲的打招呼，「你也想出來透透氣，是嘛？我希望他不要讓我那些可憐的客人無聊得睡著了。探險活動在今天是一門很大的生意，他想說服我祖母花一大筆錢支持他的下一場小型野餐。他是個很有意思的人，不是嗎？」

「非常的有意思。」陳查禮同意道。

「但也是一個很冷酷的人，」寇克又追加一句，「人死了，他就將死者拋棄，連頭也不回。我猜想搞科學的人，心態就是這樣吧——當你擦掉地圖上的空白記號時，真不知道又死了幾個人。不管怎麼說，那不是我的作風。我是美國式的多愁善感，雖然比較愚蠢。」

「那無疑是畢罕上校的個人作風，」陳查禮回答道：「我從他的眼神裡可以看出這樣的性格。」

他回到寬敞的客廳裡，在看影片那群人的後面走動著。玄關那裡傳來輕微的聲音，引起了他的注意。一名男子剛剛從通往樓下階梯的大門走了進來，門尚未關上之前，外面的燈光照在他滿頭金髮上，是賈力克．恩得比。

「我跑到樓梯那裡抽菸，」他沙啞著聲音低低解釋道：「我不想再為這裡增加任何菸味，這裡菸味太濃了，是吧？」

他偷偷回到客廳裡，陳查禮跟在後面，找了一張椅子坐下。不遠處的餐具室裡傳來餐盤的碰撞聲，客廳裡則是放映影片的聲音，以及畢罕探險故事的流洩。那位不知睏倦的先生又裝好了一捲新的影片。

「我的聲音有點沉悶，」上校坦承道。「這捲片子我就光是放映，不加任何介紹。因為它不需要特別的介紹。」他從放影機打出的光束裡頭退入黑暗之中。

這捲影片不到十分鐘便放映完了，不屈不撓的畢罕走到前面，打算放映最後一捲影片。這時一扇落地窗的布幔忽然掀開來，一個女人的白色身影走了進來，像一具幽靈似的站在那裡，背景是泛著光亮的濃霧。

「啊，停下來！」她大叫道。「停下來，把燈打開。快一點！快一點——求求你！」那是艾琳·恩得比的聲音，她現在的確是歇斯底里了。

巴利·寇克趕緊去按開關，室內一下子亮了起來。恩得比太太臉色蒼白的站著，雙手按住喉嚨，身體有一點發抖。

「怎麼回事？」寇克問道：「發生了什麼事？」

「有一個人，」她驚魂未定的說：「剛才太暗了，我實在受不了，就出去到花園裡。我走到欄杆旁，看到樓下有一個男人從室內開著燈的窗戶跳了出來，落在太平梯上，然後就一路往下走，消失在霧裡頭。」

「我的辦公室就在樓下，」寇克鎮定的說：「我們最好下去看看。菲德烈克爵士——」他的眼睛搜尋客廳裡的眾人。「咦，菲德烈克爵士哪裡去了？」他問道。

帕拉岱斯從餐具室裡走進來。「對不起，老闆，」他說道：「菲德烈克爵士大約十分鐘前到樓下的辦公室去了。」

「到樓下的辦公室？為什麼？」

「你床頭的防盜警報器響了，老闆，是跟樓下辦公室相通的那個。我才剛發現，菲德烈克爵士就進來你的房間，他說：『我下去看看，不必去告訴其他人。』」

寇克面向陳查禮道：「陳警官，可以麻煩你陪我去看一下嗎？」

陳查禮默默的陪他走到樓梯口，一起下去。辦公室裡的燈火通明，從樓梯下來的內側房間空無一人，他們於是向中央的房間走去。

一扇窗戶敞開著，外面大霧漫天，陳查禮注意到那裡是鐵製太平梯。這個房間似乎也是空空如也，但是當巴利．寇克走近辦公桌查看時，不禁低呼一聲，跪了下去。

陳查禮繞過辦公桌去，眼前所見並沒有讓他大吃一驚，但卻著實感到難過。菲德烈克．布魯斯爵士倒臥在地板上，心窩不偏不倚中了一槍，身旁有一薄薄的小冊子，用一塊淡黃色的布包著。

寇克眩然的站起來。「竟然在我的辦公室裡，」他說得很慢，彷彿這很重要。「這，這太可怕了。老天，你看！」

他指著菲德烈克爵士。大偵探的腳上穿著黑色絲質的襪子，沒有別的。他沒有穿鞋子。

帕拉岱斯跟了過來，看到地板上躺著一個死人，吃驚的站在那裡愣了好一會兒，隨後他才轉過去對巴利·寇克說話。

「菲德烈克爵士下樓來之前，」他表示，「腳上穿著一雙絨布拖鞋，看起來像是另一個民族穿的那種拖鞋，老闆。」

【第四章】老天爺在算帳

巴利．寇克站著環視他這間辦公室，這麼尋常的房間居然會發生如此的悲劇，實在是令人難以置信。然而地板上倒臥的那個不會講話的人，片刻之前還充滿著生命力呢。

「真是可憐，」他說：「菲德烈克爵士今天還跟我講說，追查了那麼久，他終於快接近目標了。聽他的語氣，好像比他所預期的還接近。」他忽然停住了。「追查了那麼久——陳警官，只有我們少數幾個人知道這件事是從什麼時候開始的。」

陳查禮點點頭。他看著手上一只大號的金錶，之後把錶蓋闔上，放回口袋裡。「死亡是老天爺在算帳，」他說：「而這件事要清算起來卻非常複雜。」

「那，我們該怎麼辦？」寇克不知所措的問道。「應該報警吧，可是老天，這可不是我所認識的任何一位警察所能辦的案子。我是說，穿制服的警察。」他停下來，臉上掠過一絲苦笑。「陳警官，我這樣講似乎太過分了點，如果由你來做主的話……」

陳查禮黑亮的小眼珠流露出倔強的神情，「莫洛小姐就在樓上，」他說：「真巧，她正好是地檢處的助理檢察官。能否容我很冒昧的建議——」

「噢，我居然沒想到，」寇克轉過去對管家說：「帕拉岱斯，你去請莫洛小姐到這裡來。另外也幫我向大家致歉，請大家在那裡等一等。」

「沒問題，老闆。」帕拉岱斯轉身離開。

寇克緩緩的在房間裡踩來踩去。大辦公桌的抽屜被人拉開，裡頭一片凌亂。「有人在這裡大肆搜索過了。」他說。他在保險箱前面停了下來，保險箱的門半開著。

「保險箱是打開的。」陳查禮說道。

「那有點奇怪，」寇克說道，「今天下午菲德烈克爵士要我把裡面所有有價值的東西都拿到樓上去，我照他的意思辦了，但是他並沒有解釋原因。」

「那當然，」陳查禮點頭說：「吃晚飯的時候，他沒頭沒腦的提到保險箱沒有鎖上，我就覺得怪怪的。事情很明顯，菲德烈克爵士想要設下陷阱，用沒上鎖的保險箱來引誘竊賊。」他向死者身旁的小冊子頷了頷首，「我們不可以破壞現場，別去碰它，但是你能不能告訴我，那本書本來是放在哪裡的？」

寇克俯身看了一下。「你說那本冊子是吧？嗯，那是大都會俱樂部的年度手冊，平常就放在電話機旁邊的旋轉架上，那本書不可能有什麼特殊的含意吧。」

「也許有，也許沒有，」陳查禮的眼睛瞇了起來，「這是一個來自未知事物的暗示。」

「我也在懷疑。」寇克沉思道。

「菲德烈克爵士是大都會俱樂部的貴賓嗎？」

「是的，我給了他一張兩個禮拜的貴賓卡，他在那裡寫了好幾封信。但是，但是我不認為——」

「他是個聰明人，即使是在臨死前，他的手也會設法拿到基本線索。」

「說到那個，」寇克說：「那雙絨布拖鞋呢？它們哪裡去了？」

陳查禮聳聳肩。「那雙拖鞋是很久以前一件案子的基本線索，但結果從它們身上追出什麼沒有？什麼也沒有。如果要合乎我個人的口味，我這回要從其他地方查起。」

莫洛小姐走了進來，她的臉上一向富於光彩——一種造化賜給舊金山本地女子的真正光彩。而她的臉色現在卻是一片慘白。她一言不發的走到辦公桌旁，向下一看。她身子晃了一下，巴利・寇克立刻跳上前去。

「喔，不用！不用！」她嚷道。

「我以為……」寇克說。

「你以為我會昏過去吧。荒唐！這是我的工作，既然它衝著我來，我就要親自處理。你以為我應付不來嗎？」

「沒有，絕對沒有！」寇克辯解道。

「噢，你就是那麼想的。每個人都會那麼想，我要做給他們看。想必你已經報警了吧。」

「還沒有。」寇克答道。

莫洛小姐篤定的往辦公桌一坐，拿起了電話。「請幫我接戴文波街二十號，」她說道：「司法大廈嗎？……請幫我接法蘭納利隊長……喂，是法蘭納利隊長嗎？我是地檢處的助理檢察官莫洛。寇克大廈最頂樓寇克先生的辦公室發生了謀殺案，你最好親自來一趟……謝謝你……是的，我會在這裡處理。」

她站起來，繞過辦公桌，俯身看著菲德烈克爵士，發現了那本冊子，又一臉疑惑的看著死者那雙只穿著襪子的腳。她心存問號的轉過頭去看著陳查禮。

「那件未結案的紀念物，希拉利．高特的拖鞋。」陳查禮點點頭，「他下來時是穿著的。帕拉岱斯來了，他可以向妳解釋。」

管家從樓上回到這裡，莫洛小姐面向著他。「可以麻煩你將你知道的事情告訴我們嗎？」她說道。

帕拉岱斯說：「我本來在餐具室裡忙著，忽然好像聽到寇克先生床邊防盜警報器響了，那個警報器是連接著這個房間的窗戶和保險箱的。我趕緊跑進寇克先生的房裡確定一下，沒想到菲德烈克爵士就跟在我背後，似乎那正是那所期待的。我不知道我是怎麼得到那個印象的，只覺得很奇怪……」

莫洛小姐說：「請繼續說，菲德烈克爵士跟著你到寇克先生的臥房，是嗎？」

「是的，小姐。我說：『有人在樓下哩，長官。是個不屬於我們這裡的人。』菲德烈克爵士回頭往黑漆漆的客廳望了一下，說：『我想也是，帕拉岱斯。』然後他笑著說：『我去看一下，你不必告訴寇克先生或其他客人。』我跟著他走進他的臥房，他把腳上的漆皮皮鞋踢掉，我就提醒他說：『長官，樓梯恐怕有點髒。』他聽了笑起來，『噢，對唷，』他說：『不過我有這個東西。』那雙絨布拖鞋就放在他床底下，他穿上它們，然後對我說：『這樣我走起路來，腳步就會輕一點，帕拉岱斯。』走到樓梯口時，我阻止了他。我心裡頭覺得有點害怕——我認為那是一種預感吧……」

「你阻止了他。」寇克插嘴道。

「是的，老闆。當然啦，我是很有禮貌的。我大膽的問他：『菲德烈克爵士，你身上有帶傢伙嗎？』他搖搖頭，回答說：『沒有必要啦，帕拉岱斯。我想樓下那個人是個女的。』然後他就走下樓去——結果就死了，老闆。」

他們沉默了好一陣子，思索著管家的話。

「我們最好上去告訴其他人，」莫洛小姐說：「這裡必須有一個人留下來看著。陳警官，要是不太冒昧的話……」

「對不起，碰到這樣的事，我本來不應該反對，」陳查禮回答說：「但是如果我可以選的話，我倒是很想知道上頭的人知道這件事情時，他們會有什麼反應。」

「噢，對喔，當然應該如此。」

「小姐，讓我留在這裡好了。」帕拉岱斯說。

「很好，」莫洛小姐答道：「要是法蘭納利隊長到了，請立刻讓我知道。」她舉步上樓，寇克和檀香山警探跟在後面。

巴利・寇克的客人一言不發的坐著，心中充滿著期待，客廳此刻正燈火通明。三個人進去時，眾人抬起頭來，滿臉的問號。寇克面對他們，心中恍惚，不知要如何開口。

「我有個不幸的消息要告訴大家，」他說道。「一件意外──一件可怕的意外。」

陳查禮的眼神迅速從眾人臉上掃過去，最後停留在艾琳・恩得比慘白、顰蹙的臉上。

「菲德烈克爵士在我的辦公室裡被人殺死了。」寇克把話說完。

緊接著是一陣沉默，連呼吸的聲音也聽不到，然後恩得比太太站了起來。「我就知道，是烏漆抹黑在作怪，」她淒厲的叫道：「我就知道把燈關掉時會發生事情。我就知道，我早就告訴過你們了……」

她丈夫走到身旁要她鎮定一點，陳查禮的眼睛這時不在她身上，而是看著約翰・畢罕上校，似乎一時之間所有的掩飾都從那疲乏、警覺的眼睛中移除了。但那也只是一時之間而已。

大家隨即再度交談起來，莫洛小姐試圖從這些嘈雜聲中聽出個端倪來。「我們必須要冷靜下來，」她說道，巴利．寇克很佩服她的鎮定。「很顯然的，我們現在都有了嫌疑。我們……」

「什麼？那可好了！」道森．寇克夫人說話了，「我們都有了嫌疑，那真是——」

「剛才這裡沒開燈，」莫洛小姐接著說：「不過卻有好幾個人在走動。我並不想在這裡擺出官架子，不過要是和警察辦案的那一套比起來，大家可能比較能接受我的方式吧。剛才在畢罕上校放映影片時，你們有哪些人曾離開客廳過？」

這話引起一陣尷尬的沉默，寇克夫人率先發言。「我認為剛才那幾部影片非常有趣，」她說：「沒有錯，我是有到過廚房一下下……」

「大概是看一下我那間廚房裡的設備吧！」巴利．寇克說。

「跟那個無關。我只是口渴了，想找杯水喝。」

「你沒有發現什麼異狀吧？」莫洛小姐詢問道。

「除了看到廚房裡一些奢侈浪費的時髦玩意兒之外，沒看到什麼不尋常的事情。」

寇克夫人很肯定的回答。

「脫普—布洛克太太呢？」

「我和格蘭小姐一起坐在沙發上，」這位女士回答道，「我們誰都沒有離開那裡。」

她的語調冷淡而沈著。

「她說的完全正確。」女演員補充道。

又是一陣沉默。寇克說話了。「我很肯定我們沒有一個人想對上校不敬，」他說：「剛才他帶來的餘興節目給了我們很大的樂趣，他那麼費心的為我們解說，實在是令人感激。至於我本人，呃，我本來一直都在這個房間裡，除了中途到外面的花園去了一下下。花園裡並沒有其他人，除了……」

陳查禮走上前來。「至於我的話，我是覺得那幾部影片很好看啦。看到一半時，我忽然想一個人靜一靜，以便細細品味銀幕上看到的壯觀畫面。所以我就走進花園，在那裡碰到了寇克先生。我們先是對傑出的畢罕上校表示讚嘆，對他那無比的勇氣，他那深沉的機智以及為人類增光的事蹟深表佩服。然後我們就回到了客廳，再也沒有遺漏剩下來的影片了。」他停頓了一下。「當我在客廳裡找位子坐下來時，忽然聽到玄關發出響聲，我趕快走過去示意進來的人小聲一點，結果看到……」

「噢，呃，我們剛才看的那些片子真的不錯，」賈力克·恩得比說道：「我看得津津有味。不過呢，我是走到樓梯間那裡吸了根香菸。」

「賈力克，你這個白癡，」他太太嚷道：「你怎麼可以那麼做！」

「可是，有什麼不對？我什麼東西也沒有看見，底下那層樓空無一人。」他面向莫洛小姐。「幹下這件壞事的人已經從太平梯逃走了。大家都已經曉得——」

「噢，是的，」陳查禮插嘴說：「我們的確都已經曉得了——那是你太太講的。」他看了莫洛小姐一眼，兩人的眼神相會了一下。

「我太太講的——噢，是的，」恩得比跟著唸了一遍。「等一等，你這句話是什麼意思？我……」

「那個先別管，」莫洛小姐說道。「畢罕上校，你一直都待在放影機旁邊。除了中間有大約十分鐘的時間，讓影片自行放映，沒有旁白解說。」

「噢，是的，」上校平靜的說：「我並沒有離開這裡，莫洛小姐。」

艾琳·恩得比站了起來。「寇克先生，我們現在必須要走了。你的晚餐非常豐盛，可是到後來居然發生這樣的悲劇，真是太可怕了。我……」

「請等一下，」莫洛小姐說道。「我現在不能讓你們走，必須等到刑警隊的人過來，同意讓你們走，你們才可以走。」

「什麼？」那女人嚷道，「那太莫名其妙了，妳是說我們現在都變成囚犯了！」

「噢，艾琳，別這樣！」她丈夫勸她道。

「我很抱歉，」莫洛小姐說：「我會盡可能的保護妳，讓妳不受到更進一步偵訊的困擾。不過妳現在必須要等。」

恩得比太太很生氣的扭頭就走，披在身上的薄披肩從肩膀一側落下來，在背後飄著。陳查禮趕緊上去接著，那女人又跨了一步，披肩便整個掉在陳查禮手裡。她立刻轉過身來，發現那偵探的小眼睛饒有興致的盯著她身上的淺藍色晚禮服，順著陳查禮的視線，她也往自己身上看。

「很抱歉，」陳查禮說：「非常非常的抱歉。我相信妳這身漂亮的晚禮服並沒有遭到破壞。」

「把披肩還我！」她嚷道，粗魯的將披肩從陳查禮那裡扯回來。

帕拉岱斯在門口出現。「莫洛小姐，」他說道：「法蘭納利隊長已經到能樓下了。」

「麻煩大家在這裡再等一等，」莫洛小姐說：「我會盡快安排，讓大家早些離開這裡。」

她在寇克和陳查禮的陪同下，返回第二十樓。他們在中間房間找到了法蘭納利隊長，一位頭髮斑白、渾身精力充沛的刑警，年齡在五十歲上下。陪他一道來的，還有兩位巡邏警察和一名法醫。

「哈囉，莫洛小姐，」警官說道：「這就是他吧——我是說，真的是很糟糕的一件事。蘇格蘭警場的菲德烈克·布魯斯爵士，嗯，我們現在得面對這件事了。我們如果動作不夠快，沒過多久整個蘇格蘭警場就會對我們緊迫盯人。」

「恐怕是免不了了，」莫洛小姐坦承道：「法蘭納利隊長，這位是寇克先生。而這位是檀香山警察局的陳查禮探長。」

隊長緩緩打量著他這位同行。「你好嗎，陳警官？我看到報紙上有你的報導，沒想到你這麼快就接手這件案子了。」

陳查禮聳了聳肩。「謝了，這不干我的事，」他回答道：「整個案子都是你的，你太客氣了。我今天晚上只是寇克先生的客人，來這裡參加晚宴的。」

「真的嗎？」隊長似乎鬆了一口氣。「那，莫洛小姐，妳發現了什麼沒有？」

「發現得不多。寇克先生在樓上請客。」她說出客人的名單，略述燈關掉後放映影片，以及管家述說菲德烈克爵士穿著拖鞋到樓下來的經過。「晚一點我再跟你補充其他跟這有關聯的事。」她補充道。

「好吧。我猜想主任檢查官會想要親自來辦這件案子。」

莫洛小姐臉紅了一下。「也許吧。他今天晚上出城去了，我希望他會把這件案子交給我辦。」

「那太好了，莫洛小姐，這點很重要，」隊長說道，並沒有注意到自己措詞不當。

「樓上那些人都有留下來了吧？」

「那當然。」

「太好了，等一下我會去問他們話。我已經吩咐樓下的守門員把大門鎖起來，把這棟大樓所有的人都帶來這裡。現在，我們最好來推定案發的時間。大夫，死者死亡多久了？」

「不到半個小時。」法醫回答道。

「請容我打岔一下，」陳查禮說道，「這件兇殺案大約發生在十點二十分。」

「你確定嗎？」

「我沒有隨隨便便說話的習慣。我們是在十點二十五分發現死者的，在此之前的五分鐘，樓上有位女士剛衝進客廳裡，說她看見一個男人從這個房間出來，利用太平梯逃走了。」

「喔，這個房間似乎被翻過。」法蘭納利面向寇克，「有沒有丟掉什麼東西？」

「我沒有時間清查，」寇克說：「如果有東西遺失的話，我猜想那是菲德烈克爵士的個人財物。」

「這裡是你的私人辦公室吧？」

「是的。不過我讓出來給菲德烈克爵士使用，他有一些文件放在這裡。」

「文件？那是幹什麼的？我聽說他已經退休了。」

「他似乎仍然對某些案子感到興趣，隊長，」莫洛小姐說道，「關於這一點，我稍後會告訴你。」

「抱歉，我得再打岔一下。」陳查禮說：「就算我們不知道什麼東西被人拿走了，我們還是曉得兇手要拿的是什麼東西。」

「是嘛，」法蘭納利冷冷的看著陳查禮，「你是指什麼東西？」

「菲德烈克爵士是一名英國偵探，而且是很了不起的偵探。所有的英國偵探對每一件案子的檔案資料都摸得非常清楚，兇手要來這裡找的，無疑是他特別感到興趣的刑案資料。」

「或許吧，」警官同意道。「我們等一下再到這個房間來。」他轉身對巡邏警員說：「你們小伙子去檢查一下太平梯。」那兩名警員從窗口爬了出去，消失在濃霧之中。正說著，連接接待室的門打開來，走進一小群人，由一位體格結實的中年男子領頭，此人是這棟大樓的夜間警衛卡托先生。

「人都帶來了，警官。」他說道：「這棟大樓上上下下的人都找了來，只除了幾個跟這層樓完全無關的女清潔工，如果你要見她們的話，我等一下也可以找來。這位是戴克太太，最上面這兩層樓是她負責打掃的。」

戴克太太非常驚慌，她說她晚上七點打掃完寇克先生的辦公室之後就離開了，走的時候按照慣例將防盜警報器打開。從那之後她就沒有再回到這裡，在大樓裡也沒有看到其他陌生人。

「這位是誰？」警官面向一位臉色蒼白，沙黃色頭髮的年輕人問道，此人看起來非常緊張。

「我是二樓布雷斯與戴維斯會計師事務所的職員，」這位年輕人說道：「我叫山繆．史密斯，因為之前生了場病，所以在辦公室裡加夜班趕工，結果卡托先生跑來通知我，要我到上面來一趟。我對這件可怕的事一無所知。」

法蘭納利面向第四個人，也是這一小群人的最後一個，一名穿著制服的年輕女人，一看就知道是電梯服務員。「妳叫什麼名字？」警官問道。

「葛瑞絲．雷恩，長官，」

「妳負責在電梯裡服務吧？」

「是的。寇克先生傳話說我們得有一個人晚上加班，因為他要請客。」

「下班之後，妳一共接送了幾個人到樓上來？」

「我沒有算呢。人數不多，有先生也有女士，當然都是寇克先生的客人。」

「妳印象中沒有不屬於本大樓的人嗎？」

「是的，長官。」

「這是一棟大型建築物，」法蘭納利說：「除了這位史密斯之外，想必還有其他人今天晚上在這裡加班，妳可記得其他這樣的人嗎？」

電梯小姐遲疑了一下。「是……還有另一個人，長官。」

「哦，是誰？」

「有一位小姐，是加爾各答進口商公司的職員，她就在這一層樓，名字叫做麗拉．巴爾。」

「喔，今晚在這裡加班是嘛？就在這一層樓，她現在人不在嗎？」

「她不在，長官。剛走不久。」

「走多久了？」

「我無法確定，長官。半個小時吧，或者更久一點。」

「唔。」警官把這一些人的姓名、住址抄下來，統統打發走了。之後，兩位巡邏警員從太平梯進來，現場便交給這兩個人把守，法蘭納利要求寇克帶他到樓上去。

客廳裡的客人圍成半圓形坐著，已經等得不耐煩了。隊長走到眾人中間，心中自信不高，卻露出一副很有自信的樣子，站在那裡對眾人看了一遍。

「我想大家都知道我為什麼會來到這裡，」他說：「莫洛小姐告訴我說，她已經跟各位交談過了，所以她問過的話我就不再問。話雖然這麼說，我得記下每一個人的姓名和住址。」他面向寇克夫人，「我想先從妳開始。」

隊長的語調讓寇克夫人有點不自然。「你還真是會討好人哩，說真格的。我是道森．寇克。」她又交代了自己的住址。法蘭納利面向那位探險家。

「我是約翰．畢罕上校，是到舊金山來參觀訪問的，目前住在費爾蒙飯店。」

法蘭納利挨次登記了姓名住址，登記完後又說：

「大家對這件事情有沒有什麼看法？有的話，最好現在就能告訴我，這樣你好我也好，省得我事後一個一個慢慢查。」沒有一個人搭腔。「聽說有一位女士看到一名男子從太平梯跑走了。」他提示道。

「噢，是我看到的，」艾琳．恩得比說道，「全部情形我已經對莫洛小姐說過了。我一個人走到外面的花園……」她把她看到的事情重新說一遍。

「那名男子長相怎樣？」法蘭納利問道。

「我沒辦法形容，霧太大，看起來非常模糊。」

「好吧，現在大家可以走了。我過一兩天或許會再跟你們當中的幾位見上一面。」法蘭納利從他們中間走過，進到花園裡。

客人一個接一個意態闌珊的道別走了——先是寇克夫人和她的同伴，再來是格蘭小姐、恩得比夫婦，最後是那位探險家。陳查禮也拿起了他的帽子和外套，莫洛小姐則是帶著一肚子的疑惑注視著他。

「如果不是黑色的事件掩蓋了這場盛宴，」陳查禮說：「今天晚上無疑是很盡興的。寇克先生。」

「噢，你千萬不要走，」莫洛小姐嚷道：「拜託你，我想跟你好好談一談。」

「明天我就要漂洋過海了，」陳查禮提醒她。「出這一趟差使我感到很累，我需要好好睡上一覺，放鬆放鬆。」

「我只耽誤你一下子。」她懇求道，陳查禮點了點頭。

法蘭納利隊長從花園走進客廳來。「外面黑漆漆的一片，」他說道：「不過我要是沒有說錯的話，任何一個人都可以經由太平梯到達底下那層樓，我這樣講對嗎？」

「沒有錯！」寇克答道。

「這是個很重要的發現，」陳查禮附會道。「剛才有一位女客的晚禮服沾到了鐵銹，那大概是接觸到了——噢，我這樣講豈不是在精明的刑警隊長面前班門弄斧？你想必已經注意到了吧？」

法蘭納利臉紅了起來。「我……我竟然沒注意到。是哪一位女客？」

「就是那位恩得比太太，看到有人從太平梯跑走的那位。你不必謝我，老兄，如果有點小小的幫助的話，我還滿高興。」

「我們回到下面那層樓吧！」法蘭納利嚷道。到了樓下，他默默的站了好久，四下張望。「唔，這個房間我要好好的檢查一遍。」

「那我得告辭了。」陳查禮說道。

「要走了，嗯？」法蘭納利欣然說道。

「要走得遠囉，」陳查禮笑道，「明天我要直接回檀香山。把那麼大的案子留下來給你，老兄，我可一點都不羨慕你咧。」

「噢，我會把它偵破的。」法蘭納利回答道。

「這倒用不著懷疑，不過你會有很長的一段路要走。你不妨想想看，那邊長椅上躺著的大偵探是何許人也？他可是個有名的偵探呢，紀錄非常輝煌。你知道什麼意思嗎？他贏得了一千次的勝利，也就製造了一千個敵人，世界上有不少人非常樂意要他死。你真的有好長的一段路要走，老兄。我衷心祝福你能夠把真相查得水落石出，以勝利者的姿態出現在大家的面前。」

「謝啦！」法蘭納利說道。

「最後，請你原諒我再打個岔。」他從桌上拿起小本的黃冊子，晃了一下說：「死者中槍倒地時，這本冊子就在他的手肘邊。」

法蘭納利點點頭。「這我曉得，這是大都會俱樂部的年度手冊。它不可能有什麼他媽的特殊含意。」

「也許吧。我只不過是從一個小島來的笨中國人，所知有限。不過如果是我來調查這個案子的話，我會推敲這本冊子的。法蘭納利隊長，說不定晚上睡不著的時候，我會好好想一想這個問題哩。再見，所有祝福的話我剛才已經講過了。」

陳查禮深深一鞠躬，走過接待室，來到電梯前面的走廊。寇克和莫洛小姐趕緊跟了過來，莫洛小姐並且拉住了陳查禮的手臂。

「陳警官，你不可以走，」她絕望的說道，「你現在不能撇下我不管，我非常需要你的幫忙。」

「妳把我的心扯碎了，」陳查禮答道：「但不管怎麼說，我的行程已經定好了。」

「可是那個可憐的法蘭納利隊長……這整件事根本不是他能力所及，你對這個案子知道得比他多。留下來吧，你需要什麼支援，我會盡量提供給你。」

「我也是這個意思，」巴利．寇克說道：「你現在當然不能走。老天爺，你對這個案子難道一點都不感興趣？」

「顏色越藍的山，距離越遙遠，」陳查禮說：「天下最藍的山是寒舍所在的潘趣盃山，我的家人正在那座山上等待著我。」

「可是我正仰賴著你，」莫洛小姐哀求道，「我一定要破案，無論如何一定要。如果你能留下來的話……」

陳查禮掙開了她。「我很抱歉。他們告訴我說，度假的郵差總是走長路。我正是路走多了，人也累了。我真的非常抱歉，可是我明天一定要回檀香山。」電梯門打開了，陳查禮深深一鞠躬。「能夠認識兩位真是幸會，希望有機會能再次見面。再見。」

他像是一尊不再慈悲的佛像般的消失了。寇克和莫洛小姐回到辦公室裡，法蘭納利隊長正上上下下的搜尋著可疑的線索。

陳查禮在大霧中踏著輕鬆的腳步回到史都華飯店，櫃台的服務人員遞給他一封電報，他看完後露出愉快的笑容。回到自己的房間，他的笑意仍掛在臉上。電話鈴響了，是寇克打來的。

「你知道嗎，」寇克說：「你走之後，我們在辦公室裡獲得一個最驚人的發現。」

「我洗耳恭聽。」陳查禮回答道。

「我們在辦公桌底下找到一顆珍珠，那是葛蘿莉亞．格蘭項鍊上的！」

「喔，」陳查禮說：「你們打開了一個令人驚奇的新天地，恭喜恭喜！」

「可是，」寇克嚷道：「你都不感到興趣嗎？你不願意留下來，幫我們揭開這案件的謎底嗎？」

陳查禮的眼睛又出現一種頑固的神情。「那是不可能的。幾分鐘前我才收到一封電報，那裡頭有一種令人無法抗拒的力量在召喚我回家，現在已經沒有任何事情可以把我留在美洲大陸了。」

「一封電報？是誰拍來的？」

「是我老婆。是天大的好消息，我們第十一個孩子終於誕生了——你知道嗎，是個男孩子咧！」

【第五章】隔壁傳來的聲音

第二天早上，陳查禮於八點鐘起床，當他刮乾淨臉頰上的短鬚時，不禁得意的對著鏡子裡的自己笑了起來。他在想，他那個無助的小兒子，現在想必正躺在潘趣盂山那個木製的老嬰兒床上吧。他向自己發誓，等再過幾天，他一定會站在那個嬰兒床旁邊，讓剛出生的陳家兒郎看到他老爸開心的笑臉。

他看到他那不值錢的行李被放在推車上，正要運到麥特森碼頭，於是把個人的盥洗用具很整齊的收進手提箱裡，再踏著輕快的腳步到樓下吃早點。

早報頭版刊載了菲德烈克爵士的不幸消息，陳查禮看著看著眼睛半瞇起來。這無疑是個曲折離奇的懸案。他是很有興趣了解究竟——但那是別人家的困難工作。假如是他負責偵查的話，他會很用心的查下去，但是呢，依他所見，這件事與他並不相干。現在與他相干的只有一件事——回家。

他放下報紙，思緒又飛越千山萬水，回到檀香山他那個剛出生的兒子身邊。一位美國公民，未來星條旗底下的童子軍，他的兒子將會有一個美國名字。陳查禮覺得昨晚那位親切的主人很投他的緣，陳巴利——咦，怎麼想到這裡來了？

茶快喝完的時候，他看見餐廳門口站著神經兮兮的比爾·蘭金，那位報社記者。他在帳單上簽了字，很大方的給了一些小費，走到大廳去找蘭金。

「哈囉，」那位記者打招呼，「噢，昨天晚上寇克大廈好像發生了一些事。」

「很令人難過！」陳查禮回答。他們在一張長沙發上坐下，蘭金點燃一支香菸。

「我想拿到一些新聞，你應該知道不少內幕吧！」

「很抱歉，我想這是你的錯覺。」陳查禮說道。

「什麼——你這話是什麼意思？」

「我跟這個案子沒有關係。」陳查禮平靜的告訴他。

「你該不是說……」

「三個小時後我就要離開這裡了。」

蘭金吃了一驚。「天吶!我當然知道你打算要走，但是我以為——噯，我說老兄啊，這可是上次發生大火之後，咱們這個地方最大的一件事。菲德烈克·布魯斯爵士——這可是國際性的大事呢，我以為你會一頭栽進去。」

「我可不是那麼喜歡攬事的人，」陳查禮笑道：「我有私人事務必須要回夏威夷，送信的郵差拒絕再多跑腿了。這個案子是很有意思，但就像我堂兄弟衛理講的，我啥也吃不下了。」

「我懂了，」蘭金說：「這就是你們東方人平靜、冷淡的作風，不願意自己的生活受到打擾，我這樣說對吧?」

「管那麼多事，我又能夠得到什麼?依我看，這裡的美國人，太陽穴在抽動，心臟在亂跳，身體的肌肉在顫抖，而結果呢?一個個縮短生命，去見閻羅王。」

「好吧，好吧，你的境界比較高，可以吧!」蘭金靠向椅背，想要放鬆一下。「我希望我繼續談菲德烈克爵士，不會讓你覺得很無聊。昨天在聖法蘭西斯飯店吃午飯的情景讓我印象深刻，你知道我在想什麼嗎?」

「我洗耳恭聽。」陳查禮回答道。

「菲德烈克爵士說，十五年的時間變成了一道厚重的帷幕，覆蓋在印度的邊境。如果你問我這是什麼意思，我只能說，為了解決昨晚他被人殺害的謎底，我們必須把那道帷幕掀開來看才行。」

「說倒很容易，做起來可不輕鬆。」陳查禮說。

「的確非常困難，而那正是你……嗯，執意要坐船離開的原因吧！但是伊芙・杜蘭德失蹤案也牽連在裡頭，說不定希拉利・高特的謀殺案也是這樣。」

「你憑什麼這樣想？」

「我當然有理由這樣想。昨天我剛坐下來，想把中午聽到的事寫成一篇很有看頭的特稿時，菲德烈克爵士忽然闖進《環球報》的辦公室，命令我統統不能寫。我問你，他為什麼要這麼做？」

「在回答前先讓我想一想。」

「你想必也猜得到。菲德烈克爵士仍然在追查其中一件案子，說不定是兩件案子，而且他已經查到某種地步了。他那一趟去白夏瓦，可能並不像他嘴巴所講的那樣一無所獲。伊芙·杜蘭德現在說不定在舊金山，跟那些案子有關聯的某個人想必就在這裡——有可能是昨天晚上扣扳機的那個人。如果是我的話，我就會cherchez la femme，這是法國話，意思是……」

「我聽得懂，」陳查禮點點頭：「你就會設法去找那個女人。非常棒的計畫，如果是我，我也會那樣。」

「啊哈，我就知道，我就知道我這個情報為什麼那麼重要。前天晚上我去寇克大廈找菲德烈克爵士的時候，帕拉岱斯告訴我他在辦公室裡。可是我還沒走到那裡時，辦公室的門卻開了，有一個年輕的女人……」

「等一下，」陳查禮插嘴道：「請讓我打個岔，你應該立刻把這件事告訴裘恩·莫洛小姐。我和這件事沒有關係。」

蘭金站了起來，說：「好吧。你的境界真是太高了，心腸跟鐵做的一樣。我先祝你一路順風，假如這個案子偵破了的話，我也希望你根本不知道。」

陳查禮爽朗的笑道：「謝謝你這麼好心的祝福，再見啦，祝你好運。」

看著記者匆匆從大廳走到街上後，他走上樓去，開始收拾自己的隨身用品。瞥了一下手錶，時間還多得很，因此他走到唐人街去，向親朋好友道聲再見。返回飯店拿行李時，卻看到莫洛小姐正在等他。

「哇，真是幸運，」他說道：「我居然還有機會看到妳這位漂亮的小姐。」

「那當然囉，」莫洛小姐答道：「我必須再來找你。主任檢察官已經把整個案子交給我來處理，這是個非常好的機會。你仍然決定要走嗎？」

「迫不及待。」他請對方坐下。「昨天晚上我接到一封令人愉快的電報……」

「這我知道，寇克先生打電話給你時，我就在旁邊。好像是個男孩子吧，聽他講。」

「這是老天爺送給我的最佳禮物。」陳查禮點頭說。

莫洛小姐歎了口氣。「如果只是女孩子呢？」她說。

「我在這方面運氣滿好的，」陳查禮告訴她：「生了十一個孩子，只有三個女的。」

「那真是恭喜。總之，女孩子是必要的惡。」

「妳這話的意思不怎麼好，女性當然是必要的啦。譬如以妳來講，妳一點都算不上是惡。」

巴利・寇克進到大廳加入他們。「早安呀，老爸，」他笑道：「哇，我們都到了，準備離開的旅客就會更快的被我們趕走了。」

陳查禮看了一下手錶，莫洛小姐笑了起來。「你的時間還很多啦，」她說：「你走之前，最起碼給我們一點建議吧。」

「那我倒是很樂意，」陳查禮答應道：「我的想法並不怎麼高明，但碰到你們，我實在是盛情難卻。」

「法蘭納利隊長已經踢到鐵板了，儘管他自己還不肯承認。我告訴他希拉利·高特和伊芙·杜蘭德所有有關的事，他聽得嘴巴張得大大的，合都合不攏來。」

「比他更高明的人也一樣會感到迷惑吧。」

「那是沒錯，這點我承認。」莫洛小姐雪白的額頭困惑的皺了皺：「這些地點太分散了，又是舊金山，又是倫敦和白夏瓦——好像要辦這個案子就得環遊世界一周不可。」

陳查禮搖搖頭道：「有好幾條線拉得很遠，但是解決的地方一定是舊金山。聽我的話，鼓起勇氣來辦吧。」

莫洛小姐依然感到困惑，說：「我們知道希拉利·高特是在十六年前遇害，時間經過了那麼久，而菲德烈克爵士又是那種不肯輕易放棄的人，我們也知道他對於伊芙·杜蘭德在白夏瓦失蹤一事抱以高度的興趣，這樣的案子他自然感到好奇。但是如果只是這樣，他何苦闖進人家報社裡，不准那些訊息見報？不對，那不僅是個人的好奇而已，他一定在追查某些事情。」

「而且已經接近終點了，」寇克說：「這是他告訴我的。」

莫洛小姐點點頭說：「接近終點——那是什麼意思？他發現伊芙．杜蘭德了嗎？還是他正要揭開那個女人的身分？是不是有個人——伊芙．杜蘭德或別人不容許他這麼做？因為至關重要，使得那個人不惜下手將他殺死？」

「各種跡象很明顯的指露這一點。」陳查禮表示同感。

「噢，那還不夠明顯。希拉利．高特謀殺案跟伊芙．杜蘭德在白夏瓦失蹤扯得上關聯嗎？那雙絨布拖鞋——現在哪裡去了？是殺死菲德烈克爵士的兇手拿走了嗎？如果是的話，他為什麼要拿？」

「的確有很多疑問，」陳查禮同意道：「不久之後你們就會找到答案。」

「沒有你來幫忙，」莫洛小姐歎道：「我們是找不到答案的。」

陳查禮笑了起來。「妳真是太過獎了，」他想了想，說：「昨晚我並沒有搜查辦公室，是法蘭納利隊長搜查的，他找了什麼嗎？警方刑事檔案嗎？還是個案記錄簿？」

「跟這件事情有關的東西啥也沒找到，」寇克說：「沒有任何東西提到希拉利・高特或伊芙・杜蘭德。」

陳查禮皺起眉頭說：「毫無疑問的，菲德烈克爵士自己保有那些檔案。至於那些檔案是不是兇手拼命要找的呢？我想也無庸置疑。而兇手是否找到了呢？我想是找到了，除非……」

「除非什麼？」莫洛小姐趕緊問道。

「除非菲德烈克爵士把它放在其他安全的地方。從事情的經過來判斷，他曾料到有人會侵入，因此他可能放進一些毫無意義的紙張當誘餌。你有去他的臥房找過他的私人物品嗎？」

「每一件東西都看過了，」寇克很肯定的說：「什麼都沒有發現。樓下辦公室的書桌底下是有一些剪報——那是有關幾名女人在黑夜裡失蹤的報導，菲德烈克爵士顯然有蒐集這一類案件的嗜好。」

「幾名女人失蹤的報導？」陳查禮沉吟起來。

「是的，不過法蘭納利隊長認為那並不代表什麼，我想他是對的。」

「伊芙・杜蘭德的那張小剪報還在菲德烈克爵士的皮夾裡嗎？」陳查禮追問道。

「我的天吶！」寇克看著莫洛小姐，說：「我竟然沒有想到，那張小剪報不見了！」

莫洛小姐的黑眼睛充滿了沮喪。「啊，我怎麼那麼笨！」她嚷道：「那張紙片不見了，我竟然絲毫沒注意到，看來我只是一個可憐的笨女人而已。」

「先別那麼煩惱，」陳查禮安慰她說：「那只不過是應該要留心的事情罷了。由此可見，伊芙・杜蘭德那個謎在兇手心目中佔有很重要的地位，所以妳必須 cherchez la femme，妳懂嗎？」

「找出那個女人！」莫洛小姐說。

「那就對了。在這個案子裡，女偵探應該比男偵探來得適合。我們來回想一下昨天晚上的那些客人吧，寇克先生，你曾說過那些人有一部分是菲德烈克爵士想要邀請的，是哪些人呢？」

「是恩得比夫婦，」寇克立刻回答說：「我並不認識他們，可是菲德烈克爵士一定要請到他們。」

「那的確很有意思，是恩得比夫婦。恩得比太太一整個晚上都歇斯底里的，懼怕黑暗也許意味著懼怕其他的事情。如果伊芙・杜蘭德換了個新名字再度結了婚，這會不會令人無法置信呢？」

「但是伊芙・杜蘭德是個金髮女郎。」莫洛小姐提醒他。

「噢，是的，不過艾琳・恩得比的頭髮卻跟夜晚的顏色一樣，據我所知，那是很容易改變的。頭髮的顏色可以改變，可是眼睛的顏色就不一樣了，恩得比太太的眼睛是藍色的，和黑頭髮搭配起來有點怪。」

「什麼把戲都瞞不過你，是嗎？」寇克笑道。

「恩得比太太走到花園裡，看到有一個男人跳到太平梯逃走了，所以她跑進來客廳告訴我們，然而她講的是真話嗎？還是她知道她丈夫在樓梯間抽菸，並沒有呆呆的坐在椅子上看影片，於是杜撰出太平梯有個男人的鬼話，為的是保護她丈夫？她的晚禮服上面怎麼會有鐵銹呢？她是因為太興奮了，身體一直靠著花園的欄杆，因此衣服被夜晚的霧氣弄溼了嗎？還是她爬到了太平梯上——你們懂我的意思吧？菲德烈克爵士還要你邀請哪些客人？」

寇克想了想。「他還要我邀請葛蘿莉亞．格蘭。」年輕人說道。

陳查禮頷首道：「這是我料到的。葛蘿莉亞．格蘭——這不像是一般人會取的名字，聽起來有點像是自己取的。在地圖上，從白夏瓦展開旅程，澳洲滿像是一個合適的終點站。一位金髮藍眼的女人，項鍊在樓梯上斷掉了，而你們卻在辦公室的書桌底下發現她的一顆珍珠。」

莫洛小姐點頭說：「是啊，格蘭小姐當然有可能。」

「剩下的是脫普—布洛克太太，」陳查禮繼續說：「一位膚色有點黝黑的女人——但是誰又曉得呢？菲德烈克爵士沒有指名邀請她嗎？」

「沒有，我想菲德烈克爵士並不知道她這個人。」寇克說。

「哦？但是辦案時還是要考慮進去，莫洛小姐，再怎麼不可能的情況也要推敲看看。人只會被小石頭絆倒，卻沒聽說會被一座山絆倒。寇克先生，你能不能告訴我，約翰．畢罕上校也是菲德烈克爵士希望邀請的嗎？」

「不是。我現在想起來了，當菲德烈克爵士聽到畢罕要到我家來時，他似乎有點不願意，但是嘴巴上並沒有講什麼。」

「我們現在可以從頭到尾來檢討這個案子了。莫洛小姐，你現在有三個女人可以仔細研究了，一個是恩得比太太，另一個是格蘭小姐，再一個是脫普—布洛克太太。她們的年紀都差不多，以我這個微不足道的人看來，她們是很能夠在那個漂亮的屋子裡變一些把戲的，就在這場晚宴裡面。」

「還有晚宴外面。」莫洛小姐接口說道，令陳查禮愣了一下。

「喔，那是我唯一忽略的地方。」他茫然說道。

「你記得那位電梯小姐說，在第二十樓的加爾各答進口商公司有一位女職員名叫麗拉．巴爾嗎？她昨天晚上也在辦公室裡面加班。」

「噢，是的。」陳查禮點點頭。

「嗯，幾分鐘之前，《環球報》的比爾．蘭金跑來找我。他說前天晚上，他去寇克先生的辦公室找菲德烈克爵士，那時候相當晚了。他正走向門口的時候，裡面出來了一位小姐，她正在哭，蘭金看到她擦眼淚，然後走進加爾各答進口商公司的辦公室裡。蘭金說，那女的是個金髮女子。」

陳查禮的臉色變得嚴肅起來。「那妳有第四個女人要注意了，問題又擴大了。有太多事情要做，妳夾在整件事情的中間，像一顆珍珠掉進泥塘裡。」他站了起來，「我很抱歉，茂伊號現在好像是進港了……」

「還有一件事，」莫洛小姐追問道：「你特別提到菲德烈克爵士身旁那本大都會俱樂部的年度手冊，你認為那本冊子很重要嗎？」

陳查禮聳聳肩。「我那時候也許是想逗一下法蘭納利隊長吧，不過我認為那是最啟人疑竇的部分。所以我存心讓法蘭納利隊長對這本手冊留下印象。那本冊子代表著什麼意思，我無從猜起，可憐的法蘭納利隊長恐怕根本不去注意它。」

他看著手錶，莫洛小姐站了起來。「我不會耽誤你太久的時間，」她歎息道：「我非常的忙，可是我總不能輕易的讓你走。假如你不介意的話，讓我陪你一起去碼頭吧，也許我在路上還會想起其他的事情。」

「我陳查禮何許人也，」陳查禮笑道：「怎能擔當得起妳這樣的厚愛呢？喔，寇克先生，你不講話，卻笑兮兮的看著我。」

「噢，我也想跟你們一道去，」寇克說道：「我一直喜歡觀看輪船啟碇開航的情景。上帝使我成為一個四處旅行的生意人。」

陳查禮提起行李，在櫃台結完帳，隨後三人一起坐進寇克的車，那車就停在飯店轉角處。

「現在我終於要離開這個多彩多姿的大陸，」他說：「心裡還真有點捨不得呢。命運之神終究是微笑的陪我在這裡。」

「那你為什麼要走呢？」寇克暗示道。

「經驗告訴我，」陳查禮回答，「耳語總是離命運之神不遠，微笑會消失的。」

「我們要不要在哪裡先停下來一下，」寇克問道：「輪船還有三十分鐘才開航。」

「謝謝你這麼費心，但是我該講的道別話都已經講了，今天早上我還去過唐人街——」他停了下來。「幸虧妳還在這裡，」他對莫洛小姐說：「我忘記告訴妳一個最重要的情報，妳還有一條線索必須去查。」

「噢，天吶，」莫洛小姐低呼道：「我頭都昏了，還有哪一條線索？」

「妳必須立刻把這條情報告訴法蘭納利隊長，要他去找一個外地來的中國人，這個人現在住在傑克森街的親戚家裡，名字叫李剛。」

「誰是李剛？」莫洛小姐問道。

「這是昨天中午吃過飯時，菲德烈克爵士告訴我的。」他把昨天大偵探告訴他的話重複了一遍。「李剛有菲德烈克爵士非常想得到的情報，我只能這麼說，法蘭納利隊長必須從姓李的那裡弄到這個情報。」

「他弄不到的，」莫洛小姐悲觀的說：「我說，陳警官……」

陳查禮深深的吸了一口氣。「早上明亮無霧的天氣真是擊敗了我，」他說道：「不過我還是在這樣的天氣裡向美國本土說再見。」

三人靜靜的坐在飛馳的車上，莫洛小姐苦苦思考著對策。如果她想要打動身邊這位固執的人，那一定得是某種不至於落空的訴求。她心中飛快的搜尋著曾經讀過有關中國人性格的文章。

寇克駕駛他那輕快的敞篷車來到碼頭，茂伊號的扶梯只有數英呎之遙。這艘白色的大輪船上站滿了太太小姐，五顏六色的衣帽服飾透露出歡愉的氣息。計程車往來穿梭，旅客相繼上船，一身雪白制服的服務人員排成一列，等待著另一次開航。四周盡是道別聲和最後的叮嚀。

一名服務人員走向前來，拿起陳查禮的行李。「哈囉，陳警官，」他說道：「回家是吧？請問你訂的是哪一個房間？」

陳查禮告訴了服務人員，然後轉身面對身旁的兩位年輕人。「你們的盛情教我非常的感動，」他說道：「我也不知道應該說什麼，只能跟你們說聲再見了。」

「我要特別祝福你們陳家那位最小的兒子，」寇克說：「說不定哪一天我還會跟他見面哩。」

「你這倒提醒我了，」陳查禮道：「今天早上我絞盡腦汁想幫他取名字，如果你同意的話，我想把他命名為陳巴利。」

「你太抬舉我了，」寇克鄭重的說：「天知道我該送點什麼給他才好……呃，一個馬克杯──不知道你們那裡對這玩意兒是怎麼稱呼的。我會再跟你聯絡的。」

「我相信他不會辱沒這個名字的。」陳查禮說道：「莫洛小姐，我這就要走了，衷心的希望妳……」

莫洛小姐表情很奇怪的望著他。「謝謝你，」她冷冷的說：「陳警官，我希望你能夠留下來。不過，當然啦，我知道你心裡頭是怎麼想的。這個案子實在太棘手了，所以陳查禮就落跑一次，恐怕檀香山警察局大名鼎鼎的陳警官今天是顏面掃地了。」

陳查禮一向面無表情的臉上起了一陣錯愕，眼神凝重的看了她好久，然後很僵硬的鞠了個躬。「祝妳一切順利！」他說道，然後懷著被冒犯的表情走上了扶梯。

寇克吃驚的望著眼前的女子。「你不要那樣子看我，」她難過的說：「我這樣做是很失禮，但這是我最後的機會了。我每一招都試過了，可是都沒用。好了，咱們走吧。」

「噢，我們再等一下吧，」寇克要求道：「船再過一分鐘就要開了，我每次看到這樣的畫面，心情就會很激動。妳看——最上面那一層甲板。」他向一位美貌的女子點了個頭，那名女子穿著灰色的衣服，肩膀上別著一小束紫色的花。「那大概是一位新娘吧，至於她身旁那位表情茫然的傻蛋，大概是那個幸運的男子。」

莫洛小姐絲毫沒有興趣的望著。

「夏威夷是度蜜月的好地方，」寇克繼續說：「我經常在想——噢，希望你不會覺得我這些話很無聊。」

「噢，那倒還好。」她說道。

「我懂妳的意思。新娘子跟妳的距離很遠，我想妳比較常接觸的是離婚案吧，妳和布拉克史東主任檢察官兩個人。嗯，妳不反對我表現一下年輕人的浪漫天性吧。」他拿出一條手帕，向最上一層甲板上的女子揮了揮。「再見了，親愛的！」他高呼道：「祝妳一路順風！」

「我沒看見陳警官。」那位地檢處的年輕女子說道。

陳查禮坐在頭等客艙的床鋪一角思考著。他好不容易盼到可以回家了，正在興頭上卻被很無禮的潑了一盆冷水。落跑——真的是這樣嗎？因為怕面對一件棘手的案子？莫洛小姐真的認為這樣嗎？果真如此，那他真的是顏面掃地了。

忽然間，他這些不愉快的思緒被隔壁房傳來的說話聲打斷了——這聲音他聽過。當他再聽下去時，心臟幾乎要停了下來。

「我想都在這裡了吧，李兄，」那熟悉的聲音說道：「護照、錢你都有了，你只要在檀香山等我就行了。到了那裡，姿態最好擺低一點。」

「我曉得。」一個尖銳、單調的聲音回答。

「如果有任何人問你任何問題，你都說不知道。懂嗎？」

「是——的，我不說話，我懂。」

「很好。你是個很優秀的助手，李剛，我並不想誇獎你，你這個一臉傻笑的乞丐，但是我卻不能沒有你的幫助。再見啦，祝你這趟一路順風。」

陳查禮站起身來，他從舷窗向外看，這排最底下一層甲板艙房外的走道光線並不太亮。在昏暗的燈光下，他看到一條熟悉的身影從隔壁房出來，消失在另一端。

他站了一陣子，猶豫未決。在巴利．寇克宴請的客人裡，這個人是他最感興趣的一位。這位高大、憂鬱、沉默的人曾經率領探險隊走遍世界各處的無人之地，有隊員中途死了他也不管，總是繼續的前進，冷酷無情的奔赴自己的目標。約翰．畢罕上校剛剛從隔壁艙房出來，他還向李剛道別。

陳查禮看了一下錶，快速行動從來就不是他的習慣，但他現在必須要快速行動了。他深深吸了一口氣，把渾身上下每一根神經豎起來，再一手抓起行李。來到客艙甲板時，他碰到了船上的事務長。

「回家去嗎，查禮？」那位先生滿面春風的問道。

「我本來也是這樣想，」陳查禮回答道：「但我似乎搞錯了。我必須在這最後一刻回到岸上，非常對不起，不過我的船票只能搭這個航次。」

「噢，你去辦公室辦改一改就可以了，他們都認識你的，查禮。」

「謝謝你的指點。我的皮箱已經託運了，可不可以麻煩你把它交給我的大兒子？你抵達檀香山的時候，他就會來領的。」

「當然可以。」船上終於發出「請送行來賓上岸」的廣播。「你可不要在這塊罪惡的美洲大陸上逗留太久喔，查禮。」事務長提醒道。

「我只多待一個禮拜而已，」陳查禮一面走，一面別過頭來說：「等下一個航次我一定來搭，我發誓。」

碼頭上，莫洛小姐抓住了寇克的手臂。「快看！那個從扶梯下來的那個，是畢罕上校呢，他來這裡幹嘛？」

「畢罕嗎？啊，真的是他，」寇克說道：「我要不要順便載他？噢，不用了，他招了一輛計程車。讓他走吧，那傢伙怪冷淡的——我不太喜歡他。」他看見上校鑽進計程車，駛走了。

當他回頭看茂伊號的時候，兩位粗壯的水手正要吊起扶梯，突然在他們之間出現了一位胖胖的矮個子，手上提著一個手提箱。莫洛小姐高興得大叫一聲。

「那是陳警官！」她說：「他要上岸了！」

陳查禮甫一上岸，兩名水手就在他足後跟升起了扶梯。他站在那兩位年輕人面前，感到有點不好意思。

「我真的有點尷尬，」他說：「旅客明明道別過了，結果又回過頭來。」

「陳警官，」莫洛小姐嚷道：「你真是太好心了！你畢竟還是回來幫我們忙了！」

陳查禮點點頭。「略盡棉薄之力。我來跟你們同甘共苦，一起辦完這件案子吧。」

茂伊號最上層的甲板上，樂隊奏起了動人的離別歌——Aloha，半空中飄揚著五彩繽紛的長紙條，最後一聲再見，最後一句叮嚀。有一個人扯開嗓子喊叫道：「不要忘了寫信給我！」陳查禮凝視著，眼睛蒙上一層水氣，輪船緩緩的駛離碼頭，送行的人在岸邊跑著，手還不停揮動著。伴著另一次深深的歎息，陳查禮的身體抖動著。

「我那位可憐的小寶貝蛋，」他說道：「他本來會很快樂的看到我的。法蘭納利隊長可就不快樂了。咱們回去面對我們的問題吧。」

【第六章】客座偵探

巴利・寇克把陳查禮的手提箱扔進敞篷車的後車箱裡，三個人又擠進狹窄的座位上。車子在碼頭倉庫前兜了一圈，駛進安巴卡德羅區的燦爛陽光裡。

「我這樣回來，你們一定百思不解吧？」陳查禮說道。

莫洛小姐聳了聳肩，說：「你回來了，光光這樣我就心滿意足了。」

「我還是得承認我很慚愧。在美國本土兜了這一大圈，結果還是傳染到美國人最不好的毛病，那就是好奇。我在船上看到的那件事，似乎是老天爺照下來的一道光一樣，把我內在的缺點揭露出來。」

「船上發生了什麼事？」莫洛小姐問道。

「可以這麼說。剛才在車上向這座城市告別時，我不是提到了李剛這個人嗎？我告訴妳務必偵訊他，現在妳不用偵訊他了。」

「不用？為什麼？」

「因為他現在在茂伊號上面走了。看來短時間內他無法體驗被人家多方面盤問的滋味了。」

「李剛在茂伊號上面？」莫洛小姐眼睛睜得大大的。「那代表什麼意思？」

「這是一個疑問，」陳查禮承認道：「它搔到了我的癢處。李剛不僅是在茂伊號上，而且我們還有一位朋友很熱心的慫恿他離開這個地方。」他把他聽到隔壁客艙的短暫對話重說了一次。

巴利・寇克率先發難。「畢罕上校，嗯？」他說：「唔，這我一點都不意外。」

「你胡說八道，」莫洛小姐微慍的嚷道：「他當然不會涉入此事？像他這樣一個好人……」

「他是一個好人，」陳查禮同意道：「也是一個鐵石心腸的人。妳回想一下他那雙眼睛，既冷酷又銳利，就像老虎的眼睛一樣。當這樣的眼睛盯上一項可以得到重大成就的目標時，沿途的東西都是不存在的，或者說不能夠長期存在，或活生生存在的。」

莫洛小姐似乎沒有被說服。「我不相信。不過我們該不該把李剛弄下船來？」

陳查禮聳聳肩。「太遲了。機會稍縱即逝。」

「那我們在檀香山訊問他。」莫洛小姐說。

陳查禮搖搖頭。「對不起，我認為不能夠那麼做。中國人的脾氣我太了解了，盤問不會有什麼結果，只會驚動了我們想冷眼旁觀的畢罕上校。我一想到這位上校是個極其機靈的人，心裡頭就直發毛。我們即使暗中盯梢，也很難不令他起疑，如果他提高警覺的話，事情就沒什麼看頭。」

「這樣的話，你的建議是什麼？」

「暗中監視李剛，如果他企圖離開檀香山，那就將他逮捕，否則我們可以容忍他動也不動，像夏天衣櫥裡的冬季大衣那樣。」陳查禮轉過頭對巴利．寇克說：「你是要載我回飯店嗎？」

「噢，不是，」寇克笑道：「不能再讓你住飯店了。如果你要追查這個謎底，你應該住的地方是寇克大廈，那裡是事情發生的地方。莫洛小姐，妳同不同意呢？」

「你真是太夠意思了！」莫洛小姐說。

「哪裡。其實當大霧籠罩而一個客人都沒有時，那裡真是冷清得令人受不了呢。我現在連一個客人都沒有了——呃，嗯，如果陳警官肯賞光的話，實是幫了我很大的忙。」他轉過頭去對陳查禮說：「我會把菲德烈克爵士的房間空出來給你。」他補充道。

陳查禮聳一聳肩。「你那麼好意我可回報不起，為什麼要那麼費心呢？」

「我們先到我的辦公室吧，」莫洛小姐說：「我想主任檢察官見見陳警官，不管怎麼樣，大家一開始總要先交個朋友。」

「悉聽尊便。」寇克同意道。他將車開上市場街，駛往基爾尼街，來到地檢處，他讓莫洛小姐和陳查禮進去，自己一個人留在車上。當兩人進入主任檢察官的辦公室時，發現法蘭納利隊長也在場。

「錢特先生，我有個好消息要告訴你。」莫洛小姐開口說道：「噢，隊長，你早。」法蘭納利那雙愛爾蘭人的眼睛一看到陳查禮，臉上的笑意便大打折扣了。「這是怎麼回事，陳警官？」他嚷道：「我以為你中午十二點就要坐船回檀香山了？」

陳查禮笑了笑，說：「我的計畫改了，你聽到了會很高興吧。莫洛小姐說服我留下來，把我個人的小聰明納入你們著名的偵查隊伍裡，一起來偵辦這件案子。」

「是這樣嗎？」法蘭納利悶哼道。

「是啊，這不是很棒嗎？」莫洛小姐高聲說道：「陳警官是來幫助我們的。」她面向她的長官說：「你必須暫時任命他為本案的辦案人員，給他一個客座偵探之類的職稱。」

錢特露出了笑容。「那不會有點不尋常嗎？」他問道。

「那樣行不通的。」法蘭納利一口咬定的說。

「一點都不會行不通，」莫洛小姐堅持說：「這是一件非常棘手的案子，我們必須盡可能找到幫手。陳警官又不會妨礙到你，隊長……」

「我不能讓他插手！」法蘭納利惱火的說。

「他可以扮演顧問的角色，我知道你大人大量，是會接受建議的。」

「只要是好的建議。」法蘭納利加了一句，莫洛小姐於是懇求的指望著錢特。

「陳警官，你有向檀香山警察局請假嗎？」主任檢察官問道。

「我這趟出來可以彈性的多放幾天。」陳查禮點點頭。

「很好，既然是莫洛小姐要求的，我看不出你有任何理由吝於助她一臂之力。當然啦，你們必須記住，你們任何一個人都不得用任何方式妨礙法蘭納利隊長辦案。」

「這種話最好再說一遍。」法蘭納利強調，錢特於是對陳查禮說道：「那就是說，你不能夠插手，不要把事情搞砸了。」

陳查禮聳聳肩說：「孔子說：『不在其位，不謀其政。』這整件案子是屬於你們的，我只不過是在幕後多動一點腦筋而已。」

「那就好，」法蘭納利同意道：「我會多聽聽你的意見。」他又對主任檢察官說：「我現在要立刻去找格蘭那個女人，她有一顆珍珠在菲德烈克爵士書桌底下，我要了解這到底是怎麼一回事。」

「噢，拜託請不要認為我是在干擾你辦案，」莫洛小姐滿臉笑容說道：「不過本案關係人有多位女士，說不定我比你更能夠從她們口中問出更多案情來，你也知道，我自己就是個女人嘛。你能不能讓我去見格蘭小姐呢？拜託。」

「我認為妳不適合。」法蘭納利頑固的說。

「我認為她適合，」錢特拿定主意說道：「隊長，莫洛小姐是個聰明的女性。女人留給她調查，你負責調查男人。」

「哪個男人？」法蘭納利抗議道：「跟這個案子有關的都是女人。」

「非常謝謝你，」莫洛小姐一副對方已經同意的笑道：「那，我就去找格蘭小姐囉。這個案子還有另外一個女人必須立刻調查，那就是麗拉．巴爾小姐，我會盡快去找她談。當然啦，我隨時都可以接受你詢問案情。」

法蘭納利舉起手來，說：「好吧，妳查到什麼再告訴我——等破了案之後。我現在變成無名小卒。」

「那就錯了，」陳查禮安慰他說：「你是個代表性的人物。等到案子偵破的時候，這功勞還能記在誰的名下？何況現在就是這個樣子，這件案子現在正由法蘭納利隊長全權負責，其他人只能說是雲霧，在太陽光照射下逐漸的散去。」

莫洛小姐站起來，說：「我們得走了。隊長，晚一點我會再見你。走吧，陳警官。」

陳查禮站了起來，他看起來似乎有點不安。「我必須請隊長原諒，我恐怕要成為你的心中刺了。這是很自然的，換成是我也會如此。」

「那倒還好，」法蘭納利回答道：「你只要一直站在幕後，好好動腦筋就行了，這是你答應過的。你要怎麼想都行——我又不能阻止。」法蘭納利的眼睛突然亮了起來：「你就想一想大都會俱樂部的年度手冊吧，我把思考這件事的重責大任託付給你。至於我，我會從其他方面下手。有一件事我很堅持——你不得向本案的任何嫌疑人問話。」

陳查禮鞠了個躬。「隊長，我是大思想家的忠實信徒，」他說：「中國有一句古話說：『愚者求之於人，智者反求諸己』，我們稍後再碰面吧，再會。」於是他跟隨在莫洛小姐身後走了。

法蘭納利的臉紅得像豬肝一樣，轉身面對主任檢察官。「真是好極了，」他高聲說道：「這是我碰到最棘手的一件案子，可是我得到了什麼幫忙呢？一個娃娃臉的小女孩和一位中國佬！我他媽——」他幾乎要罵髒話了。

錢特笑著。「誰又曉得呢？」他說：「說不定你會從他們那裡得到意想不到的幫助。」

「要是能得到任何幫助，那才叫人驚奇呢，」他站了起來：「一個小女孩跟一個中國佬，天哪！我會被警界的人笑死。」

讓法蘭納利隊長瞧不起的那兩個人發現巴利·寇克坐在他車上，已經快要等得不耐煩了。「我身體裡面有一種反應，」他宣佈說：「那種反應告訴我說，午餐時間到啦！請你們兩位到我那間木屋我和一起吃午飯吧。快點上來，拜託。」

到達寇克大廈樓頂，帕拉岱斯奉命多準備兩份吃的，寇克帶陳查禮去看他的房間，留下他打點行李，自己則回去找莫洛小姐。

他走近時，小姐笑道：「你似乎一年到頭都在招待客人。」

「噢，我會從這位陳警官身上得到不少樂趣，」他回答道：「他是個好人，我喜歡他。不過我必須承認，我邀請他住在這裡還有其他的理由。因為妳和他要合作來辦這件案子，妳知道那意味著什麼吧？」

「我希望那意味著我可以學到很多東西。」

「從妳跟陳警官的合作上頭？」

「正是那樣。」

「既然妳跟我的客人合作辦案，那妳勢必要經常碰到我了，我很聰明吧，能夠預見到這一點。」

「這我就不懂了，你為什麼要我經常碰到你？」

「因為妳來的時候我就可以跑出來看看妳，那樣我的生活就會過得比較起勁。」

她搖搖頭說：「恐怕你想得太輕浮了吧。如果我太常看到你，你就會抓著我往下拉，最後害我被地檢處炒魷魚。」

「往光明一點的方向看吧，小姐。」他巴結道：「妳也許能抓著我不斷的往上拉拔，那是很有可能的，妳曉得吧。」

「我很懷疑。」莫洛小姐說道。

陳查禮走進飯廳，帕拉岱斯並沒有受到不速之客的困擾，準備好了一頓豐盛的午餐。午餐近尾聲時，寇克一本正經的說起話來。

「我一直在想著樓下的那位巴爾小姐，」他說：「我記不清楚我是否告訴過你們，菲德烈克爵士剛剛到我這裡居住時的情況。他的兒子剛好認識我——噢，不算是很熟的那種朋友，我對他所知有限。他寫信給我，說他父親人來到舊金山了，我就打電話到飯店找菲德烈克爵士，打從一開始爵士就對寇克大廈很有好感，我不太曉得是哪一點吸引住他。爵士問了我不少問題，當他知道我住在樓頂時，嗯，我必須說是他主動提出要來這裡和我一起住的。你知道，並不是我不喜歡他這個人，而是，我發現我們這段談話的背後大有文章，嗯，我覺得他太主動了。這件事很奇怪，是不是？」

「的確。」莫洛小姐說。

「好啦，當他住進來幾天之後，他開始問起跟加爾各答進口商公司有關的問題，而最後問題的焦點似乎全部集中在麗拉．巴爾小姐的身上。我對這家公司和巴爾小姐都一無所知，我甚至沒聽過這位小姐的名字。不久之後，他發現我的秘書金賽認識這位小姐，於是他詢問的對象就轉向了──不過我覺得他們兩人似乎越來越謹慎。有一天在辦公室裡，我聽到金賽問菲德烈克爵士說，他想不想認識巴爾小姐，我也聽到菲德烈克爵士的回答。」

「他怎麼說？」莫洛小姐問道。

「他只是說『也許再過幾天吧！』我想他是故意要裝得漫不經心的樣子。我不知道這件事是不是很重要？」

「從麗拉．巴爾小姐前天含著眼淚離開菲德烈克爵士那裡的事實來看，我認為你講的這些情形非常重要，」莫洛小姐回答道：「陳警官，你同不同意？」

陳查禮點點頭。「巴爾小姐這個人很有意思，」他表示同意：「我迫不及待的想聽妳問她問題。」

莫洛小姐站起來。「那我打電話到加爾各答進口商公司，請她上來這裡。」她邊說邊走到電話旁邊。

五分鐘後，麗拉．巴爾小姐在帕拉岱斯這位最佳護花使者的陪同下，走進客廳來。她略為駐足，打量了一下三位等候她的人。他們發現她長得非常漂亮，比中等身材略為矮些，貨真價實的金髮，藍色的眼睛帶有一種愕然的無辜。

「謝謝妳應邀前來，」助理檢察官站起來，面帶笑容的對這位相當時髦的女子介紹道：「我名叫裘恩．莫洛，這位是陳查禮先生，還有巴利．寇克先生。」

「大家好。」那女子聲音細細的說。

「我是地檢處的檢察官，想跟妳談幾件事情。」莫洛小姐補充道。

那女子吃驚的看著莫洛小姐，眼神顯得更加驚慌。「噢，真的嗎？」她猶豫的說。

「請坐，不用客氣。」寇克拉一張椅子給她。

「昨天晚上妳那一層樓發生了一起兇殺案，妳應該知道吧？」莫洛小姐接著說。

「噢，我知道。」女子答道，聲音細得幾乎聽不見。

「昨天晚上妳在辦公室裡加班嗎？」

「是的，那是這個月我頭一次加班，每個月這個時候，我都有額外的工作要做。」

「妳是幾點鐘離開這棟大廈的？」

「我想是十點十五分左右吧，我不太確定。可是我走的時候並不知道，呃，發生了這麼可怕的事情。」

「哦，妳昨天晚上在這棟大廈裡有沒有看到什麼陌生人？」

「沒有，完全沒有。」她的聲音突然變大起來。

「請妳告訴我，」莫洛小姐緊盯著她看：「妳有沒有見過菲德烈克．布魯斯爵士？」

「沒——沒有，我從來沒有見過他。」

「妳從來沒有見過他嗎？妳自己說過的話要好好想一想。妳前天晚上進他的辦公室，難道沒有見過他嗎？」

女子嚇了一跳。「噢，那當然，我那時候見到了他。我以為妳的意思是，經人介紹認識他。」

「那妳前天晚上的確是進到他的辦公室裡了？」

「我走進寇克先生的辦公室，那裡有一位高大的人，嘴唇上留著鬍子，坐在第二個房間，我想那就是菲德烈克·布魯斯爵士。」

「妳想？」

「噢，我現在當然知道那個人就是他，報紙上面有他的照片。」

「妳進去的時候，只有他一個人在嗎？」

「是的。」

「妳進去那裡是要找他嗎？」

「噢，我並不是找他。」

「妳離開的時候在哭。」那女子再度嚇了一跳，臉整個紅了。「是菲德烈克爵士讓妳哭的嗎？」

「噢，才不是。」巴爾小姐略顯激動的嚷道。

「那妳為什麼哭呢？」

「那，那純粹是個人因素，這件事我不必講吧？」

「恐怕妳必須講出來，」莫洛小姐告訴她：「妳也知道，這是一個重大事件。」

女子忸怩了一下。「嗯，我……」

「請妳告訴我前天晚上發生的所有事情。」

「嗯……我並不是因為見到菲德烈克爵士才哭的，」女子說道：「而是因為——沒有見到另外一個人。」

「另外一個人？能不能麻煩妳解釋一下？」

「好吧，」女子傾身向莫洛小姐。「我告訴妳好了，我想妳會懂的。我跟寇克先生的秘書金賽先生兩人是，是，呃，情侶，每天晚上金賽都會等我下班，兩個人一起去吃晚飯，然後送我回家。但是前天我們吵架了，為了一點點芝麻綠豆大的事，我想妳也了解——」

「我大概能夠想像得到。」莫洛小姐一本正經的說。

「那不是什麼大事啦，真的。前天傍晚我等了很久，而他一直都沒有出現，所以我想也許是我錯了，想先低頭過去找他。我打開寇克先生辦公室的門走了進去，滿以為金賽就在裡面，但卻只有菲德烈克爵士在，金賽已經走了。我就含含糊糊說聲抱歉，而菲德烈克爵士並沒有說任何話，他只是看著我。我就趕緊出去，心裡覺得很難過。我想妳能了解我的感受吧，莫洛小姐。」

「妳是因為金賽先生沒有等妳而哭嗎？」

「我想是吧，我真的很愚蠢，是不是？」

「嗯，那倒沒有關係。」莫洛小姐沉默了一會兒，又問道：「妳上班的這家公司，是從印度進口貨物吧，我想？」

「是的，大部分是生絲和棉花。」

「妳到過印度嗎，巴爾小姐？」

女子猶豫了一下：「那是我很小的時候，在那裡住了幾年，跟我的父母親。」

「你們住在印度哪裡？」

「加爾各答，大部分時間。」

莫洛小姐點點頭。「哦，還住過別的地方？有可能是白夏瓦嗎？」

「沒有，」巴爾小姐回答道：「我沒有住過白夏瓦。」

陳查禮忽然咳嗽了一下，嗯哼嗯哼的清清喉嚨，莫洛小姐看到他的眼神，擱置了跟印度有關的話題。「菲德烈克爵士來這裡之前，妳沒有聽說過他？」莫洛小姐問道。

「噢，沒有，從來沒有聽說過。」

「而妳就只見過他這麼一次，他什麼也沒講？」

「就只見過這麼一次。」

莫洛小姐站了起來。「非常謝謝妳的合作，我們今天就進行到這裡為止。我相信金賽先生已經向妳道歉過了吧？」

女子露出了微笑。「噢，是的，現在都沒事了，謝謝妳。」她匆匆的走了。

巴利．寇克中間出去了一會，現在又回到客廳。「金賽正要上來，」他說道：「我們要在他們兩個還沒交換情報之前先把他抓來這裡，這是我的想法。怎樣，我這麼做還有點偵探的味道吧？」

「非常好。」莫洛小姐甚表同意。這時一位高大、黝黑的年輕人走了進來，身上穿著十分正式。

「寇克先生，你找我嗎？」他問道。

「是的，很抱歉打斷了你的業務。金賽，我聽說你在跟一位麗拉．巴爾小姐談戀愛，而她就在我們這棟大廈上班。你曉得他們公司是幹什麼的嗎？」

金賽露出笑容。「那當然，寇克先生，我還正想跟你報告這件事呢，只是一時找不到機會。」

「聽說你前天跟她吵架了？」

「噢，那只是一件小事啦，老闆。」金賽黝黑的臉上陰鬱起來，「現在沒事了。」

「那很好，不過你前天晚上為什麼一反常態，沒有等她，兩個人一起回家呢？你不理她就走啦？」

「唔，我……是吧，我覺得有點煩。」

「所以你就不理她，給她一點教訓，就像我所說的適度的提神醒腦。好吧，就這樣，很抱歉問了你一些私人的問題。」

「不用客氣，老闆。」金賽轉過身正要走，又遲疑了一下。「寇克先生……」

「什麼事，金賽？」

「噢，沒什麼事，老闆。」金賽說完走了。

寇克轉過頭對莫洛小姐說：「就這樣了，他說的和麗拉·巴爾小姐的一模一樣。」

「也很合乎情理，」莫洛小姐歎息道：「可是我們這樣什麼也沒得到，我得說我很失望。陳警官，你認為我問到印度去，是扯太遠了嗎？」

陳查禮聳聳肩說：「在這樣的場合最好別讓對方了解我們在想什麼。假設對方無罪一直是我的目標，有時候我嘴巴講的和心裡想的一樣，有時候我是低空飛行而過。」

「恐怕我的飛行高度應該要再低一些，」莫洛小姐皺著眉頭回答道：「那位小姐的說詞挺合理的，可是，我不知道……」

「唔，有一件事倒是可以確定，」寇克說道：「她不是伊芙．杜蘭德。」

「你怎麼知道？」莫洛小姐問道。

「看年紀嘛，她才那麼一丁點兒大。」

莫洛小姐笑了起來。「這位小姐可真是幸運呵，」她說：「你們男人一看到金髮美女，眼睛就差不多瞎了。」

「妳這樣講是什麼意思？」

「我的意思是男人會被女人的一些小把戲瞞了過去，但是那絕對瞞不過別的女人。巴爾小姐有三十歲了，最起碼。」

寇克噓了一口氣。「以後我可得小心一點，」他說道：「我還以為她才二十歲出頭呢。」

他一轉身，發現帕拉岱斯就在身邊。這位管家不聲不響的走進來，手上端著一個銀托盤，彷彿要獻上什麼寶貝似的。

「這些東西我要怎麼處理，老闆？」他問道。

「都是些什麼？」寇克問。

「寄給菲德烈克・布魯斯爵士的信件，老闆。湯瑪斯・庫克父子公司駐舊金山辦事處才剛把這些信送過來。」

莫洛小姐急切的走上前去。「我來處理！」她說道。帕拉岱斯行個禮之後退下。莫洛小姐的眼睛亮了起來：「我們居然沒有想到這個，陳警官。菲德烈克爵士的信，這說不定是個寶庫。」她拿起其中一封信。「這個，頭一封，從倫敦寄來的，首都警察廳，蘇格蘭警場……」

她迅速撕開封皮，抽出一張紙來，打開來一看，不禁失望的唉了一聲。

寇克和陳查禮走上前去，看著從蘇格蘭警場寄來的那封信。那只是一張紙——完全空白的一張紙。

【第七章】一池渾水

莫洛小姐挺立著，兩道眉毛困惑的攢聚起來，低頭看著她剛從蓋有倫敦郵戳的信封裡抽出來的紙，真是意想不到。

「我的天，」她歎息道：「那個情治單位的作業出麻煩了，這又是充滿了懸疑。」

陳查禮笑著說：「請容我打個岔，妳不必那麼愁眉苦臉，那可是會長皺紋的，你會心疼的。有時候生活裡面偶爾來點令人驚訝的事會比較有趣，請妳接受過來人的意見吧。」

「可是這究竟代表什麼意思？」她問道。

「有一點我可以確定的是，」陳查禮回答說：「這絕不表示蘇格蘭警場忽然童心未泯的讓一張白紙飄洋過海六千英哩。那是絕對不可能的，一定是我們這裡有什麼新興的怪行業在搞鬼，我們有責任把它揪出來。」莫洛小姐開始用手把那張白紙撫平，陳查禮趕緊伸手捉住她那隻纖纖玉手。「拜託，不能再摸了，」他大叫道：「妳這樣就犯下大錯了，我們肉眼雖看不見，可是那張紙上面有東西。」

「什麼？」莫洛小姐問道。

「指紋，」他回答道。他小心翼翼的夾住那紙的一小角，從莫洛小姐手中拿了過來。「妳留下的指紋比較嬌小實在。把原來的信調包，將這白紙摺好後放進信封裡的人，指紋也很實在，但就不那麼小了。」

「噢，那當然。」莫洛小姐說道。

「在這一行裡，我並不是科學迷，」陳查禮接著說：「但是指紋所告訴你的全部都是事實。我可以很得意的告訴妳，我在這方面還小有研究哩。在檀香山，這一方面懂得比我多的人並不多，很多人都誇我是指紋鑑定專家。寇克先生，你有沒有上大鎖、鑰匙單獨保管的抽屜？」

「當然有。」寇克回答道。他走到一張別致的西班牙式書桌前，用鑰匙打開一個抽屜，讓陳查禮將紙放進去。寇克又將抽屜鎖上，將鑰匙拔出來交給陳查禮。

「等一下把燈關掉，」陳查禮說：「我會用駱駝毛的毛刷表演一下專家的技術，這樣我們或許可以查出是誰拆過菲德烈克爵士的信件。」他拿起那個空信封。「你們看——這裡用蒸汽薰過，上面的痕跡顯而易見。」

「蒸汽，」巴利·寇克嚷道：「但究竟是誰——噢，我知道了。菲德烈克爵士的信是湯瑪斯·庫克父子公司駐舊金山辦事處轉遞的。」

「非常正確。」陳查禮笑道。

「而賈力克·恩得比就在那裡上班。」

陳查禮聳了聳肩膀。「你這年輕人很聰明。恩得比先生的大姆指會按在這張紙上大概是八九不離十了，不過呢，光憑推測是沒有根據的，事實的真相還是要找出來的。莫洛小姐，我很冒昧的建議一下，菲德烈克爵士不是還有其他的信嗎？」

「噢，對，」莫洛小姐說道：「拆看人家的信實在有點罪惡感，但是職責所在卻又不得不如此，我想你也知道。」

她坐下來逐一看完其他信，很明顯她並沒有篩揀出什麼重要的線索。

「唉，」她最後說：「就那樣吧。那張白紙我就交給你，陳警官。至於我呢，我打算把注意力放在葛蘿莉亞．格蘭小姐身上，了解一下菲德烈克爵士被殺時，她項鍊上的珍珠為什麼會在那張書桌底下出現？」

「這是個很好的問題，」陳查禮頷首：「現在是該找格蘭小姐來談一談了，希望她的表白比麗拉．巴爾小姐的更為重要。」

「讓我打電話請她來一趟吧，」寇克提議說：「我會告訴她，我想就昨晚上發生在我辦公室裡的事件跟她談一談。這樣的話，比起警方找她，她所懷的戒心就會小一點。」

「非常好，」莫洛小姐同意道：「但是我很擔心我們已經嚴重妨礙了你的正事，寇克先生，假如真的如此的話，請你務必直說。」

「什麼正事？」他不以為意的問道：「我現在就和陳警官一樣，附屬於調查小組，我也希望能多出一點力。對不起，我先失陪一下。」

他打電話到格蘭小姐的公寓，正好她本人在，並且答應立刻前來。

寇克離開電話機之際，門鈴響了，帕拉岱斯迎來一位訪客。法蘭納利隊長大步走進客廳來。

「哈囉，」他說道：「原來你們都在呀？我想過來看看，希望沒有打擾到你們。」

「歡迎大駕光臨。」陳查禮說道。

「謝啦，陳警官。你這裡的問題解決了沒有？」

「目前為止還談不上。」陳查禮笑道。

「噢，你們的動作可能慢了點，是不是？」法蘭納利隊長有些擔心，一副老大不高興的樣子：「我忽然想起我曾經讀過有關你的報導，這回你該不會把我的嫌犯鎖進檔案櫃裡吧。」

陳查禮瞇起眼睛來。「我們接受本案的挑戰，」他精神奕奕的回答說：「我聽說本土的警察會把自己無法抓到嫌犯的案子，鎖到一個櫃子裡去。根據我從報紙當中得到的印象，這件案子的調查工作應該還有很多事情要做吧？」

「是嗎？」法蘭納利回答，他轉過頭去對莫洛小姐說：「妳問過那位姓巴爾的女人了嗎？」

「我問過了。」莫洛小姐把麗拉．巴爾的自白說了一遍，法蘭納利一言不發的聽著。

「喔，」莫洛小姐講完後，他說道：「看來妳的進展很有限，是吧？」

「我得承認的確如此。」她回答道。

「妳問到的也許不會有我多——我當然不是一個女人。我現在就到樓下去，親自跟她談一下。我看她也不是什麼好東西，她說她哭是因為她男朋友不理她就走了？也許是吧。不過如果妳來問我的話，我看今天女人會哭的原因可能有很多種。」

「也許你是對的。」莫洛小姐同意道。

「我當然知道我是對的。而且我還要告訴妳一件事，妳跟葛蘿莉亞・格蘭談的時候我會在場，妳現在先做好準備吧。」

「我很高興你在場。格蘭小姐等一下會在樓下的辦公室和我們見面，現在正在路上。」

「很好，我現在去跟那個愛哭的女人好好見一面，如果那個姓格蘭的女人到達後，我還沒有回來，妳得通知我一聲。這種遊戲我已經玩了三十年了，小女孩，任何一個地檢處的檢察官也不能把我排除在外。既然我負責調查這個案子，那就要聽我的指揮。」

他昂首闊步離開了這個房子，陳查禮漠然的看著他的背影，私下嘀咕的說：「雷聲好大，雨卻只有一點點。」

「我們最好到辦公室去吧，」寇克提議道：「格蘭小姐隨時都有可能到。」

他們走下樓，只見中間的房間滿室陽光，昨夜漫天大霧時發生的事似乎已經噩夢般的過去了。寇克在書桌前坐下，拉開一個抽屜，將一疊剪報交給陳查禮。

「這些東西你想看嗎？」他問道：「就像我今天早上告訴過你的，菲德烈克爵士似乎不只是對伊芙．杜蘭德的案子有興趣，還包括其他女人失蹤的案子。」

陳查禮仔細看完這些剪報，放回桌子，深深的歎了一口氣。「真是一個牽涉廣泛的案子。」他說道，沉默了很久。

「即使對你而言，也是一道難題。」末了寇克說道。

陳查禮愣了一下，回過神來：「噢，對不起。你剛才說什麼？」

「我是說，即使連大名鼎鼎的陳警官，這回也碰到了難題。」

「喔，是，是啊，的確是如此。可是我剛才想的並不是菲德烈克爵士，而是一個身體小很多，也比較無足輕重的人。假如沒遇到任何困難的話，我一定要搭上下禮拜三的船回去看我那小小的陳巴利。」

「但願如此，」莫洛小姐微笑道：「在今天這個社會上，像你那麼戀家的男人可真不多噢。」

「噢，這妳就不懂了，」陳查禮說：「我知道家庭對於你們美國本土的人是什麼意義，那只不過是一間沒有隱私的公寓房子，跳舞或開車累了鑽進去躲起來的鴿子籠罷了。我們中國人就不一樣，親情、婚姻、家庭，我們仍然緊緊守著這種跟不上時代的東西。家庭是我們退休後的歸宿，當父親的就像祭司，總是讓祭壇燈火通明。」

「聽起來真的非常溫馨，」巴利．寇克說：「尤其做父親是負責這樣事情的人。這樣的話，我必須用自己的名義，拍一封電報祝陳巴利健康如意。」

葛蘿莉亞．格蘭小姐到了，金賽從接待室陪她走進中間辦公室。在滿室陽光底下，她看起來不像昨晚燭光晚宴時那麼明艷動人了，只見她眼睛旁邊有明顯的魚尾紋，濃妝底下透露出歲月的痕跡。

「嗨，寇克先生，我來了，」她說道：「噢——莫洛小姐，還有陳警官。我知道我有點神經過敏，昨天晚上的事把我嚇壞了……菲德烈克爵士是那麼有魅力的一個男人。這件事查出來了嗎？有沒有任何線索？」

「到目前為止，找到的線索並不很多，」寇克回答道：「請坐。」

「請稍等一下，」莫洛小姐說道：「我得通知一下法蘭納利隊長。」

「讓我去吧！」陳查禮對她說了一聲，隨即離開。

陳查禮推開加爾各答進口商公司的大門，只見法蘭納利正臉紅脖子粗的站在那裡，麗拉·巴爾坐在他面前，再度哭了。隊長轉過身來，「什麼事？」

「在找你呢，隊長，」陳查禮說道：「格蘭小姐已經到了。」

「好吧，」他轉身對那位正在哭的女人說道：「我會再來找妳的，小女人。」女人沒回答，他於是跟陳查禮走到外面穿堂。

「你似乎滿有一套的嘛，一出手就把人家弄哭了。」陳查禮說道。

「她是我今年碰到最愛哭的女人。我可不想對她太客氣，她不值得我那樣做。」

「想必你的方法得到出人意料的收穫囉？」

「她還是堅持她那套說詞。可是你必須聽我說，她知道的不止這些，只是不肯說出來而已。就一個無辜的旁觀者來說，她的眼淚未免太多了。我可以跟你賭一百塊美金，她一定是伊芙·杜蘭德。」

陳查禮露出不置可否的表情。「我們中國人很好賭，」他說道：「不過為了不讓你誤入歧途，我不得不放棄這麼簡單就可以贏你的賭注。」

陳查禮這麼一說，法蘭納利隊長又說出他最喜歡的口頭禪，「是嗎？」兩人一同走進了寇克的辦公室。

他們走到中間的辦公室後，巴利．寇克把滿臉好奇的金賽關在門外面。法蘭納利隊長站到葛蘿莉亞．格蘭的面前。

「我正想要見妳一面呢，妳知道我是誰吧，昨天晚上我有到過樓上。妳的名字叫做葛蘿莉亞．格蘭，是不是？」

格蘭小姐注視著他，有一點理解他是個怎樣的人。「噢，是的。」

「妳可以告訴我本名嗎，小姐？」

「我這個名字已經用過許多年了。我……」

「哦？那就是說並非本名囉？」

「不是。我用這個名字——」

「我知道，妳使用了一個不屬於妳的名字。」隊長的語氣中，頗有妳應該關進監牢裡面的味道。「我想，妳使用這個化名應該有理由吧？」

「當然有。」女人有點生氣的看著他。「我本名叫做愛答・頻戈兒，我認為在舞台上使用這個名字紅不起來，所以我就使用葛蘿莉亞・格蘭這個藝名。」

「好吧，那妳承認妳走到哪裡都使用這個假名是吧？」

「我並不在乎你怎麼講。在舞台上，藝名取得更花俏的人多得是。我又沒有做什麼事，你憑什麼那麼沒有禮貌。」

「我很能了解妳的感受，」莫洛小姐說道，頗不以為然的瞟了隊長一眼。「接下來換我來發問吧。」

「我寧可妳來問。」格蘭小姐惱火的說。

「妳昨晚應寇克先生邀約之前，見過菲德烈克・布魯斯爵士嗎？」莫洛小姐問道。

「沒有，我不曾見過。」

「那麼，對妳來說他完全是個陌生人。」

「沒錯，妳為什麼這麼問？」

「昨天晚上妳沒有在私底下見他？」

「沒有。」

法蘭納利隊長走上前一步，張開嘴巴正要講話，莫洛舉起手向他示意道：「請等一下，隊長。格蘭小姐，我得警告妳這是一件很重要的事情，妳必須告訴我們實話。」

「呃……」她的態度變得不太確定起來：「妳為什麼會認為我是在……」

「說謊是嗎？我們就是知道！」法蘭納利隊長忍不住說道。

「昨天妳要進去樓頂木屋之前，妳的項鍊斷了，」莫洛小姐繼續說道：「那件事是在哪裡發生的？」

「在樓梯上，從二十樓要上到樓頂的樓梯上。」

「所有散落的珍珠妳都撿起來了嗎？」

「是的，我想是吧。數目我並不是很確定，當然，我用不著告訴妳那些珍珠都是仿製品吧，真的珍珠我買不起。」

莫洛小姐打開自己的皮包，放一顆珍珠在書桌上。「妳認得這個嗎，格蘭小姐？」

「咦？是的，這是我的珍珠，我當然認得。非常謝謝妳，妳，呃，是在哪裡找到的？」

「我們是在……」莫洛小姐緩緩的說：「這間房間的這張書桌底下找到的。」女人的臉紅了起來，沒有回答。房間裡出現一陣沉默，空氣有點緊張。「格蘭小姐，」莫洛小姐又說道：「我認為妳最好改變態度，講實話，如果妳肯的話。」

女演員聳了聳肩。「我想妳說得對。我本來只想跟這件事情保持距離，不想讓太多人曉得。其實，我跟這件事情的關係並不很深。」

「妳的項鍊其實是在這裡斷掉的，妳是來找菲德烈克爵士說話的？」

「是的，這是事實。我要上樓頂之前，才把項鍊從書桌的一角撿起來。」

「請不要從妳要上樓的時候開始講，可以的話，麻煩妳從頭講起。」

「很好。我剛才說我在昨天晚上之前不曾見過菲德烈克爵士，那是真的。當我從電梯出來，經過穿堂要上樓之前，這個辦公室的門打開了，一個男人站在門口，他說：『我想妳就是格蘭小姐吧？』我就說這是我的名字，他說他是菲德烈克．布魯斯爵士，也是寇克先生的客人，他想在我上去之前，單獨跟我談一談。」

「請繼續說。」

「嗯，他的要求很奇怪，可是他看起來是那麼有身分地位的人，我覺得應該不會有問題吧，所以就隨著他進來這裡。我們坐下來後，他開口向我表明他自己的身分，以及他和蘇格蘭警場的關係等等。當然啦，我自己因為是英國人，所以對蘇格蘭警場來的人都非常尊敬。他繞著這個話題談了一會兒，然後就轉入正題。」

「哦，是嗎？」莫洛小姐微笑道：「我們想要聽的就是這些，他說了些什麼？」

「他……他想要問我幾個問題。」

「哦，什麼問題？」

「他說有一個女人很多年前失蹤了，問我能不能夠把這個女人認出來。那個女人走進黑夜裡頭，然後就再也沒有下落了。」

眾人一陣肅靜。陳查禮悄悄的往前坐了一點，巴利・寇克好奇的注視著葛蘿莉亞・格蘭的臉。就連站著的法蘭納利隊長也聚精會神的聽著。

「原來如此，」莫洛小姐鎮定的說：「菲德烈克爵士為什麼認為妳可以認出那個女人呢？」

「因為我是那個女人最要好的朋友，她失蹤的那天夜晚，我是最後一個看見她的人。」

莫洛小姐點點頭，說：「那也就是說，十五年前的某個夜晚，妳也參加了白夏瓦附近小山丘上的那次夜遊？」

女演員的眼睛睜大了。「妳說白夏瓦？那是在印度吧？我這輩子從來沒去過印度呢。」

眾人又驚愕得沉默下來，法蘭納利忍不住對她喝叱道：「喂，妳剛才答應說要講實話的。」

「我是在講實話呀！」她抗議道。

「妳根本沒有！他向妳問的那女人是伊芙·杜蘭德，那女人有一天晚上在白夏瓦的城外失蹤了——」

陳查禮打斷了法蘭納利的話。「請原諒我打個岔，隊長，」他說：「你對這位小姐所講的事，反應不能那麼敏感吧。」他把書桌上的幾份剪報拿了起來。「能不能麻煩妳告訴我們，」他對葛蘿莉亞·格蘭說：「妳那位朋友失蹤地點的地名叫什麼？」

「那當然，她是在尼斯失蹤的。」

「尼斯？那是什麼鬼地方？」法蘭納利問道。

「那是法國里維耶拉的一個旅遊聖地，」格蘭小姐笑容可掬的說：「恐怕你的職務把你綁在本地，你才不曉得吧，隊長。」

「尼斯？」陳查禮緩緩的重複道：「那麼妳那位朋友也許叫瑪麗．蘭特兒吧？」

「那就是她的名字。」女演員回答道。

陳查禮挑出一張剪報，拿給莫洛小姐。「麻煩妳把這份剪報唸出來給大家聽好嗎？」

他說道。「這件事的確非常有趣。」

莫洛小姐再度像昨天中午在聖法蘭西斯吃午餐時一樣，將菲德烈克爵士收藏的一份剪報唸出來：

「瑪麗．蘭特兒到底怎麼了？十一年前六月的一個月華如練的夜晚，尼斯的吉蒂大道劇院有一個英國劇團在那裡上演《桃樂公主》。對於所有和此事有關的人來說，那天晚上相當令人懷念。戲院的票全都賣光，休假的士兵填滿每一個座位，劇團的經理卻快要急瘋了，消息在最後一刻傳來說女主角病了，病得非常嚴重。這位經理在萬般無奈下找了劇團中的臨時演員瑪麗．蘭特兒來演女主角，她是個面貌姣美卻默默無聞的女孩，但機會總算是來了。她登上燈光刺眼的舞台，搖身一變，成了魅力十足的女人。那天晚上的觀眾絕對忘不了她的表演，大家如痴如狂，落幕時都站起來高聲喝彩。

「戲演完後，經理興高采烈的衝進瑪麗·蘭特兒的化妝室，這真是個意外的發現，而現在屬於他一人所有。他會使瑪麗·蘭特兒在倫敦、紐約大紅起來，而當晚的女主角只是默默的聆聽著。之後，瑪麗·蘭特兒披上簡單的外衣，從後台的側門走出去，上了防波堤。名氣和財富正等著她，如果她選擇接納的話。而她是否做了這樣的選擇，卻始終沒有人知道，迄今只知道她離開戲院之後，就消失得無影無蹤。十一年過去了，從那天直到現在，沒有人知道瑪麗·蘭特兒的下落。」

莫洛小姐唸完，臉上的表情再一次的需要很大的努力才能平復下來。法蘭納利隊長仍然站在那裡，嘴巴張得大大的。似乎只有陳查禮保持著輕鬆沉著的態度。

「瑪麗·蘭特兒是妳的朋友嗎？」他問格蘭小姐。

「是的，」女演員回答道：「菲德烈克爵士不知怎樣也知道這一點，我那時候也是同一個劇團的成員。我必須說，這份剪報稍嫌誇大了點，我猜他們是為了使報導更有看頭才這麼寫的。那天晚上的演出內容還過得去，我也只能這麼講，至於有沒有觀眾喝彩，我倒是不記得了，而她的確是演得很好，這點沒有人懷疑。她本來還可以演其他戲的，那會比她以前演過的角色還要好。但是事實就是這個樣子——她離開戲院之後，再也沒有人看見過她。」

「妳是最後看到她的人嗎？」陳查禮問道。

「是的，我在回家的路上，看到她站在英國人散步大道和一個男人在講話，那是防波堤的入口。那時候我只是繼續走我的路，沒有特別留意。至於後來，當然啦……」

「菲德烈克爵士向妳問的，就是這個女人嗎？」莫洛小姐問道。

「是的。他把剪報拿給我看，並且問我那個時候是不是在同一個劇團裡。我說是的。他想要知道的是，如果我再次見到瑪麗．蘭特兒，我還認不認得出她來。我說我當然認得出她來。他說：『非常好，今天晚上我要麻煩妳做這件指認的工作，等聚會結束時，請妳暫時不要離開，我們還要再談一下。』我告訴他我大概不行，不過當然啦，到了最後……嗯，他再也沒辦法跟任何人談了。」

眾人默默的坐了好一陣，最後莫洛小姐說話了。

「我想我們就談到這裡吧，」她說：「除非法蘭納利隊長……」

她瞟了隊長一眼，只見那張紅通通的大臉上掛著一副十分迷惑的表情。「妳問我嗎？沒……沒有，我想沒有。我現在沒有其他問題。」他舌頭打結的說。

「那，非常謝謝妳囉，格蘭小姐，」莫洛小姐接著說：「妳這一陣子會待在這個城市裡吧？」

「是的，我應邀在阿卡薩戲院演出。」

「噢，妳如果要離開這裡的話，請一定要通知我。妳現在可以離開了，非常謝謝妳來這裡。」

格蘭小姐的下巴向書桌伸了伸。「那顆珍珠可以還我嗎？」

「當然可以。」

「謝謝妳。當一個女演員很久沒去買東西時，連仿製的首飾也是很寶貴的，這我想妳了解吧？」

莫洛小姐送她出去，回來後見到大家一言不發。「嗯，怎麼樣？」她問道。

「真是令人不敢相信，」巴利．寇克嚷道：「又失蹤了一個女人，我的天吶！伊芙．杜蘭德和瑪麗．蘭特兒的案子不可能扯在一起吧，除非我們這個港口裡面躲的統統都是失蹤的女人。陳警官，你的看法怎樣？」

陳查禮不置可否的聳聳肩。「我們每次辦案子都會越陷越深，」他承認道：「我現在必須宣布說，我已經卡住了。」

「我會查個水落石出，」法蘭納利嚷道：「你們把案子交給我吧，我會搞得有聲有色的。」

陳查禮的眼睛半瞇了起來。「隊長，我們中國人有這樣的俗話說，」他很有禮貌的說道：「一池子渾水，你越去攪它，它就越濁，別去管它，池裡的水就會慢慢的變清。」

法蘭納利瞪了他一眼，一言不發的大步離開了這個房間，還把外面的門重重的摔上。

【第八章】日行一善的童子軍

陳查禮小心翼翼的將菲德烈克爵士的剪報從書桌上拿起來，從身上取出一個大皮夾，將剪報裝進去。自從法蘭納利隊長很粗魯的離去之後，巴利．寇克就一直注視著那扇門。

「我很擔心，」他說道：「警察的任務看來不輕鬆，我們親愛的老隊長看起來有點……要怎麼講……火大吧？噢，對極了，用火大這個字眼來形容十分貼切。」

莫洛小姐微笑道：「他整個人陷入一團迷霧中，警察每次碰到這種事就會發火。」

「我希望這影響不到妳。」

「假如真是那樣的話，我生氣起來的樣子，你看了一定會把我趕出去，再也不要見到我了。」

「妳只是稍稍感到挫折，是嗎？」

「你驚訝嗎？你有沒有聽過像這樣的案子？」她拿起從樓上木屋帶過來的外套。「有關瑪麗．蘭特兒——」

「請容我建議一下，」陳查禮說道：「瑪麗．蘭特兒的事可別想那麼多，她是……呃，你們所謂從旁邊冒出來的案子。有一個眼睜睜的事實必須時時刻刻記住——菲德烈克．布魯斯爵士是死在這個房間的地板上，他死的時候，腳上那雙絨布拖鞋不見了。我們如果想到太遙遠的地方去，那就迷失了。伊芙．杜蘭德和希拉利．高特都可以納入思考，但是最應該思考的是菲德烈克爵士和昨天晚上發生的事。瑪麗．蘭特兒的事就擱在旁邊的角落吧，只有這樣，我們才會慢慢有所進展。」

莫洛小姐歎息說：「我們已經進展了嗎？我很懷疑。」

「樂觀一點吧，」陳查禮勸道：「中國人有句老話說：『雲開霧霽，雨過天青』。」

他鞠了個躬，走進裡面的房間，爬樓梯到樓上去了。

巴利．寇克接過莫洛小姐的外套為她披上時，心中忽然掠過了那句廣告詞：「服從意念的衝動」，但是人活在這個世界上，總無法每個意念出現時都能夠服從吧。

「『我們每次都會越陷越深』，」他覆誦著陳查禮的話：「看起來這是個非常耗時而又牽扯複雜的案子。」

「恐怕是的。」莫洛小姐回答道。

「恐怕？妳這話是什麼意思？妳我都是有腦筋的人，如果你們也把我算進去的話，對於自身能力那麼嚴格的考驗，我們應該歡迎才是。不久之後，我們再來開個會吧。」

「你認為那有必要嗎？」

「我確信如此。」

「那就這麼說定囉，」她笑道：「謝謝你請的午餐，我要告辭了。」

寇克上去頂樓木屋時，陳查禮從菲德烈克爵士本來住的那個房間喚他。寇克走進去後，只見陳查禮若有所思的站在一些行李前面，菲德烈克爵士的行李就沿著牆角井然有序的放置著。

「菲德烈克爵士的這些遺物你看過了嗎？」陳查禮問道。

寇克搖搖頭說：「沒有，那還輪不到我。昨天晚上法蘭納利將它們翻過了，顯然並沒有發現什麼。他還要我把它們拿去給英國領事館。」

「法蘭納利做事太匆促了，」陳查禮不以為然的說：「你也許有鑰匙吧？有的話，我倒很想把這些行李箱打開來看看。」

寇克把鑰匙交給陳查禮，讓他自己去忙。陳查禮對那些遺物研究了好久，當他終於在客廳出現時，腋下多了好幾本書。

「有找到什麼嗎？」寇克問道。

「什麼也沒有，」陳查禮回答道：「只除了這些有點沉重的書例外。不介意的話，麻煩你靠近一點來看。」

寇克站起來，隨意看了那幾本書一下，原本漫不經心的態度立刻消失無蹤，很興奮的叫了起來：「老天爺！」

「跟我剛才的感覺一樣，」陳查禮笑道：「你也注意到這幾本書的作者是誰了。」他把那些書的書名唸出來：「《中國來去》、《波斯漫遊》、《戈壁沙漠之一年》、《西藏——世界的屋脊》、《我身為探險家的日子》。」當他看向寇克時，眼睛半瞇了起來。「這些都是咱們那位朋友約翰·畢罕寫的。菲德烈克爵士的行李裡面別的書沒有，卻單獨對這一位作者特別有好感，你會不會感到奇怪？」

「那當然，」寇克同意道：「我懷疑……」

「我從頭到尾都在懷疑。當我昨天晚上看到那位孤獨探險家的深邃眼神時，我就問我自己說，是什麼讓這個人有這樣的神情？看到躺在地上的菲德烈克爵士時，我的思緒又飛回那張神秘的臉上。那麼冷淡、那麼沉靜的一個人，誰又曉得在那底下是不是有一把熾熱的火。」陳查禮挑出一本厚厚的書《我身為探險家的日子》。「我覺得有必要把菲德烈克爵士的這幾本書瀏覽一下，先看這一本，這樣或許可以好好了解一下一個人的冒險世界。」

「好主意。」寇克點點頭說。

陳查禮尚未展開閱讀，門鈴響了，帕拉岱斯迎進來道森．寇克夫人，她興高采烈的走進客廳裡來，像個小女孩似的。

「哈囉，巴利。陳警官，我就知道我會在這裡找到你，結果你並沒有坐船走了，是不是？」

陳查禮歎了一口氣，說：「我這個假期好像放得沒完沒了似的，歷史一再重演。」

「幸好是這樣，」寇克夫人說：「這裡需要你。這件事真是可怕啊，而且巴利你有沒有想過，這還是發生在你的大樓裡呢。我們寇克家族很不習慣跟這種社會事件扯在一起，昨天晚上我一整夜無法闔眼。」

「聽到你老人家這樣講，我真是感到遺憾。」她的孫子說。

「噢，你不必遺憾。最近我睡得很少，似乎我該睡的覺，幾年前就已經睡夠了。好啦，這件案子怎麼樣了？他們有沒有什麼進展？」

「進展不多。」寇克坦承道。

「就憑他們？那個腦筋秀逗的刑警隊長。他把我煩死了，問起話來一點技巧也沒有。莎莉．喬登的孩子會在這裡露一手給他瞧瞧的。」

「這我可不敢當！」陳查禮鞠了個躬。

「什麼敢當不敢當，太迂腐了，事實就是這樣。你可不能讓我漏氣，我的希望全寄託在你一人身上。」

「噢，對了，」寇克說道：「真高興你老人家一個人來，那個女人，脫普—布洛克太太在你老人家的身邊多久了？」

「差不多有一年了吧，她跟這件事有什麼關係？」

「她這個人你老人家清不清楚？」

「別傻了吧，巴利。我對她了解得很，她沒有問題。」

「你是說你對她這個人的過往一清二楚？」

「倒也不是，我從來沒有過問她私人的事，那用不著，我會看人，任何人我只要看一眼就夠了。」

寇克笑了起來。「你老人家真是聰明！事實上，你對她個人的事一點都不了解，是不是？」

「噢，我當然知道。她是個英國人，在德文郡出生的。」

「在德文郡？」

「是啊。她先生是個神職人員，你看她那副營養不良的樣子就知道。她先生現在已經不在了。」

「你老人家知道的就是這些？」

「你找錯對象啦，不過你當然會問到那裡去，你是個不錯的孩子，但是不夠聰明。

話說回來，我來這裡可不是要跟你討論海倫．脫普—布洛克的，我只是忽然想到，我昨天晚上並沒有把我看到的全部事情講出來。」

「哦，你老人家把證據隱藏起來了？」寇克笑道。

「我不知道這算不算證據，有可能是也有可能不是吧。你告訴我好嗎？他們有沒有發現菲德烈克爵士和恩得比太太那個小女人之間的關係？」

「沒有，他們沒有發現。你老人家發現了嗎？」

「呃，那是在放映影片不久的時候，我走進廚房裡去……」

「到廚房去？」

「我口渴了，在客廳裡又找不到水，可是我在一間只住著男人的屋子裡，又有什麼好期待的呢？結果我在從客廳到廚房的走道上，碰到了菲德烈克爵士和恩得比太太，他們好像在談論什麼要緊的事。」

「他們在談些什麼？」

「我可不是喜歡偷聽人家講話的人，更何況我一出現，他們就停了下來，一直到我離開之前，他們都保持著沉默。等過了一段時間我再回來時，他們已經不在那裡了。」

「嗯，這可能很重要，」寇克同意說：「也可能不重要。話雖如此，事情卻有點古怪——菲德烈克爵士建議我邀請恩得比夫婦來吃晚飯時，曾經對我說，他從未見過恩得比太太。我會把你老人家這項情報轉告給莫洛小姐。」

「莫洛小姐跟這件事有什麼關係？」老奶奶問道。

「地檢處派她處理這宗案子。」

「什麼！你是說他們把這麼重要的案子交給——」

「別緊張，莫洛小姐是個非常聰明的年輕女人。」

「那怎麼可能。她長得太漂亮了。」

「所以說是奇蹟嘛。」寇克笑道。

老奶奶很熱心的望著他：「孩子，你可要自己當心一點。」

「你為什麼這樣說？」

「寇克家的男人每次碰到聰明的女人就會露出馬腳，那就是異性的吸引力吧，我想。我會嫁到這個家族來就是這個原因。」

「你老人家該不是忽然產生了自卑感吧？」

「那才不呢，先生，你們這些年輕人休想把那樣的標籤貼在我頭上。嗯，好吧，你儘管去告訴莫洛小姐恩得比太太的事吧！我想本案調查委員會最重要的一名成員已經聽到這件事了，我指的是陳警官，」她站了起來。「今天早上我寫信給莎莉・喬登說我見到了你，」她面對陳查禮，「我告訴她說，我認為美國本土目前還少不了你哩。」

陳查禮聳一聳肩。「美國本土喜歡看到一位累壞了的郵差，到了假日還拼命跑腿，」他說道：「我這樣講並不想得罪你，可是我真的很渴望回夏威夷。」

「喔，那就要看你的表現了。」寇克夫人一條腸子通到底的說：「你趕快把這件案子偵破，趁下一組人找上門來之前趕緊落跑，不就得了？我看我得走了，我有俱樂部的集會要參加，那就是我生活中最重要的一件事了——俱樂部的集會。巴利，別忘了繼續告訴我這個案子的事，二十年來這裡頭一次發生刺激的事，我可不願錯過任何一個細節呢。」

寇克送走她後，回到客廳來，冬天的黃昏來得很早，他點亮了室內電燈。

「這些線索又把艾琳那個小女人扯了進來，」他說道：「她昨天晚上似乎真的快崩潰了，甚至還沒看到太平梯上那個人之前，就已經是這樣了。如果她真的看到那個男人，我想我應該叫莫洛小姐看緊她，這樣做對不對？」

陳查禮的視線從那本厚書中抬起來，不太感興趣的點點頭。「那就去做。」

「你好像對她不太感興趣，是嗎？」寇克笑道。

「這個畢罕上校，」陳查禮反應道：「真是不得了！」

寇克看了一下手錶，說：「我很抱歉，今天晚上我要跟一個朋友在大都會俱樂部吃晚飯，這是好幾天前就約好的。」

「那真是對不起，」陳查禮說：「如果我干擾到你的行事曆的話。你能不能告訴我，畢罕上校……你曾經在大都會俱樂部看到過他嗎？」

「有的，不知道是誰給了他一張貴賓卡，我偶爾會在那裡遇見他。我這幾天帶你過去看看好了。」

「那我太榮幸了，」陳查禮很誠懇的說。

「我請帕拉岱斯為你安排晚餐。」寇克說。

「不必那麼費心，」陳查禮回答說：「昨天晚上發生了那樣的事情之後，你那位管家也該放個假了。這一兩天我吃了貴廚師太多東西了，今晚我也要到別地方吃，去看一些我感到好奇的小玩意兒。」

「那就隨你的便了。」寇克點點頭，留下陳查禮繼續看書，自己走到臥房裡去。

六點三十分，繼寇克離開之後，陳查禮也來到大街上。他先是到一家不很貴的小吃店用過晚餐，又走了出來，看似漫無目標的逛著，一路走向唐人街去。

中國人是喜歡夜間活動的民族，都板街的商家燈火通明，裡頭擠滿了購物的人潮，人行道也充滿著閒來無事的人，似乎一到了夜晚就不曉得該怎麼辦。年輕人的穿著跟時下的白人沒什麼兩樣，年長的人則穿著絲綢長袍和中國傳統的長褲，腳下蹬著毛氈縫製的鞋子。四周不時可以看到一些神氣的貴婦人，顯然要她們別那麼愛端架子，她們是辦不到的。除此之外，還有一些明眸皓齒的摩登女郎，為這幅圖畫增色不少。

陳查禮轉到華盛頓街，再走下幽暗的天后廟街，爬上燈光昏暗的樓梯，來到一道熟悉的門前，他敲了幾下。

中國人的辭典裡面沒有驚訝這個詞，陳麒麟只是面無表情的看著他，雖然他們今天早上才剛剛道別，堂兄依然默默接受了他的造訪。

「我又來了，」陳查禮用廣東話說：「我本來以為我可以離開美國本土了，但是老天爺卻不那麼認為。」

「進來吧，」堂兄道：「我這房子雖然破舊，卻竭誠歡迎自家兄弟來訪，請坐。」

「你太客氣了，」陳查禮回答道：「想必你也猜得到，又有差事找上我了，如果你不嫌棄的話，我需要一點情報。」

堂兄的眼睛半瞇起來，朝自己下巴稀疏的灰白鬍子摸了一把，並沒有答應他的要求，陳查禮對此並不意外。

「你要跟那些白人鬼子警察合作嗎？」堂兄冷冷的說。

陳查禮聳一聳肩，說：「相當不幸，是的。可是我並沒有辜負你對我的信任。我只想請教你一個對自己沒有害處的問題，也許你可以告訴我一個外來客是什麼人，他到傑克森街一戶人家做客，是那戶人家的親戚，名字叫李剛。」

堂兄點點頭。「我沒有見過他，不過我在堂口聽人家談起，這個人曾經跑過外國很多地方。他的堂弟李亨利是進口竹籃子的，住在傑克森街的大公寓裡，生活非常洋派，他有一陣子就住在李亨利那裡。應該就是東方公寓吧，我想。我沒有進去過那裡，不過我知道那裡有浴室，以及一些白人鬼子自鳴得意的現代玩意兒。」

「你認識李亨利嗎？」

堂兄的眼睛凌厲起來。「我沒有那樣的臉面！」陳麒麟回答道。

陳查禮心裡很清楚，他堂兄不想攪進任何他提出的問題。他離開圓凳子站了起來。

「太感謝你了，」他說：「我想知道的就是這些。因為要務在身，我必須告辭了。」

堂兄也站了起來，說：「才坐了這麼一下子。那你務必要再來，這裡隨時歡迎你。」

「一定，」陳查禮點點頭說：「我雖然很忙，但是我們一定會再見面的，告辭了。」

堂兄送他到門邊，「請慢走！」在這句客套話的背後，似乎還有某些含意。

陳查禮立刻走向傑克森街，來到半山腰便看到東方公寓俗麗的正門，這裡住著一些發跡的中國移民，生活上的作風都相當美國化。

他走進門廳仔細看了一下公寓住戶的信箱，發現李亨利就住在二樓。他沒有按門鈴，推了推門扉，門沒有鎖，他走進去，腳步放輕穿越李亨利的二樓，再爬到三樓。他在樓梯口站了一下，再走下去，走到一半時，忽然像是踩空了，乒乒乓乓的跌到二樓。

李亨利住家的門打了開來，一位身穿西裝的矮胖中國人從門縫往外瞧。

「你跌倒了嗎？」那人關心的問道。

「哎唷！」陳查禮大叫，從地上爬起來，說：「惡鬼在追我呢，樓梯好滑，一不小心就滑了一下。」他想抬起腳來走路，但卻痛得不能走。「恐怕腳踝扭到了，假如我能夠坐一會的話……」

矮個子男人將門打得大開，說：「麻煩到我這邊來吧，我家的椅子雖然坐起來不是很舒服，但是你不妨坐下來歇一歇。」

陳查禮一再道謝的隨著他走進一間十分氣派的客廳，牆上掛著多幅杭州刺繡，還有好幾件從百貨公司訂購來的柚木家具，上面鋪著絨布。一個小男孩，大約十三歲吧，正坐在一具電唱機前面，電唱機正播放著舞曲。他身上穿著童子軍的卡其制服，脖子上圍著一條顏色鮮豔的黃領巾。

「請這裡坐吧，」李亨利指著一張墊著綠色絨布的大椅子，「我想腳痛應該不會太嚴重。」

「樓梯那邊忽然降下來，」陳查禮對他說：「你太客氣了。」

小男孩關掉電唱機，站在陳查禮面前，亮亮的眼睛帶著好奇的眼神。

「發生了一件意外，」他老爸解釋說：「這位先生在門外的樓梯扭到腳了。」

「真遺憾，」小男孩說，他忽然眼睛一亮：「我們童子軍都知道怎樣包紮，我去拿我的急救箱——」

「不用，不用了，」陳查禮連忙說：「不用麻煩了，我傷得並不嚴重。」

「沒關係，一點都不麻煩。」小男孩篤定的說，陳查禮費盡唇舌勸他不要，最後他跑走了，陳查禮總算鬆了一口氣。

「我坐著休息一下就好了，」陳查禮對李亨利說：「應該沒什麼大礙的。我正要找我的老朋友李剛，卻不料發生了這件事。」

壁爐架上的牆壁掛著一幀中年人的照片，相框是銀邊的，李亨利看著照片上的人。

「你是李剛的朋友？」他問道。

李亨利這一停頓對陳查禮來說已經夠了。「是啊，我看到那裡掛著他的照片，這相框不錯。那麼說來，他人在這裡是嗎？我找了老半天，總算夠幸運，是吧？」

「他本來住在這裡，」李亨利回答道：「可是剛好今天早上走了。」

「走了！」陳查禮露出很失望的表情，「天啊！我來得太晚了。能不能麻煩你告訴我他去哪裡？」

李亨利變得謹慎起來。「他去忙他自己的事情去了，我並沒有多問。」

「原來如此，這真是太可惜了。我有一個朋友，一個美國人，要跑好長一段的冒險之旅，想要找他幫忙，沒想到他卻走了！我那個朋友會出一筆數目慷慨的報酬。」

李亨利搖搖頭說：「李剛對這件事不會感興趣的，他被另一件事情絆住了。」

「噢，是啊。他還在幫約翰．畢罕上校的忙，是吧？」

「肯定是的。」

「這樣說來，他正在忙的這件事一定很有賺頭吧，不過那也可能是他對畢罕上校很忠心，那種忠心是日積月累凝聚而成的。這點我一直猜不透。你那位堂兄跟在畢罕上校身邊一共多久了？」

「久到足夠凝聚成你所謂的忠心。」李亨利含糊其詞的回答道。

「十五年，有可能嗎？」陳查禮探問道。

「有可能吧！」

「或者更久一點？」

「那我就不知道了。」

陳查禮點點頭。「就像孔老夫子講的，知之為知之，不知為不知，是知也。」他移動一下腳，臉上出現了疼痛的表情。「畢罕上校是個大人物，一個十分傑出的人，李剛真是幸運。跟著畢罕上校，他西藏也去過，波斯也去過，甚至還到過印度吧。也許他曾經告訴你他跟著畢罕上校到印度的事吧？」

房子的主人斜視的眼睛很明顯的露出頑固的表情。「我堂哥不大說那些事情。」李亨利說。

「他具有那樣的個性，無疑更增加了他在上校眼中的份量，」陳查禮捕風捉影的說：「很可惜他已經走了。看他對現在的老闆那麼忠心，我看我這一趟是白跑了，我答應過我的朋友——」

大門打開了，那位活潑的童子軍衝了進來，後面跟著一位一臉正經的美國人，手上提著一個小型的黑盒子。年紀很輕，卻留有鬍子。

「我把醫生帶來了！」李威利一副打勝仗的高叫道。

陳查禮給了那位小男孩一個很生氣的表情。

「聽說是不小心扭到了？」那位大夫很有精神的說道：「好吧，是哪一位……」

李亨利朝著陳查禮點了個頭。「這位先生腳扭到了。」他說。

白人立刻走到陳查禮身邊。「咱們來看看吧。」

「我沒事啦，」陳查禮婉拒說：「真的沒事啦。」

他伸出腳來，醫生脫掉了鞋襪，很快速的檢查了一下腳趾頭，又把腳掌轉過來轉過去，研究了老半天，最後站了起來。

「你這是幹嘛——耍我嗎？」他生氣的說：「你的腳根本沒事嘛。」

「我說過，我只是輕微的扭了一下。」陳查禮說。

他看了李亨利一眼，那位賣竹籃子的商人露出「我明白了」的表情。

「我就收你五塊錢美金好了。」醫生堅持的說。

陳查禮掏出腰包，把錢算給醫生，努力不去看男孩的那個方向。

白人很不客氣的走了。陳查禮套上襪子，穿好皮鞋，站了起來。為了面子，他必須一路假裝到底，因此還是一跛一跛的走著。

「這些白人鬼子醫生，」他悶悶不樂說：「他們只曉得收錢。」

李亨利注視著他。「我想起來了，」他說道：「還有一個人曾經跑來打聽李剛的事，是一個英國人，人很高大。英國人都很聰明，也很冷酷，就像掉進火裡還能夠偷東西的小偷，我今天早上看報紙，那個死掉的人該不是他吧？」

「我不曉得那件事！」陳查禮呆板的回答道。

「那當然啦，」李亨利隨他到了門邊。「你如果肯聽小弟的勸，」他說道：「你走路就會輕一點。萬一你真的發生了很嚴重的意外，那就太不幸了。」

陳查禮很含糊的跟他說了聲再會，走出門來，李威利就在門邊，臉上的笑容收不起來。這件事沒想到會如此收尾，但是小傢伙無疑是很開心，他是個童子軍，童子軍要日行一善。

陳查禮走回大街上，整個人徹底感到沮喪，他的欺敵策略很少那麼失敗的。他以為從李剛這條線追查會很管用，現在無疑要整個放棄了。他口中喃喃念著，要所有的童子軍都關進拘留所。

走進一家西藥房，他買了一小包煤煙料和一支駱駝毛刷。回到寇克大廈時，夜間警衛送他到樓頂木屋，他用寇克給他的鑰匙進去。屋內非常的暗，沒有一點聲音，他打開電燈，每個房間都巡視一遍，似乎沒別的人在。

他打開寇克書桌的抽屜，那張原先放在蘇格蘭警場信封裡的紙，他小心的取了出來。他看到這是一張很便宜的白紙，高度反光，感到相當滿意。紙上摺過的地方，一定有某個人的拇指用力的按在上面。

他坐在書桌前，壁燈在身旁很明亮的照耀著，他仔細把黑色粉末灑在最有可能留下指紋的地方，然後用毛刷小心翼翼的將粉末撣開。白紙上出現了一個大拇指指紋的輪廓——一個高大男子的拇指。他思索著。賈力克·恩得比是個高大男子，受雇於庫克父子公司，他得設法弄到恩得比的指紋。

他把白紙、粉末和毛刷都放進抽屜裡，在心裡面盤算一遍此後的工作重點，然後坐在一張舒適的椅子上，拿出約翰·畢罕上校的書，讀了起來。

大約一個小時之後，帕拉岱斯從外頭進來，他消失在餐具室裡，走回客廳時，手中必不可少的捧來一個銀盤，將幾封信放在寇克書桌上面。

「探長，這最後一封，」他說：「我想是給你的明信片。」

他將卡片隨意在盤子上一放，好像對明信片有點瞧不起。陳查禮有點驚訝的抬起頭來，他有打電話給飯店，告訴他們把信件轉到這裡來，沒想到他們的動作那麼快。帕拉岱斯把盤子奉上，陳查禮很優雅的拿起卡片。

這是他小女兒寄來的，企圖在他離開之前讓他收到。「親愛的爸爸：請你快點回家，」她如此寫道：「我們時時刻刻都在想念你，這裡現在是柯納型氣候，每天的溫度在華氏九十度左右，希望你很快就會回來。敬愛你的女兒，安娜上。」

陳查禮把明信片翻過來，那是威基基海灘的照片，白浪滔天，有好幾個人在衝浪，那是鑽石岬，他思鄉之情油然而生，一動也不動的坐在椅子上，久久。

不過就在帕拉岱斯離開客廳後，這位矮個子偵探立刻敏捷的站起來，走回書桌前面。因為帕拉岱斯用盤子將明信片呈交給他時，一個又大又溼的拇指印不偏不倚的落在夏威夷美麗的蔚藍晴空上面。

陳查禮迅速的用煤煙料和毛刷處理那個指紋，再把抽屜裡的紙取出來，用放大鏡細細的比對。

他帶著困惑的表情回到沙發坐下。賈力克．恩得比的指紋用不著查了，帕拉岱斯的拇指印落在女兒寄來的明信片上，同一個指紋也落在蘇格蘭警場那個信封裡面的白紙上。這麼說來，將菲德烈克爵士的信件調包的人，是帕拉岱斯。

【第九章】失蹤女人的港灣

星期二的早晨，天氣晴朗，到處閃閃發亮。陳查禮從床上起來，走到窗戶旁邊，看見陽光愉悅的照在港口的水域上。這個明亮、冷涼的世界，觸目所見都是歡欣鼓舞的景象。他用不著在陰暗的疑慮和困惑之中徘徊了，再過幾天他就會看到殺害菲德烈克爵士的兇手是誰，就像此刻見到遠方奧克蘭的尖塔那麼的清楚。再望過去，是太平洋——馬加埠岬的燈塔，鑽石岬和棕櫚環生的海岸，最後則是他摯愛的檀香山，就坐落在群山環繞的碧綠山谷之中。

陳查禮輕手輕腳，從容不迫的為新的一天準備著，之後離開了臥房。飯廳裡，巴利・寇克打扮得一身光鮮、安靜的坐在餐桌前看著報紙。想到要扔一顆炸彈給這位好客的主人，陳查禮就覺得好笑。昨天晚上他發現那件事情後，就一直沒見到寇克，雖然繼續等到深夜，這位年輕人還是沒有回來，他只好上床睡覺了。

「早安，」寇克說道：「知名的偵探今天可好？」

「還可以吧，」陳查禮回答道：「你看起來好極了，不用問，用看的就知道。」

「完全正確，」寇克說：「我現在充滿了朝氣、活力和雄心，已經為今天的新發現做好了準備。噢，對了，我昨天晚上打過電話給莫洛小姐，告訴她我祖母所提跟艾琳·恩得比有關的事，她今天會安排跟那位太太當面談一談，也邀請你在場指導。我希望那樣的偵訊不會把我排除在外，假如我被忽略掉的話，那並不是我的過失。」

陳查禮點點頭，「找那個女人來談一下是有必要的。」

帕拉岱斯高傲的走進來，神情和往常一樣，向兩人道過早安之後，送上兩杯柳橙汁。寇克拿起他那一杯。

「加州柳橙汁，使你在酒國中常保健康——你當然看過我們這個地方的廣告吧，」他說：「這玩意見喝下去據說可以治百病，從夜晚失眠到心臟病。你昨天晚上過得怎樣？」

「我？」陳查禮聳聳肩。「我到唐人街逛了一圈。」

「去追查李剛那條線索是吧？結果怎樣？」

「結果一塌糊塗，」陳查禮做了一個鬼臉。「我碰到一個拼命想日行一善的中國童子軍，結果被他搞得下不了台，從來沒那麼慘過。」他把經過描述了一遍，聽得寇克笑起來。

「運氣真差，」這位年輕人大笑道：「不過話說回來，你在這條線索上面所能獲得的，搞不好已經拿到了。」

「後來發現的事，」陳查禮接著說：「運氣就比較好了。」帕拉岱斯送來麥片粥，陳查禮一言不發的看著他。管家離開後，陳查禮說道：「昨天晚上我在客廳發現一件驚人的事。」

「真的？什麼事？」

「你對你這位優秀的管家了解多少？」

寇克愣了一下。「你說是帕拉岱斯嗎？老天！你的意思該不是……」

「他是別人推薦來的嗎？」

「英王喬治也沒辦法介紹更好的管家，很多達官貴人都對他讚不絕口，有什麼不對呢？他是世界上最好的管家啊。」

「那太糟了！」陳查禮說道。

「太糟？你這話是什麼意思？」

「糟的是世界最好的管家竟然有用蒸氣拆閱私人信件的缺點——」他突然停止了，因為帕拉岱斯送來醃肉和荷包蛋。管家走後，寇克傾身向陳查禮，低聲說道：

「你說帕拉岱斯拆開了蘇格蘭警場寄來的那封信嗎？你是怎麼知道的？」

陳查禮將大致的經過告訴他，寇克的臉凝重起來。

「我想我應該有所防範的，」他說：「當管家的總是會涉及這樣的事，但怎麼會是帕拉岱斯呢！我還以為他是十全十美呢。唉，事情總不外是這樣的，『我從來沒有喜歡過年幼的瞪羚……』下文是什麼？我應該怎麼做？解雇他嗎？」

「噢，那不行，」陳查禮說：「以現在來看，你只能保持沉默，絕不能讓他知道我們已經掌握住他的把柄。目前只需要觀察和等待。」

「那很適合我，」寇克同意說：「等到你把手銬準備好時，我會將他的手銬上。像這麼靈巧的手被戴上手銬，該是多麼可惜啊！」

「也許不會發生那樣的事吧！」陳查禮說。

「我也希望不會！」寇克由衷的說。

吃過早餐之後，陳查禮撥電話到環球報社，問到了比爾·蘭金的住址。陳查禮循線打電話去，把這位記者從好夢中挖起來，要他立刻來這間木屋報到。

一個小時後，精神抖擻的蘭金滿腔熱血的跑來，和陳查禮握手時他笑開了。

「沒辦法撒手不管，是不是？」他笑罵的說：「冷靜、沉著的東方神探又跑回碼頭來了。」

陳查禮頷首說：「冷靜、沉著的東方神探像美國本土人士一樣，從中下階層得到了太多的東西。我要留下來幫法蘭納利隊長，他心裡面很高興，但是表面上卻佯裝沒有這回事。」

蘭金大笑道：「就是嘛，我昨天晚上和他談過話，他被我逗得滿臉通紅，而自己卻不承認。好啦，有什麼內幕消息嗎？是誰殺了菲德烈克爵士？」

「這還很難判斷，」陳查禮回答說：「我們必須回到過去，這裡挖挖，那裡找找。

目前我碰到一個小問題，我想你幫得上忙，所以得勞駕你了。」

「那不算什麼，我很高興你打電話給我，請問有什麼吩咐？」

「目前這個階段，每一件事都必須隱密，不能讓外面的人曉得，你懂嗎？」

「我懂──就目前這個階段。不過當重大的時刻來臨時，我就會成為媒體寵兒了，這你懂吧？」

陳查禮微笑道：「那當然，你是我選的嘛，那個時候會降臨的，而現在必須做一點秘密的調查。你還記得伊芙．杜蘭德的故事吧？」

「我怎麼可能忘記？我不知道還有沒有比這件事更令我印象深刻的了，白夏瓦……黑漆漆的山丘上……捉迷藏遊戲……那位騎馬的金髮少婦，卻再也沒有回來。假如那還不叫做離奇的話，我就不知道該叫什麼了。」

「你說得很對。按照菲德烈克爵士的說法，這件事是發生在十五年前，可是不管是菲德烈克爵士說的也好，剪報上寫的也好，我都沒有得到確切的日期，而我現在非常想要知道。那一年可能是一九一三年，伊芙．杜蘭德是在哪一月哪一日消失在印度無窮無盡的黑暗裡的呢？你能提供這個事實嗎？」

蘭金點點頭。「像這種事件，全世界的報紙一定都有刊登，我去找一下一九一三年的檔案，看看能找到什麼。」

「很好，」陳查禮說：「還有一件事也麻煩你注意，說不定你找得到這樣的資料。約翰．畢罕上校這個名字在哪裡提到過嗎？」

「什麼，畢罕！那個傢伙？他也涉及本案嗎？」

「你認識他？」

「那當然，我曾經採訪過他，一個神秘兮兮的傢伙。如果他也涉及本案的話，那這個故事一定比我所想的還要精彩。」

「他不見得和本案有關，」陳查禮提醒他說：「我只是對他感到好奇罷了，你可以在檔案裡順便找找看嗎？」

「那是一定的，你很快會得到回音，我現在要走。」

記者匆匆忙忙的走了，留下陳查禮和那本厚厚的書。有好長一段時間，他看到畢罕上校在無人的絕境中跋涉，一下子登上刺眼的沙丘，一下子又走過荒蕪的雪原。探險隊員、駱駝、騾子一個個在路途中倒斃，而畢罕仍舊繼續向前推進，沒有任何東西能夠阻止這位探險家。

吃午飯的時候電話鈴響了，寇克走過去接。「哈囉，噢，是莫洛小姐。那當然。好啊……他會去。我也一樣……對不起，請再說一遍……不，一點都不麻煩。陳警官在這裡是個外地人，我不想讓他走失了……好的……好的，我就過去，那我要掛了。」

他掛上電話，「莫洛小姐約我們下午兩點到地檢處和恩得比夫妻見個面，也就是說，你受到邀請，而我無論如何也要去。」

兩點整，陳查禮和他的房東走進莫洛小姐的辦公室，一個燈光昏暗到處都是灰塵、堆滿了法律文書的房間。助理檢察官從一張井然有序的辦公桌後面站了起來，堆著笑臉迎接他們。

寇克坐下來四處張望著。「老天爺，妳整天都待在這裡嗎？」他走到窗邊。「巷道的格局還挺有意思的，是不是？我必須偶爾帶妳到鄉下走走，讓你看一看草地和樹木長的是什麼樣子，妳看了一定大吃一驚。」

「噢，這間辦公室並不那麼糟，」莫洛小姐回答道：「我不像有些人那麼在意，所以把注意力放在工作上。」

法蘭納利進來了。「喔，我們又碰面了，」他說：「全部準備聽另外一個故事，這次是恩得比太太，是嗎？這個案子的女人好像比婦女選舉人聯盟還要多呢？」

「你還是在扮演調節板的角色。」陳查禮說。

「那當然，」隊長坦承說：「我負責掌握節奏。你老兄那邊怎麼樣了？我還沒有從閣下那裡聽到比較明朗的推斷。」

「從現在開始，」陳查禮笑道：「我會隨時用強烈的光線照得你頭暈眼花。」

「噢，依我看可別那麼快，」法蘭納利奉勸道：「我們這個案子有一整年的時間來辦。只不過蘇格蘭警場的菲德烈克爵士被人殺害了嘛，有誰在乎呢——除了整個大英帝國。」

「你可有進展？」陳查禮問道。

「我怎麼會有進展？每次我準備就緒，用最合理的方法在查一件事情的時候，就會冒出一個失蹤的女人來，使我不得不停止。我告訴你吧，我對那樣的線索真的是受夠了，如果還有像這樣的撈什子……」

辦公室的門打開了，一名傳達人員帶著賈力克・恩得比和他太太走了進來。艾琳・

恩得比還沒開口，就露出一副十分沮喪而又神經過敏的樣子。

莫洛小姐站起來。「二位好嗎？」她說：「請坐。謝謝你們抽空前來。」

「我們當然要來，」艾琳．恩得比說：「雖然我並不知道你們想問些什麼。」

「艾琳，妳就讓莫洛小姐問嘛。」她老公緩緩的說。

「噢，那是當然。」恩得比太太的藍眼睛看著在場的人，一個一個，最後停在大塊頭的法蘭納利隊長身上。

「我們只問幾個問題，恩得比太太，」莫洛小姐說：「我想你們會很樂於回答。請妳告訴我，在去寇克先生家裡吃晚飯之前，有沒有見過菲德烈克爵士？」

「我連他的名字都沒有聽說過。」那女人很確定的回答道。

「噢，原來如此。但是畢罕上校剛開始放映影片後不久，菲德烈克爵士卻叫妳到走道那裡，想單獨和妳講話。」

艾琳．恩得比看了一下她老公，她老公點點頭。「是的。」她坦承道，「他的確如此，我這輩子還不曾如此驚訝過。」

「菲德烈克爵士想對妳談些什麼？」

「談一件令人非常吃驚的事。他提起一個女人，那個女人我曾經跟她很熟。」

「那個女人發生了什麼事？」

「噢，那件事非常神秘。菲德烈克爵士提到的那個女人，她……她在一個夜裡失蹤了。她走入黑夜之中，從此音訊杳然。」

辦公室裡一陣寧靜。「她是在白夏瓦失蹤的嗎？印度的白夏瓦？」莫洛小姐問道。

「印度？噢，不是，根本不是。」艾琳·恩得比回答道。

「噢，我懂了，那他說的是瑪麗·蘭特兒在尼斯失蹤的那件事囉？」

「尼斯？瑪麗·蘭特兒？妳在講什麼啊，我聽不懂。」恩得比太太皺著她美麗的額頭，一臉的驚愕。

陳查禮首度開口。「妳那位朋友失蹤距離現在有幾年了？」

「什麼……那應該有……讓我想想看。七年，是了，已經七年了。」

「她大概是在紐約失蹤的吧？」

「紐約，是的。」

「她的名字是不是叫做珍妮·傑洛姆？」

「是的，是叫做珍妮．傑洛姆。」

陳查禮拿出皮夾子，取出一張剪報，交給莫洛小姐。「又來了，我希望這是最後一次，」他說：「麻煩妳把菲德烈克爵士蒐集的剪報唸一下，聲音稍微大一點。」

莫洛小姐睜大了眼睛接過那張紙片，法蘭納利隊長出神的紅著臉。莫洛小姐唸道：

「珍妮．傑洛姆到底發生了什麼事呢？許多人七年來一直在問著這個問題，其中包括紐約一位著名的女裝服飾業者和一位名氣更加響亮的插畫家。

「珍妮．傑洛姆是法國人所謂的時裝模特兒，受雇於紐約第五街杜佛公司流行服飾名店。她可不只是專門穿著美麗服飾的模特兒而已，她擁有可愛而鮮明的個人特質，以及久久也不會教人忘記的美貌，雖然進入杜佛公司只有短暫的時間，卻已經是這家流行服飾名店旗下模特兒中最受歡迎的一位。紐約有位著名的插畫家在報紙上看到她的照片，立刻花下鉅資羅致她為畫作模特兒。

「面對如此良機，珍妮．傑洛姆似乎頗為雀躍，她邀請多位友人到她家開派對，以示慶祝。當這些朋友到達時，只見她家門打開，大家進去時，餐桌已經布置妥當，蠟燭也已點亮，晚餐似乎準備好了。但是卻不見女主人的芳蹤。

「樓下負責接聽電話的男孩說，幾分鐘之前，他看見珍妮．傑洛姆從樓梯下來，走進屋外的夜色中。最後一位看見珍妮．傑洛姆的，就是這個男孩。她的老闆杜佛夫人和那位被她的美貌打動的插畫家，無不竭盡所能的尋找她，但卻徒勞無功。珍妮．傑洛姆像是一股輕煙般的消失了。她是跟人私奔了嗎？但是從來沒有任何一個男人的名字跟她連在一起。她是遭人謀殺了嗎？有可能吧，但是沒有一個人了解真相。無論如何，珍妮．傑洛姆沒有留下任何痕跡的走了，迄今七個年頭。」

「又失蹤了一個女人！」莫洛小姐甫一唸完，法蘭納利便嚷道：「老天爺，我們碰到的到底是什麼東西？」

「一個謎！」陳查禮冷靜的說，他把剪報放回皮夾裡。

「我也是這麼認為。」法蘭納利咆哮說。

「妳認識珍妮．傑洛姆嗎？」莫洛小姐問艾琳．恩得比。

恩得比太太點點頭，說：「是的。我那時也受雇於杜佛公司，跟她一樣，也是一名模特兒。我是在那裡工作時認識我先生的，我先生那時候在庫克父子公司紐約辦事處上班。我很珍妮相當熟，要我說的話，妳剛才唸的那則報導稍微誇大了點，珍妮．傑洛姆只是個長相不錯的普通女孩子，還不至於傾倒眾生。我相信一定有插畫家想要畫她，我們模特兒都碰到過那樣的要求。」

「結果呢，」莫洛小姐笑道：「她無視於自己的美貌，就這樣失蹤了？」

「噢，是的。那天我也是應邀去她家參加派對的客人，剪報上這個部分的描述倒是正確的，她真的走進黑夜中就不見了。」

「菲德烈克爵士向妳詢問的女人就是她？」

「是的。不知道為什麼他會曉得我是她的朋友——他是怎麼知道的，我無法想像。總之，他問我說，如果我再度見到珍妮．傑洛姆，我還能不能認出她來。我回答說，我認為我能。他就說：『今天晚上妳在寇克大廈裡有沒有看見她？』

「而妳告訴他——」

「我告訴他我沒看見。他說妳先停下來好好想一想。我看不出有這樣的必要，我並沒有看到她，這點我敢肯定。」

「而妳至今仍沒有看見她？」

「沒有……我沒看見。」

莫洛小姐站了起來。「我們非常感謝妳，恩得比太太。我想我就問到這裡，法蘭納利隊長……」

「我沒有問題要問。」法蘭納利說。

「嗯，如果我還有東西可以告訴你們的話。」恩得比太太站了起來，顯然是放輕鬆了許多。

她老公說話了。「走吧，艾琳。」他表情很嚴肅的說。

那對夫妻走了，留在辦公室的四個人你望著我，我望著你，充滿了疑惑。

「你們看吧，」法蘭納利忍不住站了起來，大聲說道：「又出現了一個失蹤的女人。伊芙・杜蘭德、瑪麗・蘭特兒，還有一個珍妮・傑洛姆總共三個，你們算算看，三個，假如你們相信自己的耳朵的話，那三個該死的女人前天晚上都在寇克大廈裡面。我不知道你們聽了心裡面怎樣想，但是我認為那根本就搞錯了。」

「那聽起來真的很令人懷疑，」巴利・寇克也同意道：「失蹤女人的港灣——我還以為我經營的只是一棟普通的辦公大樓呢。」

「我告訴你們，那根本就搞錯了，」法蘭納利繼續大聲說：「根本就沒發生那回事，就是這樣。我們被人耍得團團轉，尤其最後面講的那件事，實在是太……」他停了下來，瞪著陳查禮。「唔，陳警官，你在想什麼？」

「想很多事情，」陳查禮笑道，「從某個角度來看，至少謎面快要揭開了，最後面講的那件事可說劃破了黑暗。你一定了解我的意思吧。」

「我不懂，你在講什麼？」

「不懂？太可憐了。等適當的時機我指出來給你看。」

「非常好，非常好，」法蘭納利嚷道：「我就把這些失蹤的女人留給你和莫洛小姐來辦，我不想再聽到跟她們有關事情——再聽下去我會抓狂。我要盯住最主要的犯罪事實。前天晚上菲德烈克·布魯斯爵士在寇克大廈二十樓的一間辦公室裡被人殺死了，兇手不是從看影片的那些人之中溜出來，就是從外面進入大樓。他死的時候身邊有一本冊子，太平梯上面也有一些痕跡——這個我還沒有告訴過你們，而且兇手還從他的腳上拿走了一雙絨布拖鞋。我要查的就是這些事情，我對天發誓一定要把它們查出來，如果還有人跑來跟我講又有女人失蹤的話……」

他停了下來。辦公室的門打開來，艾琳·恩得比走進來，顯得手足無措；她先生跟在後面，神情異常的嚴肅。

「我們……我們又回來了，」她說道，人往一張椅子坐下。「我先生認為……他要我……」

「是我向我太太堅持，」賈力克．恩得比說：「要她把全部事情告訴你們，她剛才遺漏了一個非常重要的事情。」

「我現在好緊張，」她說道：「我希望我這樣做是對的，賈力克，你確定……」

「我當然確定，」她先生單刀直入的說：「發生了這麼嚴重的事情，把事實說出來是最聰明的做法。」

「可是她懇求我不要講，」艾琳．恩得比提醒他道：「她這樣苦苦哀求，我不想造成她的困擾。」

「妳又沒有向她承諾，」她丈夫說。「如果那個女人沒有做錯任何事的話，我不認為——」

「好了，」法蘭納利打斷他們的話，說：「你們是要回來告訴我們事情的，到底是什麼事？」

「妳是要回來告訴我們妳看到了珍妮・傑洛姆吧？」莫洛小姐說。

恩得比太太點了點頭，不太情願的說道：「是的，我看到她了——但不是在跟菲德烈克爵士談話之前，我當時對他講的是事實，那時候我並沒有看到她。我是說，我是看到她了，可是並沒有認出她來……妳知道，一個人的眼睛……」

「可是妳事後發現到了。」

「是的，就在我們要回家搭的電梯裡，我在那時看到她了，也是當時才認出她來的。前天晚上在寇克大廈的那位電梯小姐就是珍妮・傑洛姆。」

【第十章】從倫敦寄來的信

法蘭納利隊長站起來，在辦公室裡轉了一圈。他是個單純的人，由他臉上的表情便可以看出來，這個案子的複雜性已經使他越來越感到厭煩了。他在艾琳．恩得比的面前停了下來。

「原來，寇克大廈的那位電梯小姐是珍妮．傑洛姆？那麼幾分鐘之前妳告訴莫洛小姐妳不曾看過她，是在說謊囉？」

「你不能拿這一點來找她的麻煩，」恩得比先生抗議道：「她回來告訴你事實是出於她的自由意願。」

「但是她先前幹嘛不講真話？」

「碰到這種事，誰都不想牽扯進來，那很自然。」

「好吧，好吧，」他回到恩得比太太身上：「妳說妳是派對結束之後，搭電梯下樓回家的時候認出那個女人來的，是嗎？那妳有讓她知道妳認出她來嗎？」

「有的。我很吃驚的大叫說：『珍妮！珍妮．傑洛姆！妳在這裡幹什麼？』」

「妳也看到她在幹什麼了，是不是？」

「那只不過是一種問話的方式罷了，又不代表什麼。」

「是啊，那她怎麼說？」

「她只是很鎮定的笑一笑說：『哈囉，艾琳。我正在想妳會不會認出我來。』」

「然後呢？」

「當然啦，我有很多問題要問她，那時候她為什麼要跑掉？她後來去哪裡了？而她卻不回答我，只是搖搖頭，臉上保持著微笑，然後說也許什麼時候她會把所有的事情都告訴我。接下來她就要求我可不可以……幫她這個忙。」

「妳是說，絕口不提妳曾經看到她的這件事？」

「是的。她說她並沒有做壞事，但是如果她離開紐約的這件事曝光，很可能會引起很多懷疑……」

「按照妳丈夫的說法，妳並沒有承諾？」法蘭納利問道。

「是的，我沒有承諾。在普通情形下，我當然會立刻答應。但是我那時聯想到菲德烈克爵士遇害了，她如此要求，對我而言似乎是非常嚴重的一件事，所以我只是說我會考慮看看，等下次碰面時再告訴她。」

「那妳有沒有再見到她？」

「噢，沒有。這整件事情太奇怪了，我根本不知道該怎麼辦。」

「嗯，妳最好離她遠一點。」法蘭納利說。

「好吧，我會離她遠一點。我覺得我好像背叛了她。」艾琳．恩得比帶著責怪的眼神看著她先生。

「妳又不欠她什麼，」恩得比先生說：「在這種事情，說謊是最嚴重的一件事。」

「恩得比太太，」刑警隊隊長說道：「幸虧妳嫁了一個腦筋清楚的丈夫，妳只要聽他的話就沒事了。我想詢問就到這裡吧，你們可以走了，記住這件事不要告訴別人。」

「我當然不會。」女人向他打包票，說完站了起來。

「假如我還有問題要問妳的話，我再通知妳。」法蘭納利又補充道。

陳查禮幫恩得比太太打開門。「也許能容許我問一個問題吧，」他說：「妳那件漂亮的晚禮服上面有鐵銹的痕跡，那不會洗不掉吧？」

「噢，不會，」恩得比太太回答道，她停了一下，似乎覺得這件事需要解釋一下。「我看到太平梯上面那個男人時，我非常緊張，整個人靠在花園的鐵欄杆上。那時候霧氣很重，上面都是露水。我太不小心了，是不是？」

「在那麼緊張的情形下，人有些動作總是會疏忽。」陳查禮回答道，他向恩得比夫婦鞠了個躬，等他們出去後，將門關上。

「好啦，」法蘭納利說：「我猜我們終於有所進展，雖然我無法告訴你們進展到什麼地步。總之，我們曉得菲德烈克爵士在被人殺死的那個晚上，他正在找尋珍妮・傑洛姆，而那個珍妮・傑洛姆就在門外操作大樓的電梯。老天，我現在就想要把她關起來。」

「但是你並沒有任何名義那樣做。」莫洛小姐反對道：「你自己也知道。」

「唔，我是沒有。但不管怎樣，新聞界會吵著要我們把她逮捕起來，他們老是幹這種事。我不能把珍妮・傑洛姆——一個漂亮的女人交給他們，他們會把她活剝生吞。要是接下來證明她並沒有涉案，我可以把她放走，用那種不聲不響的方式。」

「隊長，以你的身分不能夠幹這種事，」莫洛小姐說：「我相信我們如果要實施逮捕，基本上一定要有比現在更為確實的證據。陳警官，你同意我的話嗎？」

「完全同意，」陳查禮回答道，他看了一下隊長皺著眉頭的臉。「如果我能發表一下淺見……」

「請說！」莫洛小姐說。

但是陳查禮似乎改變了心意，把淺見吞回肚子裡。「耐心，」他轉得很硬的說：「總是處理這些事情最好的策略，我在這方面很有經驗，它幫忙我度過不少難關。美國人做事情往往操之過急，有一句話說得很好：『讓一步路，保百年身。』」

「可是那些新聞記者……」隊長反駁說。

「我不是要擾亂計畫，」陳查禮笑道：「不過我想把我自己處理這種情況的做法提出來參考。當報紙炒得很熱時，我就用棉花把耳朵塞起來，等到輿論冷靜下來時，負責偵辦工作的就是我，不是新聞記者。我會很禮貌的叫他們退後一點，把嘴巴閉上。」

「好方法，」莫洛小姐笑道，她轉向巴利・寇克。「對了，你曉得那位電梯小姐的事嗎?我記得前天晚上她說她叫做葛瑞絲．雷恩。」

寇克搖搖頭。「除了她是我們那棟大樓所雇用過最漂亮的一位小姐之外，其他一無所知。她長得很好看這點我當然有注意到。」

「我就知道你會那樣。」莫洛小姐說。

「噢，我又不是瞎子，小姐，」寇克對她說：「不管我在什麼地方，我一定能夠發現漂亮的女人——電梯也好、纜車上面也好，就連地檢處也不例外。我有一兩次想試著跟那位小姐講講話，但是無法深入下去。如果妳希望我這麼做的話，我可以再試著跟她談談看。」

「噢，那倒不用。你可能放下這個念頭比較好。」

「嗯，這整件事對我來說非常的離奇，」他說：「我們本來以為菲德烈克爵士在追蹤伊芙．杜蘭德，而現在卻似乎變成另外兩個女人，這位可憐的老兄已經死了，可是他卻把最令人震憾的謎題遺留在我家門口台階。你們都是那麼優秀的辦案人員，我不想漏你們的氣，可是你們可不可以告訴我，我們這樣漂來漂去，到底要漂到什麼地方?我們現在有什麼進展了嗎?問我的話，我覺得什麼進展也沒有。」

「只怕你是對的！」莫洛小姐歎息道。

「也許我把那個女人關起來的話……」法蘭納利仍緊緊抱住這個念頭不放。

「不行，不行，」莫洛小姐告訴他：「我們不能那樣做，不過我們可以暗地跟蹤。既然她有這樣的聰明才智，可以在黑夜中消失蹤影，我建議你馬上著手這件事。」

法蘭納利頷首。「我會叫小伙子盯住她。我想妳是對的，我們這樣才有可能查到東西。可是就像寇克先生所講的，我們的進展並不很快，要是我能夠咬住某個具體的線索的話……」

陳查禮打斷了他的話。「謝謝你提醒了我，」他說道：「發生了這麼多事，害我差點忘了這件事。我這裡有個東西說不定可以讓你咬得結實一點。」他從口袋裡取出一個信封，再從信封內小心取出一張摺疊過的紙，以及一張風景明信片。「隊長，你想必比我這個笨人對指紋有研究，這兩個拇指的指紋你認為是不是同一個？」

法蘭納利研究著那兩個指紋。「依我看是同一個人的指紋，我可以找我們的專家來鑑定——不過，這到底是怎麼回事？」

「這張白紙，」陳查禮解釋道：「是放入印有蘇格蘭警場標記的信封裡，莫洛小姐想必有告訴你吧？」

「噢，她有提到。有人把這封信調包了，是不是？那張明信片上的指紋呢？」

「昨天晚上寇克先生的管家帕拉岱斯留在那上面的。」陳查禮告訴他。

法蘭納利跳了起來。「嗄，你幹嘛不早講？我們這下有進展了，陳警官，你終於露出偵探的本領了。是帕拉岱斯，呃，把山姆大叔的郵件亂搞一通是吧，那對我已經足夠了，我要在一個小時內把他關起來。」

陳查禮舉起手來阻止他。「噢，不可以，我很抱歉。你又太過急躁了，我們現在必須從旁監視和等待。」

「你說的什麼狗屁！」法蘭納利大叫道：「那不是我的做法，我要抓住他，要他解釋。」

「而我，」巴利．寇克歎息道：「就會失去我最優秀的管家。等他被關進牢裡面的時候，我應不應幫他寫推薦書？還是他們根本就不在乎？」

「隊長，請你聽我講，」陳查禮好言相勸道：「我們現在還無法證明帕拉岱斯開槍打死了菲德烈克爵士，然而他多多少少涉入其中。我們要監視他的一舉一動，很多案情就可以揭露出來。我們會查出他的底細的。我想他今天是放假吧，每周一次，是不是呢？」他看向寇克。

「是啊，今天是黑色的星期四——管家都在這一天放假，」寇克說道：「帕拉岱斯大概去看電影了吧，那是他的嗜好，他最喜歡看音樂劇。」

「真是吉星高照，」陳查禮接著說：「連廚子也出去了。我們回到樓頂上的木屋，也用一些不入流的手段，窺探一下帕拉岱斯的私生活吧。隊長，比起跑到人群聚集的電影院糊里糊塗的逮人，這樣做是不是好一點？」

法蘭納利想了想。「嗯，比起那樣是好一點。」

「那我們回樓頂的木屋吧，」寇克站起來說道：「如果莫洛小姐肯幫忙的話，我可以請你們喝茶。」

「別把我算在內。」法蘭納利說道。

「還有別的飲料供應。」寇克補充道。

「那就把我算在內吧，」法蘭納利追加一句道，「你開車來的嗎？」寇克點點頭。

「那莫洛小姐給你載，我來載陳警官。」

回寇克的敞篷車上，巴利・寇克看了一眼莫洛小姐，笑了起來。

「什麼事？」小姐問道。

「我只是在想事情罷了。我有時候會這個樣子。」

「是很重要的事情嗎？」

「也許不是。不過我覺得挺愉快的，我剛才正在想有關妳的事呢。」

「噢，請你別麻煩了。」

「一點都不麻煩。我只是覺得奇怪，這個案子出現了那麼多個謎樣的女人，卻沒有人來問妳任何問題。」

「他們為什麼要問我問題？」

「他們為什麼不問呢？妳是什麼人？來自哪裡？既然妳不太可能自我剖白，也許我應該要擔任這個工作。」

「你真好心。」

「我只希望妳不反對。當然啦，妳看起來既年輕又單純，不過我敢跟妳肯定，男人很容易看走了眼。」他超越了一輛載運木材的大卡車，然後一本正經的別過頭看她。

「伊芙．杜蘭德在白夏瓦失蹤的那個晚上，妳正在幹什麼？」

「我大概正在為我的家庭作業操心吧，」小姐回答說：「我一直很守本分，即使在小學低年級的時候也是如此。」

「想必也是。那我們這個偉大的心靈是在哪裡誕生的呢？該不是在舊金山吧？」

「不是，是在巴爾的摩。我還沒到西部唸法學院之前，一直住在那裡。」

「哦？那，再進一步看一下妳不為人知的過去吧！為什麼去唸法學院呢？談戀愛失敗，還是怎的？」

她笑了起來。「都不是。我爸爸是個法官，而我偏偏不是男孩子，這使他很傷心。」

「我發現當法官的都那麼不講理，他們老是批評我的駕駛技術。所以我們這位法官大人要的是一個男孩？他不曉得他的運氣有多好。」

「噢，他逐漸發現就整體而言，生下我並不算損失。他希望我去學法律，所以我就去學。」

「真是一個孝順的女兒。」寇克說道。

「我並不介意，事實上，我還挺喜歡法律的。你知道嗎，我從來不對微不足道的事情感興趣。」

「恐怕這是真的，那令我很擔心。」寇克說。

「為什麼？」

「因為，所謂微不足道的事情裡面，我剛好就是其中之一。」

「可是你當然有你很正式的一面吧？」

「沒有，恐怕我那一面還在架構當中，不知道什麼時候才會完成。不管怎麼說，我正在用心就是了，在我尚未完成之前，妳可以稱呼我為助理執事。」

「真的嗎？恐怕我跟別人一樣，對助理執事不感興趣。」

「噢，也不完全是助理執事，我會敲中適當的妥協點。」

「我會幫你！」他身邊那位小姐笑道。

寇克把車子停在旁邊的一條街上，他們繞了一圈走進寇克大夏。葛瑞絲．雷恩送他們乘坐電梯，寇克新增了一分好奇打量著她，她戴著帽子，披著暗紅色長髮，臉色有些蒼白，但是沒有皺紋，還很年輕。寇克心裡想，她的年齡並不好猜，但漂亮是無庸置疑的。她的過去隱藏著什麼秘密呢？為什麼菲德烈克爵士要把珍妮．傑洛姆的剪報帶到寇克大夏來？

電梯抵達二十樓時，莫洛小姐說：「等我一下，我稍後就來。」寇克點點頭，先上去頂樓。她幾乎隨後就跟了過來。「我想問她一兩個問題，」她解釋道：「你知道的，菲德烈克爵士遇害的那個晚上，我並沒有十分注意葛瑞絲·雷恩。」

「妳現在又看到她了，妳對她有什麼看法？」

「她是個淑女，我使用這個老生常談的字眼，希望你不要介意。她現在做的這個工作太委屈她了。」

「妳這樣認為嗎？」寇克幫莫洛小姐脫下大衣。「我還一直以為是她高攀了。」

小姐聳聳肩。「攀不到這裡來的，助理執事。」她語帶譴責的說。

陳查禮和法蘭納利隊長已經來到門口了，寇克讓他們進來。隊長一副劍及履及的樣子。「哈囉，寇克先生，」他說：「現在你可不可以帶我到你那個管家的房間，我們可以馬上就動手搜查，我帶來一串新的萬能鑰匙，我們會像吸塵器一樣，每一個死角都不放過。」寇克帶他們到通道去。

「應該是到管家的房間吧？」法蘭納利說：「我們也許該到那裡找找。」

「我這個廚子是法國人，」寇克解釋說：「他睡在外面。」

「你是說，前天晚上發生謀殺案的時候，他人在這裡？」

「是的。」

「嗯，改天我最好跟他談一談。」

「他英文講得不好，」寇克笑道：「你會喜歡他的。」他把那兩個人留在帕拉岱斯睡覺的地方，回頭去找莫洛小姐。

「我猜想妳不喜歡看到廚房的樣子。」

「為什麼我會不喜歡？」

「噢，像妳這樣一位法律的……」

「可是我一樣研究食譜呀。你一定很驚訝，我能夠做出美味可口的……」

「威爾斯乳酪土司，」寇克幫她講完：「這我了解，而且妳做的巧克力軟糖在女生宿舍裡非常有名，這樣的話我曾經聽過。」

「請你讓我講完嘛。我想講的是紅燒肉，還有我做的檸檬派也很不錯。」

寇克肅然起敬站著看她。「小姐，」寇克說道：「妳大大提升了我對妳的認識。如果那不叫多才多藝的話，我不知道怎樣才算是。跟我來吧，我們去弄一些茶和點心。」

她跟著寇克走進廚房。「我自己有一間小公寓，」她說：「只要不太累的話，我都自己做晚飯吃。」

「那每個星期四晚上呢？」寇克問道：「妳會很累嗎？」

「不一定，你為什麼這樣問？」

「因為我的廚子休假，我需要再進一步說明嗎？」

莫洛小姐笑了起來。「我會記住的！」她承諾道。水煮開了，她很俐落的擺著茶具。「這裡每一樣東西都好乾淨，」她說：「帕拉岱斯真的很能幹。」

「這妳跟我祖母講吧，」寇克建議道：「她認為一個男人獨自生活，一定會弄得到處都是灰塵和垃圾。按照她的說法，每一間房子都需要一個女人來料理。」

「那太荒謬了！」小姐忍不住說。

「嗯，我祖母會把以前的事告訴你，在她那個年代，家裡的事情都是女人在管的，而現在女人成了電影迷、俱樂部的會員、搞法律的……那個時代的人一定生活得很舒適吧。」

「對於男人來說，是很舒適。」

「而男人已經不算什麼了。」

「我可沒那麼說。我想我們茶已經泡好了。」

寇克用盤子端著那幾杯茶走到客廳，放在壁爐前面的小茶几上，莫洛小姐坐下來。寇克又在爐火裡添加了幾根木材，然後走進飯廳，拿來一瓶飲料，一條吸管和幾個玻璃杯。

「法蘭納利隊長不喜歡喝茶，這一點絕對不能忘掉。」

莫洛小姐看向走道那邊。「他們最好找快一點，要不然茶都涼了。」她說道。可是陳查禮和法蘭納利久久都沒有出現。屋外，三月的暮色降了下來，凜冽的風刮過小花園，吹得窗櫺格格作響。壁爐裡面新添的木材燒著了，帶給滿室亮光，溫暖而舒適。寇克接過莫洛小姐遞過來的那杯茶，挑了一塊小蛋糕，往一張椅子坐下。

「真是舒服，我只能這樣說！」他笑道：「看到妳現在這個樣子，任何人都不會懷疑妳和布拉克史東之間的那種老掉牙的工作關係。」

「我可是很善變的喲。」

「我很懷疑。」寇克回答道。

「懷疑什麼?」

「懷疑妳會有多善變，本來我很想進一步了解看看。我還可以補充一點，我是全世界公認最能夠品鑑檸檬派的專家。」

「不要嚇我!」莫洛小姐說。

「如果妳剛才的供詞是事實，那就一點事也沒有，」寇克說:「有什麼好害怕的?」

這時候陳查禮和法蘭納利在走道上出現了，法蘭納利似乎感到相當得意。

「找到什麼了嗎?」寇克問道。

「最棒的東西，」法蘭納利笑道，他手上拿著一張紙:「噢，這瓶飲料我可以喝嗎?」

「沒問題，」寇克告訴他:「喝一杯慶祝一下吧。陳警官，你喝什麼?」

「茶就好，如果莫洛小姐肯幫我倒的話，我要三塊方糖加一片檸檬。」

小姐為他弄著茶點，法蘭納利一屁股坐在椅子上。

「我看你們好像發現了什麼東西?」寇克問道。

「當然，」隊長回答道：「我找到了從蘇格蘭警場寄來，被帕拉岱斯抽走的那封信。」

「太好了！」寇克大叫道。

「這個帕拉岱斯真是狡猾，」法蘭納利接著說：「你知道他藏在哪裡嗎？整張紙摺到不能再摺，塞進他的皮鞋裡面。」

「你好厲害，連那裡也被你找出來。」莫洛小姐欣然道。

法蘭納利遲疑了一下。「呃……不是我想出來的，是陳警官找出來的。乖乖，陳警官真會找東西。」

「是在你英明的指引之下。」陳查禮笑著。

「呃，我們可以相互學習嘛，」隊長同意道。「總之是他找到的，然後展開來交給我。這張信是裝在蘇格蘭警場的信封裡的，毫無疑問。看最上端有首都警察廳……」

「如果不介意我問的話，」寇克說：「信上面寫什麼？」

法蘭納利隊長的臉色沉了下來。「並不是很完整，這點我們必須承認，但是一步一步的……」

「我們正在小步前進，」陳查禮說道：「我建議你不妨把這封信唸出來。」

「噢，這是庫克父子公司駐舊金山辦事處轉交的信，收信人是菲德烈克爵士。」法蘭納利接著唸道：

「親愛的菲德烈克爵士：

我很高興接到你從上海寄來的信，獲悉你漫長的追蹤調查已經接近了尾聲。根據你最後的分析，希拉利・高特謀殺案以及伊芙・杜蘭德在白夏瓦失蹤案是有關連的，真令人吃驚，我知道你一直致力於調查這兩件案子，我對你的聰明才智雖然至感佩服，但是我確信你搞錯了。我僅能致上十二萬分的歉意，很可惜你並沒有告知更多的案情，你在信上所言引起我的興趣，請相信，我急切想知道這件奇怪案子的最後結果。

附帶一提，你抵達舊金山的時候，魯波・杜夫探長也會在美國，調查另一件案子。杜夫這個人你想必認識，他是個優秀的人才。如果你需要他的協助，只需要打電報到紐約華爾道夫飯店即可。

全心祝福你的調查能獲得滿意的結果。

永遠是你最忠實的僕人　副處長　馬丁・班費爾德敬上」

法蘭納利唸完，注視著其他人。「好啦，你們都聽到了，」他說：「高特謀殺案和伊芙·杜蘭德搞在一起了，當然這並不是新聞，我早就料到了。我現在想要查的是，帕拉岱斯為什麼不讓我們知道這項情報？他在這件事裡面是不是軋上一角？我可以立刻逮捕他，可是我又怕這樣做的話，他會像蚌蛤一般的合口，那整個案子就完了。他並不曉得我們盯上了他，所以我想把這張紙放回去，讓他有點活動空間。陳探長同意盯著他一點，寇克先生，我相信你不至於讓他跑掉。」

「用不著擔心，」寇克說：「我並不想失去他。」

法蘭納利站了起來。「菲德烈克爵士的信件不會再寄來這裡了吧？」他問莫洛小姐。

「噢，那當然。我已經關照相關單位送到我那裡去。這跟好奇心無關，純屬個人業務。」

「我必須把這張信放回去，然後我就要走了。」隊長說完，往走道走去。

「好啦，」寇克說道：「帕拉岱斯的事可以久懸一點再解決了。陳警官，我看到你的絕招了，真的很感謝你。」

「最起碼可以拖一陣子吧，」陳查禮說：「你會發現我並不是一個傻瓜。我在人家家裡做客，才不會讓主人家裡的管家被抓起來呢。我會保護他，廚子也一樣。」

法蘭納利回來了。「我現在要回刑警隊了，」他說道：「寇克先生，謝謝你的……呃……招待。」

莫洛小姐抬頭看著他。「你要打電報到紐約找那位杜夫探長嗎？」她問道。

「不要。」隊長說。

「可是他說不定能夠幫得上忙。」

「不要，」法蘭納利頑固的打斷了她的話，說：「現在這個案子所能夠得到的協助都已經有了。把他找來阻礙我調查嗎？算了吧，我現在第一個要查的，是誰殺害了菲德烈克爵士，這個問題解決之後，所有的疑問就可以解決了。陳警官，你認為呢？」

陳查禮點點頭。「你的確很聰明。一條船有太多人在指揮，一定開不進港。」

【第十一章】渾水澄清了

法蘭納利走後，莫洛小姐拿起她的外套，寇克有點捨不得的幫她穿上。「妳一定要走嗎？」他說道。

「當然啊，我還要回辦公室，」她說：「我還有好多工作要做。主任檢察官一直問我這宗案子的調查結果，而我現在只能把越來越多的懸疑向他回報，我真不知道還能不能得到其他資料。」

「我本來希望，」陳查禮說：「我們今天可以向前邁進一大步，結果卻不是那樣。從現在的情形來看，在星期一之前是不會明朗的。」

「星期一？」莫洛小姐不解的問：「為什麼是星期一，陳警官？」

「我原本非常想找葛蘿莉亞‧格蘭小姐再來這棟大樓一趟。我堂弟陳衛理是個說書人，我有個他所謂的預感。可是當我今天早上打電話給格蘭小姐的時候，才知道她不在德爾蒙地，而且不到星期天晚上不會回來。」

「格蘭小姐？她跟這件案子有什麼關係？」

「我還在觀察。她可能很有關係，也可能毫無關係，那要看我的預感有沒有真實的價值，等禮拜一就知道了。」

「但那是下禮拜一，」莫洛小姐歎息道：「現在才星期四。」

陳查禮也不禁歎氣。「我也莫可奈何呀，別忘了我發誓要在下星期三坐船回去的，我那個剛出生的小兒子正在等我呢。」

「忍耐點吧，」巴利‧寇克笑道：「醫生也必須嚥得下去自己開的藥。」

「我知道，」陳查禮聳聳肩道：「這帖藥我吃下去不少了。我每次提起忍耐的時候，多半是勉強別人要做到，換成要我服這帖藥時，這種藥的味道我可不是很喜歡。」

「你並沒有把你的預感告訴法蘭納利隊長吧？」莫洛小姐說。

陳查禮露出了微笑。「夏蟲無以語冰，你能告訴井底之蛙大海有多大嗎？咱們那位隊長聽了只會嗤之以鼻吧，除非我證明給他看，我希望能夠在星期一辦到。」

「在這段時間裡，我們只能一面觀察一面等待。」莫洛小姐說。

「你們負責等待，我負責觀察。」陳查禮說。

寇克陪莫洛小姐到門邊。「再見了，」他說：「無論妳在做什麼事，檸檬派的烹飪配方可別弄丟了。」

「你用不著一直暗示，」莫洛小姐回答說：「我不會忘記的。」

寇克回來時，陳查禮注視著他說：「這位小姐又年輕，又非常具有吸引力。」

「的確很有魅力。」寇克同意說。

「可惜的是，」陳查禮接下去說：「她卻把大好的年華浪費在男性追逐的事業上，她應該做些女人家的事情。」

寇克聽了大笑起來，說：「你去告訴她好了。」

星期五，比爾・蘭金打電話給陳查禮說，他已經翻遍了《環球報》一九一三年的檔案，那真是個又辛苦、又耗時的工作，而他的辛苦卻沒有任何代價，找不到有關伊芙・

杜蘭德的任何報導。顯然這條通訊社的新聞那個時候並沒有引起《環球報》工作同仁多大的興趣。

「我會再到大眾圖書館試試看，」他表示：「紐約一些報紙大概會刊載這件消息吧，那似乎是我們現在唯一的指望了。我現在忙得要死，不過我會盡快去查。」

「謝謝你那麼熱心的投入，」陳查禮回答說：「你這個角色舉足輕重。」

「只是跑腿跑累了，」蘭金笑道：「我可不希望就此崩潰掉了，有任何發現的話，我會立刻讓你知道。」

星期六來臨了，木屋裡的生活平靜如昔，並未受到打擾。帕拉岱斯走起路來依然維持著一貫的高姿態，對於籠罩在他頭上的疑雲渾然無覺。陳查禮忙著閱讀約翰・畢罕上校的書，《我身為探險家的日子》看完了，現在正按部就班的看其他幾本，一副像在搜尋某個線索的樣子。

星期六晚上，寇克到外面吃飯。陳查禮吃過晚飯後，又往唐人街走去。他知道他去那裡也不能做什麼事，但唐人街依舊召喚著他。這回他沒有去找堂兄陳麒麟，而是走到都板街，在擁擠的人行道上閒逛。

中國戲院外頭的燈光映入眼簾，他懶洋洋的向戲院門口走去。中國人歷經數千年文化的洗禮，電影並不是很愛看，倒是比較愛觀賞戲劇。戲院門口有一大群人，陳查禮停了下來，現實生活裡總有許多戲碼值得一看，但是今天晚上他覺得有需要粉墨登場。

突然之間，他在人群當中看到了李威利，那個日行一善的童子軍，上星期三晚上他天衣無縫的計畫就是被那個小傢伙搞砸的。李威利正站在戲院前廳，一臉好奇的看著海報欄裡的演員劇照。陳查禮走到小傢伙面前，露出友善的笑容。

「啊哈，我們又碰面了，」他用廣東話說：「真的是運氣，前幾天晚上我扭到腳，你還很好心的幫我去找醫生，我到現在還沒有謝你呢。」

小傢伙眼睛一亮，認出他來。「你的腳好一點了吧?」童子軍問道。

「你的心腸真好，」陳查禮回答說：「我現在健步如飛呢。你可不可以告訴我，你今天有沒有做善事?」

小男孩皺起了眉頭。「還沒有呢，機會好少。」

「噢，可不是嗎?不過你要是肯讓我請，一起進去戲院裡面看戲，機會說不定會增加喔。你知道嗎，每一個演員只要多獲得一次觀眾的喝彩，老闆就會加發給他一次喝彩二十五美分的獎金。怎麼樣，你只要多喝彩幾次，累積起來的好事就可以平均分攤好幾天了。」

小男孩願意極了，陳查禮於是買了兩張票，帶他進去。舞台上鑼鼓喧天，吵鬧聲迎面而來，他們並沒有被嚇到。事實上，他們聽到的是音樂。紅氍毯上還在暖場，戲園子裡已經擠滿了人，他們向戲台上看去，知道正要上演一齣歷史劇。還好陳查禮和小傢伙找得到座位坐。

這位從夏威夷來的偵探前後左右看了一下，四周都是自己的同胞，女性觀眾都穿上最體面的旗袍，爭奇鬥艷著，戲台前面的包廂坐著一位僑界有名的交際花。小鼻小眼的孩童在走道上戲耍著，觀眾席上偶爾有一位婦女站起來，走到前廳的販賣部把牛奶瓶溫熱了，餵著懷中的嬰兒。

文武場吹吹打打停不下來，演員在對戲時則彈奏得小聲些，但是丑角在耍寶時則敲打得十分熱鬧。陳查禮看得十分入神，因為演員太好了，尤其旦角的扮相十分俊美，做工更是細膩。十一點鐘的時候，他提議說他們可能該走了，否則小男孩的家裡就要發愁了。

「我爸爸不會擔心我，」李威利說：「他知道童子軍是值得信賴的。」

陳查禮還是帶他走到前廳，請他吃熱狗和咖啡——因為販賣部是美國式的。當他們走上無人的街道，向東方公寓走去時，陳查禮很好奇的看著這位小男孩。

「你能不能告訴我，」他還是用廣東話問道：「你以後要做什麼？你看起來很有志氣，以後想從事什麼職業？」

「我想當個探險家，就像我堂伯李剛一樣。」小男孩也用廣東話回答他。

「噢，他就是追隨約翰·畢罕上校的那個人，」陳查禮點頭道：「你從你堂伯那裡聽說過畢罕上校的故事吧？」

「有啊，好多好驚險刺激的故事。」小男孩回答說。

「你很崇拜上校是嗎？你一定認為他是大人物吧？」

「那當然，他是個好漢，意志堅強，又非常正直。他非常重視紀律，所有的童子軍都知道這是正確的觀念，我堂伯告訴我們很多這樣的例子。他說，有時候探險隊會想要叛變，於是上校就把槍拔出來，單獨一個人很勇敢的面對他們，然後那些隊員就會嚇得發抖，繼續往前走。」

「也許他們知道上校會毫不猶豫的開槍吧？」

「他們看過他那麼做，堂伯曾經講過一件事，我永遠也不會忘記。」小男孩的語調興奮得提高起來：「那次是在沙漠裡面，上校告訴他們什麼事必須做，什麼事不准做，結果有一個負責管駱駝的人，這個人很下流，他做了一件上校禁止他們做的事，結果他一下子就倒在沙地上，心臟中了一顆子彈。」

「噢，對，」陳查禮說：「我可以想像得到。但是這件事我並沒有在上校寫的任何一本書上看到過。」

他們來到公寓前面的大門。「我要向你致謝，」李威利說：「你對我太好了。」

陳查禮笑道：「跟你在一起覺得很愉快，希望我們還能見面。」

「我也是，」李威利高興的說：「祝你晚安。」

陳查禮慢慢逛回寇克大廈，腦中一直想著畢罕上校。這個人十分冷酷，任何人膽敢違抗他的意志，他就會毫不遲疑的予以格殺。這件事很有得想。

星期天，巴利·寇克打電話給莫洛小姐，提議兩個人一起開車到鄉下走走，在鄉間旅館共進晚餐。「這樣妳就可以把滿腦子蜘蛛網清除掉。」他說。

「謝謝你的提議，」莫洛小姐回答道：「原來你認為我的腦筋裡都是那樣的東西，蜘蛛網。」

「妳應該知道我的意思吧，」他抗議道：「我只不過想讓妳保持敏銳和機警，那跟檸檬派不一定有關係。」

他們遠離都市的塵囂，在鄉間道路上奔馳，度過了輕鬆愉快的一天。到了晚上，當寇克在莫洛小姐住處前停下，打開車門讓她下車時，寇克說：「嗯，明天早上陳警官要把他的預感掀開來。」

「你認為他葫蘆裡面裝著什麼藥丸？」

「不曉得。我認識他越久，越不了解他。不過我希望明天的事會有好的結果。」

「並且能夠明朗化，」莫洛小姐補充說：「我覺得我需要一點亮光。」她伸出手來：「你今天對我真好。」

「再給我另一次機會吧，」寇克說：「機會越多越好，那我就能對妳越來越好。」

「你那是威脅嗎？」她笑道。

「是一個保證，我希望妳別介意。」

「我幹嘛要介意？晚安。」她走進她的公寓裡頭。

星期一的早上，陳查禮一副神清氣爽，幹勁十足的樣子，他打電話給葛蘿莉亞·格蘭，聽到格蘭小姐的聲音後，如釋重負的鬆了一口氣。格蘭小姐答應十點鐘到小屋來，他立刻通知莫洛小姐，請她同一時間偕法蘭納利隊長前來。之後他轉向寇克。

「我有個小小的建議，」他說：「十點鐘的時候，你可不可以找個理由，把帕拉岱斯支開稍微久一點？今天早上我不希望他留在木屋裡面。」

「當然可以，」寇克說：「我會叫他去幫我買幾根釣竿。我一直沒有時間釣魚，不過一個男人可不能有太多的釣竿。」

差十五分十點的時候，陳查禮從椅子上站起來，戴上帽子。他說他要親自陪伴格蘭小姐上來這間小屋。下樓後，他就在寇克大廈的門口站著。

他看到莫洛小姐和法蘭納利進來，他們經過時，他只是冷冷的向他們點個頭。莫洛小姐和法蘭納利丈二金剛摸不著頭的上到頂樓，寇克在門口迎接他們。

「我們來啦，」法蘭納利抱怨道：「我真搞不清楚陳警官要幹什麼，假如他找我來是要咱們去追趕天邊的野鴨子的話，我就要把他踢回夏威夷去。我今天早上忙死了，沒有心情陪他玩。」

「噢，陳警官會把事情交代清楚的，」寇克向他保證道：「對了，看到那位電梯小姐──嗯，珍妮．傑洛姆，或者葛瑞絲．雷恩，還是不管她叫什麼名字，我猜想你的眼睛那麼銳利，應該有看到她吧？」

「有啊，小伙子正盯住她呢。」

「有沒有發現任何事？」

「沒有。她住在跑華街，據我所知，她晚上就待在家裡做自己的事，沒有外出。」

樓下大門那裡，陳查禮迎住了葛蘿莉亞．格蘭。「妳好準時，」他稱讚道：「守時是人人稱讚的美德。」

「我人是來了，可是我不知道你要問我什麼，」格蘭小姐回答說：「我上一次已經把所有的事告訴你了。」

「那當然。能不能麻煩妳走在我背後，好嗎？我們上電梯吧。」

陳查禮帶她搭乘的是一部黑頭髮愛爾蘭女孩服務的電梯，兩人走進木屋客廳。

「喔，隊長，還有莫洛小姐，所有的人都到了，那就對了。」陳查禮說：「格蘭小姐，請妳坐下來好嗎？」

那女人坐下來，一臉困惑的表情。她看向法蘭納利，問道：「你現在要我幹什麼？」

隊長聳了聳寬大的肩膀，說：「妳問我嗎？不是我要妳來的，是陳警官，他說他有個神秘預感。」

陳查禮笑道：「是的，格蘭小姐，是我闖的禍，希望沒有造成妳的不便吧？」

「那倒不會！」她回答道。

「那天妳告訴我們那位名叫瑪麗·蘭特兒的女人，她很離奇的在尼斯失蹤了，」陳查禮繼續說：「能不能麻煩妳告訴我們，妳一直沒再遇見她嗎？」

「噢，當然沒有。」女人回答道。

「假如妳再遇見她，妳確定能認得她嗎？」

「那當然，我跟她很熟。」

陳查禮的眼睛瞇了起來。「如果妳認出她來，妳應該沒有理由對我們隱瞞這件事？我或許該很冒昧的提醒妳，這是件很重要的事情。」

「才沒有……我為什麼要那樣做？我要是看到她的話，我會告訴你，不過我很確定我沒有……」

「很好。妳可不可以維持妳現在的姿勢不動，等我回來？」陳查禮立刻走向通往二十樓的樓梯間。

大家面面相覷，不過沒有人講話。不一時，陳查禮回來了，和他一起的是葛瑞絲．雷恩，那位恩得比太太認出是珍妮．傑洛姆的電梯小姐。

她鎮靜的走進客廳裡站著，日光灑在她整個人身上，清清楚楚的顯露出她那當過模特兒的姣美容貌，葛蘿莉亞．格蘭愣了一下，不知不覺離開椅子半站了起來。

「瑪麗！」她驚叫道：「瑪麗．蘭特兒！妳怎麼會在這裡？」

其他人都倒吸了一口氣，唯獨陳查禮半瞇著的眼睛露出勝利的表情。

那名女子並沒有露出驚慌失控的樣子。「哈囉，葛蘿莉亞，」她輕輕的說：「我們又見面了。」

「可是妳到底到哪裡去了，親愛的？」格蘭小姐急著想要知道，「妳到哪裡去了……為什麼……」

那女子阻止她說：「等過幾天……」

法蘭納利有點頭昏的站起來。「注意，」他開口道：「讓我來問清楚。」他略帶譴責的走上前去，「妳就是瑪麗．蘭特兒？」

「我——曾經是的。」她承認道。

「妳跟坐在這裡的格蘭小姐屬於同一個歌劇團，十一年前在尼斯？結果妳不見了？」

「是的。」

「為什麼？」

「因為我厭倦了。我發現我不喜歡演戲，如果我還留在那裡，他們會逼我繼續演下去，所以我就逃走了。」

「嗯。那妳七年前在紐約當一個時裝模特兒，名叫珍妮．傑洛姆，結果又不見了？」

「理由一樣，我不想要那個工作了。我……我得不到休息，我想……」

「妳得不到休息，妳就一直改名字？」

「我想要從頭來過，變成一個全新的人。」

法蘭納利猛盯著她看。「小姐，妳這個人有點古怪，我想妳知道我是誰吧？」

「你看起來是一個警察。」

「嗯，妳說得沒錯。」

「我又沒有做什麼壞事，沒什麼好怕的。」

「也許吧。不過我要妳告訴我——妳對菲德烈克．布魯斯爵士了解多少？」

「我聽說他很有名，是從蘇格蘭警場來的，上星期二晚上在寇克先生的辦公室裡遇害了。」

「他來這裡之前，妳曾經見過她嗎？」

「沒有，長官。我從未見過。」

「曾經聽說過他嗎？」

「我想沒有。」

她那不卑不亢的回答使法蘭納利為之語塞，只能站在那裡，思考著，這樣的問法顯然無法揭開真相。

「上星期二晚上妳在這裡為搭乘電梯的人服務？」

「是的，長官。」

「妳知不知道菲德烈克爵士在調查妳？想查出妳是瑪麗·蘭特兒、珍妮·傑洛姆或者別的真實身分？」

她皺緊了眉頭。「在調查我？太奇怪了吧。不知道，長官，我不知道他在調查我。」

「嗯，」法蘭納利說道：「我告訴妳吧，菲德烈克爵士遭人謀殺，妳是個非常重要的證人，我想妳應該不會跑走吧。」

女子露出了笑容，說：「我也這樣認為，最近幾天我似乎遭人跟蹤得相當緊。」

「噢，妳從現在起會被人跟蹤得更緊，只要妳有不軌的舉止，我就會把妳關起來，妳了解嗎？」

「非常了解，長官。」

「那好，妳去做妳的事吧，我要找妳的時候，會另行通知妳，妳現在可以走了。」

「謝謝你，長官。」女子說完之後便走了。

法蘭納利轉向格蘭小姐，質問道：「那天晚上妳認出她來了，是不是？」

「噢，我沒有，我可以向你保證。我今天才第一次認出她來。」

「因為今天的時間比較充分吧，」陳查禮說：「格蘭小姐，我們真是太麻煩妳了，我想妳現在可以離開了。」

「嗯，妳可以走了，」法蘭納利插進來說：「在這件事情還沒搞清楚之前，請妳搭另一部電梯，離妳那位朋友遠一點。」

「我會的，」格蘭小姐向他保證說：「我在擔心她並不希望我把她認出來，希望我不至於害她遭遇到麻煩。」

「那要看是什麼情形。」法蘭納利回答道。寇克隨後送這位女演員走出去。陳查禮露出了笑容。「我的預感總算證實了。」他笑道。

「嗯，我們查到什麼地步了？」法蘭納利說：「這個電梯小姐是珍妮．傑洛姆，又是瑪麗．蘭特兒，這究竟代表什麼意思？」

「它只代表一件事。」莫洛小姐輕輕的說。

「隊長故意裝作大智若愚的樣子，」陳查禮說：「他不會真的那麼笨的。」

「你們到底在說些什麼？」法蘭納利追問道。

「我的預感證明很準，」陳查禮告訴他說：「那個電梯小姐是珍妮．傑洛姆，然後，她又是瑪麗．蘭特兒，你接著問，這到底代表什麼意思？這只代表一件事，她，就是伊芙．杜蘭德。」

「我的天！」法蘭納利失聲叫道。

「想想看這一池渾水是怎麼澄清的吧，」陳查禮繼續說道：「十五年前，伊芙．杜蘭德在一個黑夜裡從印度逃了出來，四年之後，她在尼斯的一家戲院演戲，這時有某件事情發生了——也許是她被人看到，被認了出來——於是她又逃跑了。又過了四年，我們知道她在紐約，披著模特兒的外衣走來走去，再一次的又發生了某一件事，於是她又消失了。她到哪裡去了呢？最後她來到了舊金山，這個地方的謀生機會並不像紐約那麼好，她只好從事比較低賤的職業。而後菲德烈克爵士來了這裡，他一直在追蹤伊芙．杜蘭德。」

「疑團終於澄清了。」莫洛小姐同意道。

「就像黑夜裡的湖水，」陳查禮頷首說：「菲德烈克爵士雖然一直在尋找這個女人，可是他從未看過這個女人。他可以把這個地方翻遍了，也沒有一個人會認得伊芙．

杜蘭德，可是他記得這個女人曾經是瑪麗．蘭特兒，曾經是珍妮．傑洛姆。在這個大城市裡，他得知有兩個人認得出這女子的樣子，所以他要求邀請那兩個人來這裡吃晚飯，希望其中一個、甚至兩個人能夠為他指認出他追查了那麼久的女人。」

法蘭納利在客廳走來走去。「呃，我真的不知道，若是這樣就再好不過了，可是假如……假如她是伊芙．杜蘭德，那我可不能任由她逛來逛去。我今天早上必須把她關起來，假如我能夠確定的話……」

「我已經告訴你了。」陳查禮堅持道。

「我知道，可是你也是用猜的，你已經確認那兩個女人是同一個人，但至於伊芙．杜蘭德……」

電話鈴響了，寇克接過之後，把話筒拿給法蘭納利。「隊長，找你的。」

法蘭納利接過電話。「喂，哈囉，局長，」他說道：「是的，是的。什麼？噢，他要來嗎？太好了。謝謝你，局長。我也這麼認為。」

他掛上電話，轉身面對其他人，臉上露出得意的笑容。

「陳警官，我們馬上就可以發現你猜得有多準了，」他說：「另外有兩個人來調查這個女人，不過我在明天之前不會採取任何行動。是的，各位，明天晚上我就可以知道她到底是不是伊芙·杜蘭德了。」

「你這些話講得不太清楚。」陳查禮對他說。

「我的頂頭上司剛才打電話來，」法蘭納利解釋道：「明天下午兩點半，蘇格蘭警場的杜夫探長會到達這裡，杜夫還會帶一個人過來，那個人是全世界最有資格指認伊芙·杜蘭德的人，因為他正是艾瑞克·杜蘭德少校，也就是那個女人的丈夫。」

【第十二章】起霧的夜晚

當小屋裡只剩下陳查禮和寇克兩個人的時候，這位矮個子偵探若有所思的出著神。「現在星期二變成大家期待的大日子了，」他說：「那會揭開些什麼呢？我希望我留在美國本土的時間會大為縮短。」

寇克擔心的望著他：「如果案子沒有解決，你不會在星期三就走吧？」

陳查禮固執的點點頭。「我已經私下對陳巴利許下無言的承諾了，現在我就正式講出來吧。明天伊芙·杜蘭德的丈夫就會來到這裡，要指認的話全天下我們再也找不出比他更適合的人選，他要嘛就能確定那位電梯小姐是他的太太，要嘛就不能。如果他認出來，案子可能就結束了。如果他說不是，」陳查禮聳聳肩，「那我已經盡了力，接下來就要讓法蘭納利一個人去折騰了。」

「嗯，船到橋頭自然直，」寇克說：「星期三之前也許還會發生許多事呢。對了，我一直有心邀你一起去大都會俱樂部看一下，我們今天中午去那裡吃午飯怎麼樣？」

陳查禮眼睛一亮，說：「我一直很想去那個有名的地方看一下，你真是太好了。」

「那就這麼說定了，」東道主回答：「我現在要去辦公室處理一點事情，十二點半的時候麻煩你下來找我。帕拉岱斯如果回來，請你告訴他我們要在外面吃午飯。」

隨後寇克就拿著帽子和大衣到樓下去了。陳查禮漫不經心的走到窗前，觀看大樓下面的市井繁華，他的視線移向麥特森碼頭和貨棧，港口外停著一艘煙囪紅色的輪船，十分眼熟。那艘船後天就要駛往檀香山了，屆時他會在船上嗎？他剛才發誓說，是的，但是……他不禁深深歎了一口氣。門鈴響了，他走去開門，是比爾．蘭金，那位記者。

「哈囉，」蘭金說道：「很高興你在。我昨天花了一整天耗在圖書館裡，嘿，我敢打賭我撢掉的灰塵比賓漢那輛馬車所揚起的還要多。」

「有什麼發現嗎？」陳查禮問道。

「我終於在《紐約太陽報》的舊檔案裡找到了那則報導，太陽報那時候是很大的一家報紙——噢，我也不必三句不離本行了。那只是很短的一則新聞記事，上面註有白夏瓦當地的日期，我抄了下來，在這裡。」

陳查禮拿起那張黃色的紙，閱讀了一下上面的通訊，裡面所報導的事是他已經曉得的。伊芙．杜蘭德是一位艾瑞克．杜蘭德上尉的新婚妻子，年紀很輕，兩天前她在一處神秘的環境裡失蹤了，地點是白夏瓦城外的一座山丘上，當時她和一群人正在夜遊。地方當局緊急動員起來，有好幾批英國部隊被派到邊境的荒郊野外到處搜索。

「記事上面註明了日期，是五月五日，」陳查禮說：「這麼說伊芙．杜蘭德是在一九一三年的五月三日晚上失蹤的。你還有找到其他資料嗎？」

「這件事並沒有後續的報導，」蘭金答道：「也沒有如你所願的提到畢罕這個人，嘿，那傢伙到底跟這件事有什麼關聯？」

「沒有，」陳查禮隨即說道：「我犯了一個小小的錯誤，就算大名鼎鼎的偵探有時也會踏出錯誤的腳步，我之所以踏錯腳步，往往是由於使用過度、太過勞累所致。」

「噢，那現在有什麼進展了嗎？」蘭金很想知道，「我追問過法蘭納利，莫洛小姐那裡也試過了，卻什麼也沒問到。我那個城市版主編一天到晚對我說風涼話，你能不能給我一點消息，幫幫我的忙？」

陳查禮搖搖頭，說：「我現在有很多道德倫理的限制，不能對這個案子發表意見。我可不是這個地方的主事者，而且法蘭納利隊長對我的感覺相當強烈，他認為我跟洛杉磯來的扒手沒什麼兩樣，所以我們只能繼續追查案情，目前並沒有什麼東西能告訴你。有沒有實際的成果，我們可能連邊都還摸不上。」

「聽到這種情形真是令人遺憾！」蘭金說。

「這種情形不會持續太久，」陳查禮很有信心的告訴他，「會有一線亮光出現的。我們目前是用一隻腳在地上游泳，時機一到我們就會跳進溪流的中央。如果成功的契機展露出來而我還在場的話，我會很樂意的給你一點小小的暗示。」

「如果你還在場的話？你這話是什麼意思？」

「我有一些私人的事務，急著要趕回家去。不管這案子有沒有解決，星期三我一定要走。」

「噢，就像上禮拜三那樣，」蘭金笑道：「你在開我玩笑吧，有耐心的東方人是不會在錯誤的時刻失去耐性的。好啦，我必須走了，別忘了你答應要給我暗示的。」

「我的記性很好的，」陳查禮回答說：「何況我也欠你不少人情。再見啦。」

記者走後，陳查禮站在那裡瞪著那則報導的複本。「一九一三年五月三日，」他大聲說道。忽然他愣了一下，急忙跑到桌邊，拿起約翰·畢罕上校的那本《我身為探險家的日子》，快速翻閱起來，直到他找到想要找的篇章。然後他有好長一段時間坐在椅子上，書本攤在兩膝之間，眼睛看著空氣發呆。

陳查禮於十二點半準時走進寇克的辦公室，寇克站起來，接過秘書交給他的幾份文件，放入一個手提箱內。「我吃過午飯後要跟一個律師會面。」他解釋說：「不是漂亮的女人，這次是個男的。」

他們來到大都會俱樂部，該棟大樓十分氣派，把大衣和帽子交給櫃台保管後，他們回到大廳，陳查禮饒有興味的看著四周。大都會俱樂部遠近馳名，會員大多是在藝術界、金融界和新聞界活躍的男士。寇克在這裡很受歡迎，由四周的人頻頻向他打招呼便可得到證明。寇克把陳查禮介紹給許多朋友認識，陳查禮於是成為眾所矚目的焦點。他們費了一番工夫才擺脫那些人的關注，來到大型餐廳的一角。

午餐快用完時，陳查禮抬頭一看，正好看到此刻他最感趣的人走了過來。約翰·畢罕上校那張冷酷的臉在大白天的光線底下，顯得比任何時候都要嚴酷。他走到寇克和陳查禮的桌旁停住。

「你好啊，寇克，」他說：「陳警官，你也好。我可以坐下來嗎？」

「當然可以，」寇克很誠懇的說：「吃過午飯了沒？要不要我幫你點？」

「謝謝，我吃過了！」畢罕回答道。

「那，抽根菸吧！」寇克把香菸掏出來。

「謝了，」上校拿出一根菸，點燃了。「從那天晚上發生了那樣的事情之後，我就一直沒看到你，噢，對不起，你懂我的意思吧？……那件事真是可怕，像菲德烈克爵士那麼好的一個人……對了，他們曉不曉得這件事是誰幹的？」

寇克聳聳肩。「曉得的話，他們也不會告訴我。」

「陳警官，也許你也參與本案的調查吧？」畢罕問道。

陳查禮的眼睛半瞇著。「這宗案子是美國本土的警方在辦的，我跟你一樣，是外地來的人。」

「嗯，那當然，」畢罕回答道：「我還記得你那時候正要走，所以看到你還在這裡，我就感到奇怪……」

「我要是能夠走的話，我早就走了，」陳查禮說道，腦筋裡面仔細思考起來。他陳查禮人是走是留，如果沒有相當好的理由，像畢罕上校這種人是不會注意的。

「你下一個探險計畫不知道進行得怎樣了？」寇克問道。

「進行得很緩慢，非常的緩慢，」畢罕皺起眉來。「說到這件事，我正想跟你談呢，令祖母說好了要在經費上幫忙我，可是我有點遲疑——那是一筆很大的數目。」

「總共要多少？」

「我已經籌到了一部分錢，可是還需要大約五萬美元。」

寇克的眉毛揚了起來。「呃，的確是不少錢。可是我祖母如果要這麼做的話，嗯，那也是她的錢嘛。」

「聽你這樣一講我就放心了，」畢罕說：「我擔心你們家族的其他成員會說我在濫用不當的影響力，我向你保證，這個主意完全是她提出來的。」

「那當然，」寇克說：「我相信她很樂於那麼做。」

「從科學的角度來看，這次探險的成果非常的重要，」畢罕繼續說：「令祖母的大名會受到世人稱讚的，我想會在歷史上留名吧。」

「你這次是個什麼樣的探險？」寇克問道。

那雙疲累的眼睛首度出現了光芒。「噢，我上次在戈壁沙漠時運氣還不錯，費盡千辛萬苦之後到達一座古城的廢墟，那個廢墟早在西元一世紀曾經繁榮過，而我只能在那個廢墟裡短暫的看一看，不過我那時候在地上撿到的一枚錢幣，上面的年代居然是西元七年的。我還挖到了有始以來最古老的紙，上面的字跡好像是小孩子在做算術題目，七乘以七等於多少之類的。還有該座城市軍事長官的親筆信，古代服裝的碎片，珠寶首飾等，全都是令人驚訝的古代遺物。我很想回到那裡，徹徹底底的做一次探勘。當然啦，問題是中國那邊會出面干預，不過在中國總是會有麻煩的。我這次已經等得夠久了，不管怎樣我的申請一定會獲得通過，每次都是這樣。」

「嗯，我並不羨慕你，」寇克笑道：「我一直在想，當你看到一個沙漠的時候，你便看到了所有的沙漠。不過我會全心全意祝福你的。」

「謝謝你，你人真好，」畢罕站起身來。「我希望這幾天問題就能夠解決。我也希望在我成行之前，殺死菲德烈克爵士的兇手能夠抓到。菲德烈克爵士是很好的一個人。」

陳查禮打量了一下站起來的人。「他非常仰慕你唷，畢罕上校！」

「仰慕我？你說的是菲德烈克爵士？真的嗎？」上校的語調冷淡而沉穩。

「一點都沒錯。在他留下來的財物裡，我們看到好多本你的著作。」

畢罕把菸屁股丟掉。「那真是感謝他，我感到非常榮幸。陳警官，如果你剛好參與追查這個殺人案的兇手，我祝你好運。」

他漫步走開了，陳查禮看著他離去的背影，思考著。

「他令我想起西藏高原的冰雪，」寇克說：「相當的熱誠，有人情味。只是他講起那個死去的城市時，整個人好像被激起來似的。他這個人很怪，是不是，陳警官？」

「從冰凍的水裡來的一條怪魚，」陳查禮同意說，「我懷疑……」

「懷疑什麼？」

「他為了菲德烈克爵士的死感到惋惜。但是他的眼睛在哭泣，心裡面應該不會在偷笑吧？」

他們走到櫃台，取回大衣、帽子以及寇克的手提箱，往街上走的時候，寇克看著陳查禮。

「我忽然想起了大都會俱樂部的年度手冊，」寇克說：「根據你的想像，那本手冊並沒有多大的意義，是不是？」

陳查禮聳聳肩，「在美洲大陸的氣候底下，想像力似乎茁壯不起來。」

寇克去找那位律師去了，陳查禮則回到木屋，等候更令人期待的明天。

星期二下午，莫洛小姐是第一個來到的訪客，時間大約是三點半。天色有點暗，颳著風，又下著雨，但是莫洛小姐的精神非常振奮。

寇克幫助她脫下風衣。「妳看起來一副活力充沛的樣子。」他說。

「我一路走來，」她告訴寇克：「沒辦法，我太興奮了，無法安安靜靜的坐在計程車上。你想想看嘛，再過幾分鐘我們就要目睹杜蘭德少校和他失散多年的妻子重逢了。」

「那位少校來了嗎？」陳查禮詢問。

「是的，他跟杜夫探長半個小時之前到了。他們坐的火車有些誤點，法蘭納利隊長到車站去接他們，還打電話給我說他們不久就會過來。杜蘭德少校似乎擺脫不了英國人的脾氣，非要住進飯店、洗過澡之後才肯跟別人講話。」

「那不能怪他，他是從芝加哥坐火車來的，」寇克說：「我相信珍妮．傑洛姆或瑪麗．蘭特兒應該在電梯那裡吧。」

莫洛小姐點點頭說：「她在。我上來的時候有看到她，我懷疑她是不是真正的伊芙．杜蘭德？如果是的話，那不是很駭人聽聞嗎！」

「她一定是，因為陳警官有這個預感。」

「可別那麼確定，」陳查禮不以為然的說：「我認錯人的事以前時常發生。」

寇克把壁爐裡的火升起來，又拉了一張大椅子給小姐。「來，來吧，好像略嫌大了點，不過妳也許還會再長吧。等一下我會給妳一杯茶，那兩位英國佬說不定在沒喝到烏龍茶之前，什麼事也不能做。」

小姐坐了下來，沙發立刻陷下去，寇克開始天南地北的扯一些無關緊要的事，他感覺得到陳查禮正在他背後神經兮兮的走來走去。

「陳警官，你坐下來吧，」他建議道：「你那個樣子活像是在牙科等候的病人。」

「那正是我現在的感覺，」陳查禮說：「現在對我來說是緊要關頭，假如我估計錯誤的話，那就要忍受法蘭納利一大堆冷嘲熱諷了。」

四點鐘了，窗戶外頭的暮色降了下來，門鈴在這個時候響起。寇克親自前去應門，迎來了法蘭納利組長和一位五短身材、體型結實的英國人，年紀相當輕。怎麼只有兩個人？寇克的視線穿過他倆的空隙往樓梯口看，可是明明沒有第三個人。

「哈囉，」法蘭納利大步跨進客廳裡，說：「杜蘭德少校還沒有到吧？」

「沒有，」寇克回答說：「可別告訴我你把他弄丟了。」

「噢，才不會，」法蘭納利回答道：「我等一下會解釋。莫洛小姐，請妳認識一下從蘇格蘭警場來的杜夫探長。」

小姐走上前笑道：「幸會。」

「我才是，妳真漂亮，」杜夫用一種道道地地的英國腔發乎至誠的說道。他出人意料的年輕，桃紅色的臉頰，看起來像個農夫，而他的確是約克夏的農家子弟，只是後來到了倫敦，任職於首都警察廳。

「杜夫探長下了火車之後就跟我到我的辦公室，」法蘭納利解釋說：「因為我想跟他討論一下這個案子。杜蘭德少校到飯店盥洗去了，再過一下子會一個人過來。噢，對了——這位是寇克先生，這是杜夫探長。而這位，杜夫探長，是檀香山警察局的陳查禮警官。」

陳查禮深深一鞠躬。「能認識閣下是我終生的榮幸，」他說。

「呃，真的嗎？」杜夫答道：「隊長向我提起過你呢，陳警官。我們可說是同道，只是距離隔了數英哩。」

「隔了數英哩！」陳查禮很認真的同意道。

「請大家聽我說，」法蘭納利說：「在我們尚未準備好之前，杜蘭德少校還沒見到那個電梯小姐應該比較好。我們應該有一個人到樓下去，帶他搭乘不同的電梯上來。」

「我很樂意效勞！」陳查禮說。

「不行，我見過他，由我去，」法蘭納利回答道：「我要到樓下去跟監視那個女人的小伙子講幾句話，我剛才來的時候看到其中一個在大廈前面。杜夫探長，你就留在這裡吧，你可以跟大家聊聊。」他走了出去。

寇克拉了張椅子給英國偵探。「杜蘭德少校到了之後，我們就送上茶點。」他說。

「你真是太客氣了！」杜夫回答道。

「這整宗案子你已經跟法蘭納利隊長談過了嗎？」莫洛小姐問道。

「談過了，從頭到尾都談過了，」杜夫回答道：「這真是令人震驚的事情，太令人震驚了！菲德烈克爵士深受我們所有部屬的尊敬，呃，我應該說是敬愛，雖然他已經退休，而大家也以為他任何事情都不插手了，但是他似乎是在執行調查工作時遇害的。我可以向你們保證，蘇格蘭警場絕不會輕視自己人遭人殺害的案件，在兇手尚未繩之以法之前，我們絕不罷休。在這件工作上，陳警官，我們竭誠歡迎任何協助。」

陳查禮行了個禮。「我的能力是微不足道，但是其他人已經在閣下身邊形成一個堅強的陣容。」

「杜夫探長，」莫洛小姐：「我期待你能帶給這個案子一點亮光。」

杜夫搖了搖頭。「我感到非常抱歉，我們蘇格蘭警場還有那麼多人——那麼多老手——可以幫上更大的忙。非常不幸的是，現在在美國卻只有我這麼一個蘇格蘭警場的人，大家都看到了，我有點年輕……」

「這我注意到了。」莫洛小姐笑道。

「跟菲德烈克爵士遇害有關聯的事，似乎都發生在我擔任這個職務之前。我會盡力投入的，可是……」

「你要抽根菸嗎？」寇克提議道。

「噢，不，謝了，我抽菸斗，如果小姐不介意的話。」

「我不介意，」莫洛小姐說：「抽菸斗似乎是福爾摩斯以來的傳統。」

杜夫微笑道：「恐怕這只是唯一的相似之處。正如我剛才講的，我進入首都警察廳任職的期間比較短，只有七年而已。希拉利·高特謀殺案我當然聽說過，儘管它發生在許多年之前。我還只是一名年輕警察的時候，他們就帶我去檔案處，參觀那個兇殺案的夜晚穿在高特腳上有名的絲絨拖鞋。至於伊芙·杜蘭德，我是在很不經意的情形下獲悉她失蹤的故事，還算頗為熟悉。其實，我還有一度沾到這個案子的邊，五年前有個謠傳說，她在巴黎現身，菲德烈克爵士便派我渡過英吉利海峽去調查這件事。結果那只是另一個假警報，不過我在調查時卻無意中認識了杜蘭德少校，他人也在巴黎。他真的很可憐，接連經歷過那麼多希望的破滅之後……我希望他今天晚上不會在這裡又經歷另一次希望的破滅了……」

「為什麼杜蘭德少校這次會剛好來美國？」莫洛小姐問道。

「他是接到菲德烈克爵士的電報而來的，」杜夫解釋說：「菲德烈克爵士向他求助，他當然很快就同意了，在一個星期前抵達了紐約。當我搭乘二十世紀特快車在芝加哥下車的時候，竟然發現杜蘭德少校也搭乘同一班火車，於是我們就連袂到舊金山來。」

「那最起碼他能夠幫助我們。」莫洛小姐說。

「我想他可以的。我要再說一遍，這個案子我已經仔細的了解過了，然而我並沒有什麼靈感，倒是有一點我很感興趣，就是那雙拖鞋，為什麼會被拿走？現在在哪裡？它們似乎再度成了基本線索，陳警官，你以為如何？」

陳查禮聳聳肩。「那雙拖鞋在很久以前就被認定為基本線索，」他說：「可是並沒有帶來什麼確切的調查結果。」

「這我曉得，」杜夫笑道：「不過我這個人並不信邪，我會再度追查它們的。對了，有一件事我說不定能幫上一點忙，」他隨即轉向寇克說：「聽說你有個管家名叫帕拉岱斯？」

寇克的一顆心沈了下來。「是的，他是位很優秀的管家。」他回答道。

「我對這個帕拉岱斯很有興趣，」杜夫說道：「據我所知，帕拉岱斯對菲德烈克爵士的信件好像很好奇，他現在人在哪裡？」

「他現在在廚房，或他的房間吧，」寇克回答說：「你現在要見他嗎？」

「是的，在我走之前。」杜夫說。

法蘭納利從玄關進來，身後跟著一位高大的金髮男子，身上穿著一件柏貝利防水雨衣，還滴著水。已經從軍旅退休的艾瑞克·杜蘭德少校，看起來很像是運動家型的英國人，他的臉曬得黝黑，留有歲月風霜的痕跡，那似乎是長時間在野外騎馬的結果，藍色的眼睛則是炯炯有神。在室內，他給人的聯想是坐在俱樂部裡吸著雪茄，手上拿著一杯調製好的威士忌，正在閱讀一本《原野》雜誌。

「請進吧，少校！」法蘭納利說道。他介紹這位英國人給大家認識，寇克趕緊上前接過杜蘭德少校的柏貝利防水雨衣。接下來是一陣尷尬的沈默。

「少校，」法蘭納利開口道：「我們還沒有告訴你為什麼請你到這裡來。你是接到菲德烈克爵士的電報，而到舊金山來的吧？」

「是的。」杜蘭德少校平靜的說。

「他有沒有告訴你為什麼他希望你來這裡？」

「他通知我說，他很快就要找到我……太太了。」

「原來如此。你太太是十五年前在印度一個不太尋常的地方失蹤的吧？」

「一點都沒錯。」

「從那之後，你有沒有再聽到她的消息？」

「沒有。當然啦，很多以訛傳訛的報導是有的，每一個我都去查，但是到頭來卻沒有一個有結果。」

「你沒有聽說過她在尼斯或紐約出現嗎？」

「沒有……我想那些錯誤的傳聞裡並沒有這兩個地方。我確信沒有。」

「你如果現在見到她的話，當然能認出她吧？」

杜蘭德少校突然間發生興趣，「我想我能吧。她那時候，呃，失蹤時只有十八歲。」

莫洛小姐忽然憐憫起這個男人來。「可是一個男人是不會忘記自己太太的長相的，你知道吧。」

「少校，」法蘭納利緩緩的說：「我非常有理由相信，你的太太今天晚上就在這棟大樓裡。」

杜蘭德少校吃了一驚，向後退了一步，然後難過的搖起頭來。「我但願這是真的。

你不知道，經過十五年來的焦慮，我的希望已經磨掉一大半了，時間使一個人不再存有希望。是啊！我但願這是真的，可是我已經經歷過太多次失望，再也無法抱持任何希望了。」

「請你稍微等一下吧！」法蘭納利說完後，走了出去。

接下來是一陣肅靜，客廳一角長形鐘的滴答聲突然變得異常清楚起來，杜蘭德少校開始走來走去。

「這不可能，」他向杜夫嚷道：「不可能，這不可能是伊芙。經過了那麼多年……卻在舊金山……不可能，我不能相信。」

「再等一下就知道了，老兄。」杜夫安慰他說。

等待的時間漫長得令人害怕，陳查禮開始疑心起來，杜蘭德仍繼續踱來踱去，客廳鋪著地毯，他的腳步沒有發出任何聲響。時鐘依然滴答滴答的怪響著，五分鐘……十分鐘……

外面的門「呀」一聲打開了，法蘭納利急匆匆跑進屋裡來，只見他滿臉通紅，灰白的頭髮搔得異常凌亂。

「她不見了！」他大叫道：「她的電梯停在七樓，門打開著，她卻不見了，沒有人看見她是怎麼走的！」

杜蘭德少校低低「啊」了一聲，一下子坐在椅子上，雙手摀住了臉。

【第十三章】老朋友又見面了

聽到法蘭納利帶來這個消息，感到震驚和失望的並不只是杜蘭德少校一個人，另外那四個人的臉上都露出了沮喪的表情。

「不見了，也沒有人看見她是怎麼走的，」陳查禮露出責備的眼神看著刑警隊隊長：「可是她不是受到聰明的本地警察監視嗎？」

法蘭納利恨恨的說：「沒錯，可是我們又不是超人，那個女人跟鰻魚一樣的滑溜，負責監視她的是我的兩個手下，兩個人都精得很……好了，牛奶打翻了，再哭也沒有用。我會找到她的，她不可能——」

外面的門打開了，一個便衣警察走進來，把一個頭髮有點凌亂，稍稍上了年紀的女清潔工交給法蘭納利。

「噢，彼德森，這是怎麼回事？」法蘭納利問道。

「隊長，你聽她講，」彼德森說道：「這個女人剛才正在七樓一間辦公室裡打掃。」

他又對那個女的說：「妳把妳剛才講的告訴隊長。」

女人緊張的抓著圍裙。「長官，我在七〇九號辦公室，他們很早就走了，只有我一個在那裡打掃，後來門忽然打開了，那個紅頭髮的電梯小姐跑進來，她拿了一件風衣和一頂帽子，我問說：『發生了什麼事？』但是她並不回答，只往裡面那個房間跑，我感到奇怪，於是跟了過去，結果只看見她爬上太平梯，一句話也沒講，長官，她就這樣在黑夜裡消失了。」

「太平梯，」法蘭納利重複著，「我想也是如此。彼德森，你去看過了嗎？」

「看過了，隊長。是那種——我想你也知道，一個人的重量站在最下面一階，就可以降到地面上的那種梯子，用那種方法很容易就能走掉。」

「好吧，」法蘭納利說：「她下到巷子裡的時候，應該會有人看見，我們下去找找看吧。」他轉向女清潔工說：「就這樣吧，妳可以走了。」

女人出門時，與第二位便衣人員在玄關擦身而過，他快步走到客廳裡來。

「隊長，我找到一個傢伙，」他說：「樓下轉角菸酒店的小弟說，幾分鐘前有一位雨衣內穿著寇克大廈制服的小姐跑進店裡頭向他借電話打。」

「他有聽見電話的內容嗎？」

「沒有，隊長，那是一具公用電話，她只在那裡停留了幾分鐘，之後又匆匆忙忙的走了。」

「嗯，很有問題，」法蘭納利說：「你們小伙子先等我一下，我車停在樓下。首先我要發出通報，要渡船口和火車站的人員注意──她身上穿著制服，很容易辨別，午夜之前必須把她抓到。」

「你要用什麼名義抓她？」莫洛小姐溫和的問。

「嗯，以重要證人的名義。我要用重要證人的名義留置她，那樣還是會引起大批媒體的注意，我很不喜歡。有了，我用偷竊的罪名逮捕她好了，她身上穿的制服屬於你的財產吧，寇克先生？」

「是的……可是我不喜歡那樣。」寇克抗議道。

「噢，這只是當個帽子罷了，我們不會真的扣上這個罪名的，只是用某種藉口留住她而已。好了，如果你不介意讓我打電話的話……」

法蘭納利有效率的打電話到警察單位去，叫嚣著要相關人員去追捕那個逃跑的女人。他幹勁十足的站了起來。

「我會找到她的，」他許諾說：「我們的計畫遭到了挫折，但這只是一時的，她不可能逃得了。」

「她以前有過幾次成功的逃跑紀錄喔！」陳查禮提醒他說。

「是嘛，但是這次她逃不了了！」隊長回答道：「以前不是我在追蹤她的。」他一陣風似的走了，後頭跟著兩個手下。

杜蘭德少校沮喪的癱坐在椅子上，杜夫探長則是靜靜的拿著他那歷史悠久的老菸斗，吞雲吐霧起來。

「運氣實在有點不太好，」他說道：「但是，這種工作就是要憑藉耐性，陳警官，你說是吧？」

陳查禮露出了笑容，道：「我總算碰到跟我講同一種語言的伙伴了。」

巴利．寇克站起來，搖了一下鈴。「喝杯茶好嗎？」他說，然後走到窗戶旁邊，看著外面。下方遠處，燈光標示出街道的樣子，在夜霧中模糊的浮動著，大風呼號，雨點打在玻璃窗上，城市籠罩在迷離夜色之中，忽隱忽現。「這樣的夜晚，我們總要用什麼把自己暖和起來……」他沈默了。那到底是個什麼樣的夜晚啊？致令某個男人或女人藉機偷偷溜走，消失得無影無蹤。

帕拉岱斯昂昂然走進來，站在燈火通明的客廳裡，他那白得出奇的頭髮帶給自己一種堅毅的氣質。

「你搖鈴找我嗎，老闆？」他說。

「是的，」寇克回答說：「我們想要喝茶，這裡一共有五個人——」他不講了，只見管家的視線落在杜夫探長身上，臉色變得跟頭髮一樣白。

一陣鴉雀無聲。「哈囉，帕拉岱斯！」杜夫輕聲的說。

管家的嘴巴不知喃喃唸著什麼，隨即轉身要走出去。

「慢著！」杜夫的聲音如鋼鐵般的冰冷。「這真是吃驚啊，老兄。我想你我都嚇了一跳，我上次看到你時，你正站在歐巴利的碼頭上吧。」帕拉岱斯點了個頭。「也許我不應該揭露你的身分，帕拉岱斯，如果你規規矩矩的話，可是你偷拆了人家的信，是不是？有一封寄給菲德烈克·布魯斯爵士的信被你調了包，是吧？」

「是的，長官，我調了包。」管家的聲音壓得很低。

「我想也是。」杜夫說，他轉向巴利·寇克，「我很遺憾造成了你的困擾，寇克先生。我想帕拉岱斯是個很稱職的管家吧？」

「他是我請過最好的一位管家。」寇克告訴他。

「他一直是個好管家，」杜夫繼續說：「審判時這個事實披露得很明白，他是一個能幹、受人信賴的人，有很多人曾經推薦過這一點。但是很不幸的，好幾年前在英格蘭，他涉嫌在一位女士的茶中放了氰氫酸。」

「那真是奇怪，在茶裡面放進氰氫酸，」寇克說：「不過當然啦，我是不認識那位女士才這樣講。」

「那位女士是他的太太，」杜夫解釋說：「對於我們某些人來說，他好像逾越了丈夫的特權，於是他被送到法院接受審判。」

帕拉岱斯舉起了他的手。「法院也不能證明我有罪，」他斷然說：「無罪釋放了我。」

「是的，我們的案子遭到法官駁回，」杜夫探長承認說：「那樣的事很少發生，寇克先生，但是在這個案子就是如此。從技術上來說，帕拉岱斯最起碼不能被判有罪，我是說，從法律的眼光來看。基於這樣的理由，我不應該把這件事情講出來，假如我沒有聽到他調換那封信的怪異行徑的話。帕拉岱斯，你可不可以告訴我，你知道和伊芙・杜蘭德有關的事嗎？」

「我從來沒有聽過這個名字，長官。」

「伊里地謀殺案，也就是希拉利・高特那件陳年謀殺案，你有沒有任何情報？」

「沒有，長官。」

「可是你拆了那封寄給菲德烈克・布魯斯爵士的信，又用一張白紙將它調包，我認為你最好解釋一下，老兄。」

「是的，長官，我會解釋。」管家轉向巴利・寇克。「寇克先生，我覺得非常難過，我在這裡跟你生活了兩年，在這件事……這件事之前我從來沒有做過任何不名譽的事情。這位先生剛才說我毒死了我太太，我也許可以提醒你注意他在那件事情上頭對我存有敵意，原因是他負責調查那件案子，審判的結果卻令他非常沮喪，因為陪審團釋放了我。依照普通人的感受——」

「那件事不必再談。」杜夫突然插進來說。

「不管怎麼說，」管家繼續對寇克說：「我獲得無罪的處分，基於這個理由，我是一個清白的人。但是我自己知道，不管清不清白，我曾經遭到法院起訴的事實對你來說……呃……總不會是一個令人愉快的消息。」

「恐怕是這樣！」寇克表示同意。

「所以我認為，就當這件事情從來沒發生過是最好。我在這裡生活得很愉快，尤其住在這麼高的地方，我真的感到很振奮，我一直很喜歡離地面很高的地方。因此，當你告訴我說菲德烈克．布魯斯爵士要來這裡住的時候，老闆，我就覺得有點恐慌。我從來沒有跟他打過照面，可是我曾經有一小段時間出現在大庭廣眾之前，我擔心他會記得我。嗯，後來他來了，很不幸的，他一眼就認出我來，我們在這個房間裡有過一次長談，我向他強調說我受到起訴是不公平的，因為我並沒有做錯任何事，而我現在已經過著正常人的生活了，所以我求他不要把這個秘密說出來。菲德烈克爵士是一位正直的人，他說他會仔細研究這件事──我猜想他是要聽取蘇格蘭警場相關證據的意見，等再過一陣子，他再告訴我他的決定。老闆，之後就發生了那件事，菲德烈克爵士被人殺死了。」

「噢，原來是這樣，」寇克說：「我有一點懂了。」

「我後來做的這件事，也只是為了保住你對我的重視和信任。一名庫克父子公司的郵差交給我一包信件，最上面那一封是從蘇格蘭警場寄來的，我以為那就是最令我擔心的公文。假如容許我這麼說的話，我那時候是有點精神不正常。我相信菲德烈克爵士曾經打電報到蘇格蘭警場問起我的事，而這封信就是答覆，並且無疑會轉入警方手裡。」

「可是如果有任何答覆的話，那也太早了吧。」寇克對他說。

「我又如何能確定呢，老闆？在今天這個時代裡，航空郵件和其他講求時效的訊息傳遞工具那麼發達。所以我決定看看信中的內容，如果和我無關的話，我就放回去……」

「可是信的內容和你並沒有關係呀，帕拉岱斯。」寇克說。

「是沒有直接的關聯，老闆。不過，它提到杜夫探長人在紐約，而我以前就已經領教過杜夫探長對我的特別照顧了，所以我感到非常驚慌，本地的警察單位如果看到這封信的話，很可能會找他來這裡，而結果大家現在都看到了。所以我在驚慌之下便把一張白紙放進信封裡，重新封起來。實在是笨拙的藉口，老闆，我感到非常後悔。而讓我感到難過，並不是那個藉口，而是我對你的欺騙，老闆，我本來什麼事情也沒有瞞過你的。」

「但願如此！」寇克說。

「如果我請求你把這樣的欺騙行為略過一旁，那也許是強人所難，但是，寇克先生，我可以向你保證，我之所以會做出這麼輕率的行為，完全是基於我喜歡你，想要留在這裡繼續為你服務的關係。假如我們還能回到從前那種互相信賴、互相尊重的基礎的話，老闆……」

寇克笑了起來。「我不知道，可能必須好好想一想。你是真的喜歡我嗎，帕拉岱斯？」

「是真的，老闆。」

「你有很仔細的分析過自己的感情嗎？難道你對我沒有藏著絲毫的怨恨和不滿嗎？」

「絕對沒有，老闆，我可以向你保證。」

寇克聳了聳肩。「那很好，你現在可以到裡面準備那個……呃……茶了。就像平常那樣，麻煩你。」

「謝謝你，老闆。」帕拉岱斯應了一聲後離開。

「可憐的老傢伙，」莫洛小姐說：「我相信那件事不是他幹的，他只是大環境之下的受害者。」

「或許吧，」杜夫同意道：「我個人倒以為證據相當有力，話又說回來，我那時候才剛剛從事調查工作不久，有可能弄錯了。總之，這個案子可以把帕拉岱斯從嫌犯的名單上剔除，我還滿高興的，至少疑雲消除了一點。」

「他是可以在這個案子裡面除名，」巴利．寇克說：「可是我卻得承認，他對於我的意義，可要比以前更為重大了。」

「你不至於認為他跟菲德烈克爵士的案件有任何牽連吧？」莫洛小姐問道。

「不會，可是我擔心他會做一些殺害我的動作，我現在面對一個私人問題，也是非常要緊的問題。我很不願意失去帕拉岱斯，可是更不願意失去我的生命。你只要想像一下我每天喝的柳橙汁是由涉嫌用氰氫酸下毒的那雙手調製出來的，那可不是十分好受的。陳警官，你也住在這裡，跟你也是利害相關，你有什麼看法？」

陳查禮聳了聳肩。「也許他不喜歡他的太太吧！」他暗示道。

「那我更不能想像他曾經喜歡過他的太太了，」寇克回答道。「不過，他倒是一個老好人，更何況有些太太無疑會把一個男人逼到絕路。我想我會再讓他待一陣子吧，不過……」他看著莫洛小姐，「有某種力量告訴我說，我恐怕得經常在外面吃飯了。」

「陳警官，」杜夫說道：「你住在這裡並沒有閒著，到目前為止你對本案可有什麼發現嗎？」

「非常有限，」陳查禮說：「我相當留心帕拉岱斯在這裡的一舉一動，其結果就是我們剛剛看到的。唉！有些播下去的種子是發芽了，但是還沒有成熟到可以收割的地步。」

「的確，」杜夫表示同感。「不過你一定還有跟別的線索、別的想法吧，我很有興趣聽聽看。」

「我們另外找個時間談談好了，」陳查禮答應道：「現在……我不太方便說。呃，我這個人也是有同情心的，這個話題我知道一定會深深觸痛杜蘭德少校，我必須請他原諒，因為我非常想要聽聽很多年前那個夜晚，伊芙・杜蘭德失蹤時所發生的事。」

杜蘭德少校如夢方醒。「噢，是的，你說什麼？那天晚上伊芙……那當然，已經是陳年舊事。」

「不過那是你想忘也忘不了的一刻吧？」

杜蘭德露出苦笑。「我恐怕沒辦法忘掉。也曾經設法把它忘掉，那似乎是最好的方式。但是我始終沒有成功。」

「那天是一九一三年的五月三日吧？」陳查禮提示道。

「正是，我們那時候在白夏瓦只住了六個月——我和伊芙是在英格蘭結婚的，婚後一個月我就奉派到那裡的一個團。白夏瓦真是個被上帝遺棄的地方，一個大英帝國邊境的最前哨，景色十分荒涼。像伊芙那樣的女人實在不適合那裡，她除了英國鄉下貴族式的文明生活外，什麼也不曉得。」

他停了下來，陷入回憶當中。「可是我們生活得非常愉快，我們還很年輕，伊芙是十八歲，我則是二十四歲，年輕得腦筋裡面只有愛情。戍守在遠方，生活上的不便對我們而言根本不算什麼，我們只要有彼此就夠了。」

「那，問題發生的那個晚上呢？」陳查禮追問道。

「我們軍營裡面的社交生活還挺多彩多姿的，伊芙自然在裡面扮演著很重要的角色。你所問的那天晚上，我們先前就已經安排好在附近的山上辦個野餐會，大家騎著各自的馬出城，從一條滿是塵土的窄路上到一個小小的高地，從那裡我們可以看見月亮高掛在白夏瓦的屋頂上方。我們那個夜遊計畫真的很天真，那山裡面盜匪橫行，當時我還真的有點害怕呢。可是那些女伴她們堅持要到山上去——你也知道女人就是這樣。我們那一行人之中有五個男人，每個人都全副武裝，由此看來，那裡也不是真的很危險。」

他再度停頓了一下。「伊芙身上戴著首飾，其中一個是她叔叔送她的珍珠項鍊，我記得出發前還曾經向她反對過，而她只是嘲笑。有時候我會想——噢，不，我不喜歡那樣。她是因為那條項鍊，或手上的戒指而被殺了嗎？我必須面對這一點。

「總之，我們把晚餐打包好，騎著馬出城。整個過程進行得十分順利，然後到了我們該回家的時候，有人忽然提議說要玩捉迷藏遊戲……」

「你記得是誰提議的？」陳查禮問道。

「是伊芙。我心裡面雖然反對，但是，嗯，大家都在興頭上，誰也不好潑冷水。於是那些女伴都分散開來，躲進欏柳林裡的陰暗處，又是笑又是鬧的。我們在半個小時之內把她們全找到了——只除了其中一個，而那一個我們到現在都還沒有找到。」

「真是可怕！」莫洛小姐嚷道。

「妳並不了解真正的恐怖在哪裡，」杜蘭德回答道：「那些黑漆漆的山裡面充滿了數不清的危險！噢，那真是一件愚蠢的事，玩那種遊戲，那件事本來不應該發生的。從那天晚上之後，那些漫長、酷熱的可怕日子……我想我用不著再講下去了。」他點了一下頭。

「總共有五個男人，」陳查禮說：「連你也算在內？」

「是的，五個男人，」杜蘭德回答說：「還有五個可愛的女人。」

「五個男人，另外四位也跟你一樣是軍人嗎？」陳查禮繼續問道。

「有三個是，另外一個不是。」

陳查禮的眼睛一亮。「有一個不是？」

「是的。從某個角度來說，我們這個夜遊聚會是以他的名義而辦的。你知道嗎，他是一個很有名的人，每個人都迫不及待的要稱讚他。他當過總督府的貴賓，在皇宮裡面發表過演說，還獲頒勳章之類的，全印度都可以聽到讚美他的聲音。那時候，他才剛從穿越西藏的艱苦旅程中回來。」

陳查禮的眼睛半眯起來。「他是一位探險家？」

「最傑出的一位探險家，一個非常勇敢的人。」

「那你說的是約翰・畢罕上校囉？」

「是的，當然是他。怎麼，你認識他？」

寇克和莫洛小姐倏的坐直了起來，聽出其中的興味。陳查禮點了點頭，「我是猜的，」他說，接著沈默了一下。「畢罕上校現在人在舊金山。」

「真的？」少校回答道：「真是奇怪的巧合。我想我應該再去見他一面，他是個很有同情心的人。」

「你剛才說，聚會是因他的名義而辦的？」陳查禮接著問。

「是的，應該說是惜別吧。第二天他就要走了。他要回家去，不過走的不是傳統的路線，那不是畢罕的作風。他要率著駱駝商隊穿越阿富汗的荒野，橫渡波斯沙漠，抵達德黑蘭。」

「穿越開伯爾山口？」陳查禮問道。

「噢，是的，穿越開伯爾山口。很危險的一趟旅程，不過他有一大票隨行人員跟他一同冒險，而且阿富汗的大酋長也邀請他。他第二天一大早離開之後，我就沒有再見過他了。」

「第二天一大早，」陳查禮慢吞吞的說了一遍，「回家！」他瞪著迷濛的玻璃窗看了好一陣子。「我本來希望明天早上就能夠回家，可是，總會發生某件事，破壞了我對小兒子的承諾，他會想，我這個當老爸的多麼糟糕啊！但是……」他聳聳肩，「既來之，則安之。」

帕拉岱斯誇張的推著一輛茶水車進來客廳，帶來一陣尷尬的沈默。

「老闆，茶來了。」管家說道。

「我正等著呢！」寇克回答道。

帕拉岱斯先把茶端給莫洛小姐，然後換杜夫探長。「你的茶裡面要加點什麼，長官？」他問道。

杜夫很堅定的看著他。「我要加一塊方糖，」他說：「別的不要。」

【第十四章】一男一女的晚餐

帕拉岱斯一臉嚴肅的為客人遞送茶水、三明治和蛋糕，然後默默無語的退下了。巴利．寇克一杯茶停在嘴唇邊，眼睛帶著疑問，杜夫看到他這副模樣，笑了起來。

「我或許該告訴你，」他說：「氰氫酸的味道相當特殊，有些刺激，又帶著一點桃花的氣味。」

「謝謝你噢，」寇克回答道：「我會記住你的話的。嗯，陳警官，你最好也記住。我們一旦聞到了桃樹的味道，就立刻打電話給職業介紹所，換一個新的管家。」

「我會注意的。」陳查禮說道。

「總而言之，」寇克繼續說：「這裡的生活從現在起開始有點冒險性了，『做還是不做：那就是問題的所在。』」

「我們應該善意對待帕拉岱斯，」陳查禮提議道：「別忘了善言暖於三冬，惡口飛霜六月，這樣做也有助於提升我們的道德層次。」

「你的話很有道理。」寇克同意道，他看了一眼杜蘭德少校，突然覺得這些閒談看在來舊金山處理要事的少校眼裡，可能輕浮了些吧。真是可憐的傢伙，他老兄平日的生活不知是怎麼過的。寇克揣想著能夠把他老兄也容納進來的話題，但是除了一些老生常談以外無法可想。「少校，你能不能告訴我們你對於美國的觀感？」他說道。

「噢，」杜蘭德回答道：「我的印象是吧？嗯，恐怕這也不能算是什麼創見，我到目前唯一的印象是，呃，很大，我是指土地面積，你了解吧。依我看，貴國真的是地大物博。」

杜夫點點頭。「我們才剛下火車，能夠說的還很有限。美國會在英國人心目中造成什麼印象，你恐怕很難想像吧！像在英國，不管你坐火車往哪個方向，走沒多遠就會看到海。可是在這裡，我們一連坐了好幾天火車，從車窗看到的真是令人無法想像，令人吃驚。我們還以為旅程永遠沒有盡頭呢。」

「恐怕是吧，」寇克表示同感，「美國的土地的確很大，有些人甚至認為太大了。」

「我們可沒那麼說，」杜蘭德提醒他，臉上帶著一絲笑意。「話雖如此，像這樣的國家，各種可能性似乎是無限的。我們或許可以再補充一點，」他看了一下莫洛小姐，「我發現你們這裡的女性非常的迷人。」

「你太客氣了。」莫洛小姐笑道。

「噢，絕對不是客氣，是真心話。我這樣問希望妳不要介意，我還不太明瞭妳跟這個案件的關係呢？」

「我是地檢處的人。」莫洛小姐告訴他。

「地檢處就像我們那裡的起訴廳，」杜夫解釋道：「我相信這位年輕的小姐應該是法學院畢業的吧。」

「真讓人想不到，」杜蘭德說：「我很訝異，在美國沒有比法律更受人尊敬的了。」

「非常謝謝你，」莫洛小姐回答說：「你這話如果不是讚美我的國家，我可是非常榮幸呢。」

杜蘭德站了起來。「請各位務必原諒，我現在要走了。」他說道：「坐了那麼久的火車，我覺得有點累了，又加上剛才這件令人失望的事。我裝作一副不抱希望的樣子，那當然不是真的。事實上，就算過去有那麼多虛假的謠言，我仍然是懷抱著希望的。這次既然有菲德烈克．布魯斯爵士這樣的人物保證，我想今天晚上跑走的那個女人我若是沒有見上一面，我是不會死心的。」

「她會被找到的。」杜夫說。

「我也希望如此，真的。你要跟我一起走嗎，老兄？」

「當然。」杜夫站起來道。

「杜夫探長，你我應盡快談一下。」陳查禮說。

杜夫停了下來。「我認為最好就趁現在。少校，你先走吧，我隨後就到。」

「好的，」杜蘭德答道：「我已經幫你在聖法蘭西斯飯店登記了一個房間，我想我幫你選的房間你應該會滿意。」

「你太費心了，」杜夫對他說道：「我們隨後見。」

杜蘭德轉身對寇克說：「寇克先生，你真的十分好客，招待得非常週到。」

「哪裡，」寇克說：「請你務必常來，希望你在本地不會感到寂寞才好，我會送你一兩家俱樂部的貴賓卡，如果你願意的話，我們不妨多辦幾次小型的聚會。」

「你真是太客氣了，」杜蘭德銘感五內，「非常的謝謝你。」他又向在場的人道別，推門離去。

「好可憐的人！」莫洛小姐說。

「他人很不錯，」杜夫說道，然後精神奕奕的轉向陳查禮，「不過那並不能使我們推進多少，陳警官。我們該從什麼地方開始談呢？我聽法蘭納利隊長說，菲德烈克爵士留下來的財物裡並沒有發現任何刑事案件的檔案資料？」

「連個影子也沒有！」陳查禮證實說。

「看來這不但是謀殺案，也是竊盜案，因為菲德烈克爵士一定會有刑事檔案。那一定在什麼地方，除非那也被殺死菲德烈克爵士的兇手給毀了。希拉利．高特謀殺案和伊芙．杜蘭德失蹤案一定會有詳細記錄的資料。」

「你有沒有聽說，按照菲德烈克爵士的想法，這兩個案件存在著某種曖昧的關聯？」

杜夫點點頭。「是的，我們局長的那封信複本我有看過。我必須說的是，從那封信的語氣看來，局長跟我們一樣了解得不多，不過我已經拍過電報，請他把手頭上的任何資料寄來給我。」

「你的動作非常的迅速，」陳查禮稱讚道：「關於這整個案子，杜蘭德少校的話給了我們一個全新的認識。直到剛才為止，我們根本不知道白夏瓦那個令人忘不了的夜晚，約翰．畢罕上校也參加了夜遊。」

「畢罕怎麼了？你剛才說他也在舊金山？」

「正是。那天晚宴他也在場，一個十分奇特、沈默的人，心思讓人難以捉摸。」

莫洛小姐忽然開口。「啊，可不是嘛，」她嚷道：「畢罕上校也參加了那晚的夜遊，那表示他認識伊芙．杜蘭德。那天晚上他來這裡吃晚飯時，搭乘的電梯一定是珍妮．傑洛姆或瑪麗．蘭特兒在服務的。如果那個電梯小姐是伊芙．杜蘭德的話，那他很有可能認得出來。」

「這點無可置疑！」陳查禮同意道。

「那就簡單了，」莫洛小姐繼續說：「我可以立刻派人去抓他，然後問他……」

陳查禮舉起手來，說：「很抱歉我要打個岔，難道你會向一個瞎子問路嗎？」

「嗄……你的話是什麼意思？」

「一九一三年五月初的時候，畢罕上校人在白夏瓦附近，這我是幾天前知道的，可是直到今天晚上，我做夢也沒有想到他也是那晚夜遊的成員之一。即便如此，我想最後的行動還是得打聽調查。」

「你該不是認為……」

「我尚未決定該怎麼認為。他是那天晚上夜遊的一個成員——這個事實可能含有許多種意思，也可能任何含意也沒有。萬一這件事實有某種含意，我們姑且不要對畢罕上校說穿，因為說穿之後我們的目標可能會遭到破壞。以前有個人搖著搖籃哄嬰兒，卻又一邊捏嬰兒的肉，顯然他那麼做並不會成功。」

莫洛小姐露出了微笑。「你這樣勸告，我當然是會接受的。」

「謝謝妳。在採取行動之前，請允許我多了解一點過去所發生的事。」陳查禮轉向杜夫：「我們先把畢罕上校的事情按下，談一下那雙絨布拖鞋好了。」

「好啊，那雙絨布拖鞋似乎有點神秘，」杜夫說道：「看起來像是被兇手拿走了。可是兇手為什麼要拿呢？拿了要幹什麼？如果說那雙拖鞋倉促之間扔掉了，倒也不算是不合理。在英國我們還針對這類案子成立了專案，刊登廣告懸賞破案。」

「好主意！」陳查禮同意道。

「法蘭納利隊長想必也在思考這個問題吧？」

陳查禮聳一聳肩。「隊長就像一個小孩被縱橫交織的羅網罩住了，他只能不斷的掙扎，結果越陷越深。不過我必須節制一下我的批評。我自動承認好了，你們那個懸賞的方案我連想都沒想過呢。」

杜夫大笑起來。「吃過晚飯後我去找一下隊長，建議他試試看。噢，對了，我路還不熟，這個城市對我而言還很陌生，陳警官，一道去吃頓晚飯好嗎？我們可以一面吃一面聊，然後請你帶我認一下路，讓我知道法蘭納利的辦公室在什麼方向。」

「非常謝謝你的邀請，」陳查禮笑道：「我要學習的事情還很多呢，有你這麼優秀的人陪我一同學習，還有比這個更好的事情嗎？」

「噢，這樣說就太過了，」杜夫回答道：「總之，我們好好去吃頓晚飯吧，看你什麼時候可以準備好。」

「我去拿一下外套和帽子，馬上就走。」陳查禮說。

杜夫面對寇克和莫洛小姐。「很高興能認識你們兩位，」他說：「莫洛小姐，跟像妳這麼迷人的小姐一起合作辦案，我還是第一次呢。而且一定是個非常愉快的經驗。」

「你一定認為這種情況十分荒謬吧？」莫洛小姐說。

「我可沒那麼說。」他笑道。

陳查禮拿了衣帽回來，和杜夫一起出去了。莫洛小姐也拿起大衣。

「等一等，」寇克阻止道：「妳要去哪裡？」

「回家。」她說。

「回去孤孤單單一個人吃晚飯嗎？」

「你用不著暗示了，我今天晚上沒辦法邀請你，做檸檬派要花掉我相當多的時間。」

「我當然是在暗示啦。可是奇怪的很，我一想到要在這個安樂窩裡吃晚飯，心裡面就涼涼的。我提議我們一起去一個燈火輝煌、充滿歡笑、而服務生又是我信得過的地方吧。除非妳真的比妳看起來還要冷酷，我是不願意一個人吃晚飯的。」

「可是我真的必須回去，換一件衣服，清爽一下。」

「別無聊了，妳現在看起來已經夠燦爛的了，就像開得滿樹繽紛的桃花——奇怪我怎麼又想起這個？先別管這個，妳肯不肯跟我一道去？」

「如果你希望我去的話。」

寇克搖了一下服務鈴，帕拉岱斯立刻走了過來。「呃……我要在外面吃飯。」這位年輕人解釋道。

帕拉岱斯看起來十分失望。「好的，老闆。不過我如果可以大膽的問一下……」

「還……什麼事？」

「我想這該不是你對我的信任逐漸喪失的跡象吧，老闆？我本來希望我們之間的關係能夠回到從前……」

「別胡說。我經常在外面吃飯的，這你也知道。」

「噢，是的，老闆。」管家神情沮喪的退了下去。

「老天，」寇克歎息道：「恐怕他對我會越來越敏感，我還以為我剛才是在表示我信任他。看來我要辦一次大型晚宴，把所有最要好的人都邀請來。」

「一個大型晚宴？」

「噢，算是相當大的。邀請我的祖母、陳警官、俱樂部的一些朋友，還有……妳也能來嗎？」

「假如我沒能來的話，那絕不是因為我害怕帕拉岱斯的緣故。」

他們到了樓下，這是個起霧的夜晚，偶爾還落下一陣陣的雨。寇克找到自己的車，幫助莫洛小姐坐上去，從空無一人的商業區一路開到聯合廣場，只見濕漉漉的街道上反射著亮麗的燈光。電車發出叮叮噹噹的聲音呼嘯而過，一小隊由雨傘構成的隊伍在人行道上輕快的跳動著，舊金山此地的人向來意興風發，下一點點的雨根本不算什麼。「我們到瑪卻蒂怎麼樣？」寇克問道。

「聽起來似乎不錯！」莫洛小姐回答道。

他們走進那家小餐廳，舞池裡正在進行著第一個節目，一位年輕貌美的女歌手隨著流行歌曲的節拍手舞足蹈起來。巴利．寇克在這裡相當有名，很快就要到一個桌位，由諂媚的領班親自來服務。他們各自點了自己要吃的東西。

「這個地方我很喜歡，」寇克說：「客人不會無故瞎起哄。」一位路過的金髮美女賞給他一個甜美的笑容。「女孩子都很可愛，是不是？」

「嗯，可不是嗎？」莫洛小姐回答道：「你喜歡可愛的女孩子嗎？」

「喜歡坐在角落看她們從前面走過，她們談些什麼則無所謂，那並不重要。譬如說，妳現在是個搞法律的人……」

「拜託，」她說道：「別拿我開玩笑了，我今天晚上沒有這個心情，我累死了，也提不起興致。」

「累嘛，這我曉得，」寇克說：「可是提不起興致來嘛……那又是怎麼回事？據我所知，妳的工作做得很成功。」

「噢，才不呢。我呀，一點點進展是有的，可是進展還能夠繼續下去嗎？你如果沒忘掉的話——我做這個工作才剛滿一年，而上星期的這個晚上……」

「我們兩人頭一次一起吃飯，我希望……」

「上星期的這個晚上菲德烈克爵士被人殺死了，而我接下了生平第一個大案子，直到目前為止，我對這個案子一點貢獻也沒有。」

「噢，妳當然有，雖然妳現在還沒解開這個謎，但是時間還很充裕。」

「你錯了，時間並不充裕，主任檢察官隨時會叫我退出這個案子，我必須盡快有所表現，可是我又能夠有什麼表現呢？你回頭想一想好了，我們到目前為止進展有多少呢？」

「嗯，你們發現了伊芙·杜蘭德。」

「結果她不見了。而且，那個電梯小姐是不是伊芙·杜蘭德還不知道。」

「她一定是，陳警官是這麼說的。」

莫洛小姐搖搖頭說：「陳警官人很聰明，可是他也曾經犯錯，這點他也承認。你知道嗎，當今天晚上我們在等法蘭納利隊長把那個女人帶上樓時，有一件事情發生了。我心裡面——只是一個預感——一個女人的直覺吧，我忽然很肯定她並不是伊芙·杜蘭德。」

「不見得吧，妳這個預感有什麼根據？」

「沒有根據，可是我感覺我們走錯方向了。那個女人可以是珍妮·傑洛姆，也可以是瑪麗·蘭特兒，但仍舊不是杜蘭德少校失蹤的妻子。別忘了那個角色還有非常多的可能性。」

「譬如說呢？」

「好比說麗拉·巴爾，那個在加爾各答進口商公司上班的女人？你還記得你告訴我們說，菲德烈克爵士對她有多麼感興趣嗎？你想那意味著什麼？」

「如果我知道的話，我會很樂於告訴妳。」

「但是你不知道。另外還有艾琳．恩得比和葛蘿莉亞．格蘭，雖然菲德烈克爵士有想要見她們的理由，可是她們已經跟本案無關了嗎？何況還有一個脫普—布洛克太太。我想我們無法確定那個電梯小姐就是伊芙．杜蘭德，我們只是在猜，陳警官也是在猜，但是我們現在無法知道。」

「為什麼不能？法蘭納利會找到她的。」

「你該不會真的如此認為吧？你要是這樣認為的話，那你一定比我對那位可憐蟲還要有信心。就算隊長能找到她，而她就是伊芙．杜蘭德——那又怎樣？她只要三緘其口，誰殺了菲德烈克爵士一樣不明朗。」

「我帶妳來這裡是要找點樂子的，」寇克一本正經的說：「結果妳坐在這裡盡想著不愉快的事情。」

「等一下，你讓我講完嘛，話憋著，講出來才會輕鬆。我認為最大的問題，就是誰殺死了菲德烈克爵士，而伊芙．杜蘭德的身分如何，也許並不如我們所想的和這件事有那麼大的關係；說不定它根本一點關係也沒有。上星期二晚上是誰在你的辦公室裡扣下扳機呢？是賈力克・恩得比嗎？很有可能。艾琳・恩得比呢？她那身晚禮服弄髒了一塊——她有沒有爬下太平梯做下邪惡的勾當呢？恩得比夫妻除外，還有其他人，你覺得葛蘿莉亞・格蘭怎麼樣？脫普—布洛克太太又如何呢？」

「當然啦，她們來我那裡赴宴時，晚禮服底下都藏了一把手槍。」寇克笑道。

「她們只要知道自己那天晚上會見到菲德烈克爵士，手槍便有可能預先帶在身上。如果要列出嫌疑者名單，還有一個帕拉岱斯。我喜歡他這個人，可是今天下午的事情，未必能使他擺脫干係，可能正好相反。你那間木屋外面，還有一位是在會計師事務所加班的年輕男子，那個人的臉色很蒼白。」

「噢，對……他叫史密斯，」寇克說：「我幾乎把他忘了。」

「我可沒忘，」莫洛小姐回答道：「再來，還有一個叫做李剛的中國人，第二天他就逃到檀香山去了，他在急什麼呢？爬到太平梯逃走的人有可能是他嗎？噢，想這麼多有什麼用？這個名單似乎怎麼列也列不完。」她歎了一口氣。

「而且妳剛才列的名單並不算完整。」寇克補充道。

「你是指……」

「我是指陪著李剛到碼頭去的那個人，約翰．畢罕上校。」

「那太荒謬了！世界知名的畢罕上校……他的行為那麼英勇，得過那麼多勳章，那麼卓越，而你卻一副他有可能幹出那種下流卑鄙事情的樣子。」

「妳看吧，」寇克說：「妳的性別蒙蔽了妳。妳們女人沒有一個抵抗得了一個長相英俊、大名鼎鼎的英國男人。就一個不那麼浪漫的男人而言，我必須說畢罕上校並不討人喜歡，是的，他很有勇氣，他擁有不畏艱難、想到哪裡就到哪裡的意志力。我才不想成為他的伙伴，跑到世界的屋脊西藏，卻又脆弱得再也走不動，這時候他會很厭惡的看我一眼，然後把我丟下不管。可是等一下，我相信他在離開之前，會對我做一件慈悲的事。」

「什麼慈悲的事？」

「我想他會把槍拔出來，一槍送我上路。對，我確信他會這麼做，然後快快樂樂繼續走他的路，因為這個懦弱無能的傢伙再也沒辦法麻煩他了。」

「是啊，他是一個嚴格而又堅決的人，」莫洛小姐說：「可是話說回來，他是不會殺害菲德烈克爵士的，可憐的菲德烈克爵士又沒有妨礙到他的計畫。」

「噢，沒有嗎？妳怎麼知道他沒有？」

「嗯，我看不出……」

「我們把畢罕留給陳警官來解決好了，」寇克說：「我們這位矮個子中國人好像對那位上校相當注意的樣子，我相信他知道自己在幹嘛。現在，妳必須把這些統統放下，來和我跳這支舞，還是我必須自己一個人跳？」

「不知道。做我這種職業的人，必須給人一種嚴肅的印象——在大眾的場合……」

「噢，把妳的大眾忘掉吧，像這樣的晚上，妳的大眾不會一直盯住妳的。來吧！」

莫洛小姐笑了起來，於是他們到小小的舞池裡共舞起來。在接下來的時間裡，她就任由寇克愛怎麼扯就怎麼扯，而這一點寇克倒是挺在行的，這樣的改變似乎對她的心情很有幫助。

「好啦，」寇克在簽帳單時說道：「妳是能夠快樂起來的，我必須說這樣比較適合妳。」

「我所有的煩惱都忘掉了，」莫洛小姐眼睛閃爍著：「好像不應該再想那些了。」

「那樣才對！」寇克肯定說。

可是當他們要離開這家餐廳時，莫洛小姐的憂慮突然又回來了。餐廳有一面牆壁上都是公共電話，他們走向大門，走到最後一個電話亭時，她稍稍停了一下，別過頭看了巴利．寇克一眼，寇克在經過電話亭對面的小隔間時也看了一眼，然後兩人匆匆走了過去。寇克並不需要如此急著抹滅自己的身影，因為隔間裡的兩個人正一面吃東西一面專注的交談著，根本沒去注意有什麼人經過。

來到街上，莫洛小姐對寇克說：「還記得我告訴你的嗎？」她大聲說道：「除了那位可憐的電梯小姐之外，還有別的女人牽扯在這個案子裡面。」

「那妳記得我告訴妳的嗎？」寇克回敬道：「關於妳那位英俊的英國英雄？」

莫洛小姐連連點頭。「明天，」她說道：「我就要開始調查這件事情，看看畢罕上校和海倫．脫普—布洛克太太之間到底有什麼瓜葛？」

【第十五章】小心謹慎的卡托先生

星期三早上當陳查禮起床的時候，雨已經停了，霧也已經消失無蹤，太陽光照在生氣盎然的市中心區，為新的一天灑下一片燦亮清新。陳查禮佇立良久，看著港灣壯觀的形勢，遠眺山羊島的蒼翠一片，以及邀卡崔茲島的監獄碉堡。沿著海岸線魚貫排列著一艘艘的大船，似乎只要一聲令下，它們就會啟碇航向遠方的港口和島嶼。

在這麼晴朗的早晨裡，陳查禮的內心卻相當沈重。十二點正午一到，他曾經發誓要搭著離開的那艘船就要啟航了，那艘船最後將會駛往以「Aloha」這句話出名的尖塔下停泊，潘趣盂山高大蒼翠的綠樹下那棟小屋，又將再度掉入深切的失望之中，那種失望正如這位偵探此刻心中所感受到的一樣。他歎了一口氣，他這個假期果真沒完沒了嗎？為什麼這個假期會有那麼多工作，有那麼多令人困惑的問題？這算是哪門子假期呢？

當他走進飯廳時，巴利．寇克已經在飯桌前就座了，但是他面前的那杯柳橙汁卻原封不動的擺在那裡。

「哈囉，」這位東道主說：「我正在等你呢。」

「你對我越來越客氣了！」陳查禮笑道。

「噢，真的嗎？那不算是什麼客氣吧。總之，我今天早上似乎不急著把加州最受人喜愛的飲料灌進肚子裡。注意看，你會不會覺得這杯……呃……不像真的柳橙做的？」

陳查禮入座後，帕拉岱斯從走道走進來。陳查禮毫不遲疑的舉起杯子，說：「祝你健康快樂。」

寇克看了管家一眼，也舉起杯子。「我誠心誠意的相信你是對的。」他含含糊糊的說道，然後一飲而盡。

帕拉岱斯神情陰鬱的向主客二人道了早安，把燕麥粥放在兩個人面前，轉身離開。

「嗯，」巴利．寇克露出了微笑：「截至目前為止，我們似乎安然無恙。」

「疑心生暗鬼，」陳查禮告訴他：「非常要不得，很多書上都這樣寫。」

「你說得對，可是你的這份工作要是缺少了它，會變得怎樣呢？」寇克問道。「對了，你昨天晚上跟杜夫聊過之後，有沒有其他的發現？」

「並沒有什麼費解的發現，他反覆說明的一點倒是有點意思。」

「是哪件事？」

「很抱歉，現階段我要以一貫的沈默仔細思考這件事。你昨晚是在這裡吃的嗎？」

「不是，我帶莫洛小姐到一家餐廳去了。」

「哈，稍微找一點樂子，紓解一下。」陳查禮讚許說。

「正是這個意思。」

「你跟這位小姐玩得還愉快嗎？」

「我在她面前多少還有點可取之處吧。你知道嗎，她並不像外表上那麼嚴肅。」

「那很好嘛，女人天生就不是很適合拼命動腦筋的，她們應該用來妝點場景，就像李子樹開花那樣。」

「是啊，但是女人不可能統統跑去演電影。女人如果不上舞台的話，我倒不在乎她很有腦筋，何況莫洛小姐絕對不會去演戲的。我們昨晚玩得挺愉快的，但是我們並不是什麼也沒看見，正當要離開那家餐廳時，我們有了個小小的發現。」

「好極了，是什麼發現？」

寇克聳了聳肩。「我是不是也要保持一貫的沈默，仔細的思考一下？嗯，我可不會像你一樣故意賣關子呢，陳警官。我們看到你那位老朋友約翰・畢罕上校，他似乎暫時從嚴格的現實生活中鬆弛下來，在和一位女士吃飯呢。」

「噢，是嗎？哪一位女士？」

「一位我們到目前為止並沒有非常注意的女士，脫普—布洛克太太。」

「這真是有意思，莫洛小姐要調查這件事嗎？」

「是的，我打算今天早上跟脫普—布洛克太太約一下，下午到地檢處去，但是我並不認為會有什麼了不起的結果。她那個人又冷又疏遠，好像冬天裡的星星——老天，我怎麼作起詩來了，你想這跟我早餐吃進去的東西有沒有相干？」

「比較像是昨天晚上的後遺症。」陳查禮回答道。

早餐吃過之後，寇克說要到樓下的辦公室處理幾封信件，陳查禮連忙站了起來。

「如果可以的話，我跟你一起下去好不好？」他說：「我必須寫信跟我老婆解釋一下，但願這封信能趕上即將開航的船隻。我沒辦法回去，只好用信代替——一個微不足道的代替品。」他歎了一口氣。

「噢，對。」寇克想起來了。「你本來要趁今天滿潮的時候回去的，不能回去你一定覺得很對不起家人吧。」

「我那個小兒子巴利不知道會怎麼想？」

「噢，他可能很懂事吧，就像他的名字一樣。他會希望你克盡職守，而且將來他會多麼驕傲啊，因為菲德烈克．布魯斯爵士的命案在你的手裡成功的偵破了。」

「我是還有一些事情要做，」陳查禮同意道。「再一個禮拜——我給自己訂下這個期限，到時候不管發生什麼事，我都要把美國本土的塵土從皮鞋上撣掉，向大家說再見。我發誓我這次一定會像直布羅陀那塊巨石一樣，堅定不移。」

「一個禮拜，」寇克說：「嗯，那就很夠了，到時候你愛怎麼樣就能怎麼樣了。」

「我跟你打賭，」陳查禮堅定的說：「到時候我一定會在開往檀香山那艘船的甲板上，用夏威夷的土話和船上的工作人員交談。」

他們到了樓下，寇克自己坐在那張大辦公桌後，金賽外出，寇克說他「收房租」去了，陳查禮於是拿了信封和信紙，在靠牆壁的那張秘書辦公桌就座。

但是他的心思似乎不在眼前的信紙上面，而是用眼角的餘光仔細觀察著寇克的一舉一動。不久他站起來，走到寇克的辦公桌旁邊。「這枝鋼筆我用不慣，」他解釋說：「墨水出不來，是誰說這是自來水筆的？」

「我這裡筆很多！」寇克說著，俯身拉開下側的一個抽屜。陳查禮銳利的眼睛看著桌上的文件，看在主人那麼好意的份上，他這樣的舉動是很突兀的，好像在窺伺主人。

陳查禮拿著另外一支鋼筆回到座位上寫他的信，而眼角依然注意著寇克。

年輕人寫完了一封信，又寫第二封。第二封也寫完後，兩個信封都貼上郵票。陳查禮也在這個時候把信封好，貼上郵票，很快的站起來。他伸出他那修長、細瘦的手。

「我幫你把信放進穿堂的收發箱裡。」他說。

「噢，那就謝啦。」寇克把信交給了他。

陳查禮回來後，寇克已站了起來，正看著手錶。「你想聽聽脫普－布洛克太太私人的事嗎？」寇克問道。

偵探搖搖頭。「謝了，我不要在旁邊插嘴了，莫洛小姐的辦事能力很強，足以應付的。這種現場第五號人物的角色我已經扮演過很多次了，不是很有必要，我這回要到別的地方逛逛。」

「好吧，那我不招呼了。」寇克說，他拿起衣帽，隨即走了。

陳查禮走內道上樓時，發現比爾．蘭金正在木屋裡的客廳等他。報社記者看到他時，不覺愉快起來。

「早啊，」蘭金說：「我想你今天中午就要搭船離開了。」

陳查禮皺起眉頭。「錯過船期現在已成了我個人的習慣，」陳查禮答道：「我沒辦法走，整件案子有太多黑幕籠罩著。」

「我曉得，」蘭金笑道：「你走之前，必須給我一個讓全舊金山都嚇一跳的故事，我信得過你，中國人是很了不起的一群人。」

「謝謝你替我那些不愛出風頭的同胞打廣告。」陳查禮說。

「嗯，我們來談正事吧！」蘭金接著說：「今天早上天氣那麼晴朗，我要帶給你一個小小的禮物。」

「你太客氣了。」

「我這個人還不笨，」蘭金說：「你知道嗎，你語焉不詳的提到約翰．畢罕上校的那番話讓我思考起來，我想到應該追根究底才是。所以我就去閱讀畢罕上校的那本書《我身為探險家的日子》，從第一頁讀到最後一頁。一九一三年五月四日，畢罕上校展開了白夏瓦到德黑蘭的八個月旅程，途中還穿越阿富汗和波斯的開佛爾沙漠，我想這個我用不著告訴你吧？」

「這件事我也挖出來了。」陳查禮點點頭。

「我想也是。不過你可知道他寫過一本書，一本單獨談到這趟旅程的書嗎？他管這趟旅程叫小小的假期，並不是什麼真正的探險，只是取道回家。」

陳查禮露出了興趣。「我沒有注意到有這本書。」他回答道。

「這本書並不像他的其他著作那麼有名，」蘭金繼續說：「現在已經絕版了。他把這本書取名作《開伯爾山口以外的天地》，我找遍市中心每一家書店，最後在柏克萊找到了一本。」

他拿出一本暗紫色封皮的書。「這就是我剛才說的小小禮物。」

陳查禮迫不及待的接過書來。「真是意想不到啊，這本書應該有一些價值吧，你的這份人情真是教我沒齒難忘。」

「嗯，我倒看不出這本書的價值，也許你能夠發現我忽略的一些東西吧。我已經很仔細的讀過了，並沒有發現什麼特殊的事。」

陳查禮打開那本書。「一開始的目錄就很有意思，」他說：「跟畢罕上校的別本書不太一樣，這本書還有獻詞。」他慢慢唸了出來：「獻給那位記得並了解這件事的人。」

「這個我也注意到了，」蘭金告訴他說：「乍看之下，上校也似乎有親切感人的時刻呢，是不是？給那位記得並了解這件事的人，也許是初戀的情人吧，那個人記得上校曾經在門口的紫丁香花下親吻過她，也了解上校跋涉千山萬水，一直把她的倩影銘記在心版上。」

陳查禮陷入深沈的思維當中。「有可能吧！」他含糊的說。

「你知道嗎，這些英國佬並不像他們外表看起來那麼冷酷，」蘭金接著說：「我就認識大戰期間的一個英國飛行員——真的很有韌性，他居然啃指甲當作早餐，可是他總是把一小枝石楠花別在他的機艙內，為的是紀念往日的一段戀情。外表冷酷，內心卻多愁善感，說不定畢罕上校也是這一類的人。」

「也許很有可能！」陳查禮同意道。

蘭金站起身來。「好啦，我想我那位可憐的老主編眼睛都快要哭瞎了，因為我到現在還沒有跑出什麼像樣的新聞。他很喜歡我，雖然他威脅要把我扔出去，因為我還沒有解開菲德烈克爵士謀殺案的謎題。」

「會遭到如此責備的，並非只有閣下一人。」陳查禮告訴他。

「我……我想你或許可以透露一丁點兒案情，救救我們成千上萬嗷嗷待哺的讀者吧？」蘭金說。

「這件案子還沒有什麼能夠公布的。」

「這該是我們向帷幕後面瞄它一眼的時候了吧！」蘭金說。

陳查禮搖搖頭。「這件案子很困難。如果我人在白夏瓦的話——可是我怎麼可能在那裡呢，我現在是在事情發生後十五年的舊金山，所能做的只有猜測而已。我或許還可以再補充一點，猜測是非常無可奈何的事情，它通常會把人帶到原本就錯誤的道路上，展開漫無止境的摸索。」

「你再堅持下去吧，」蘭金勸道：「最後你會成功，當你要採取行動時，別忘了讓我也在場，只要打一通電話到我的辦公室，我隨時隨地恭候。」

「我們都希望這麼快樂的事情終將到來。」陳查禮回答說。

蘭金離開後，留下陳查禮和那本書，他坐到火爐旁邊，開始聚精會神的閱讀起來。看這本書總比跟脫普－布洛克太太大眼瞪小眼要好得多。

同一時間，巴利．寇克已來到太平洋崗他祖母那個可愛的家，三步兩步輕快的跳上階梯。老夫人在會客室裡接待他。

「哈囉，」她說道：「什麼風把你那麼早就吹來？而且還看起來很有精神的樣子，如果我這老花眼沒有看錯的話。」

「為了調查案件！」寇克笑道。

「非常好，需要我替你做什麼嗎？我好像被排除在這整件事情之外，這點讓我非常懊惱。」

「嗯，你老人家現在還是置身事外，所以用不著有什麼錯誤的期待，」他回答說：「根據我對你老人家的了解，我可不是來這裡跟你商量什麼事的。我想找脫普－布洛克太太，她在嗎？」

「她在樓上，你找她什麼事？」

「我想找她坐我的車，到山下去見一下莫洛小姐。」

「噢，看來那個年輕的女人還在東問問、西問問吧？她到目前為止似乎還搞不出什麼名堂。」

「是嗎？給她一點時間嘛。」

「我看她要的是相當多的時間。跑去男人的事業裡攪混……」

「你老人家自己就背叛了自己的性別，我倒認為她現在做得相當不錯，咱們應該給這個年輕的女人有力的支持。」

「喔，我想只要有你在場，她是不缺乏掌聲的。你看起來非常袒護。」

「我是啊，也請你老人家別忘記這一點。好啦，我們現在通知脫普—布洛克太太怎麼樣？請告訴她到這裡來，而且別忘了連字號也一起帶著。」

寇克夫人很不以為然的瞪了他一眼，走開了去。不一時，夫人的女秘書來到會客室，像往常一樣，矜持而冷淡，用一點溫度也沒有的語氣向巴利．寇克打了聲招呼。

「妳早，」寇克說：「很抱歉來打擾妳，莫洛小姐——妳參加我的晚宴那天應該見過她吧，她想要見妳，如果妳現在方便的話，我可以載妳到山下去。」

「噢，當然可以，」女人鎮靜的回答道：「請稍等一下，我馬上就好。」

她走出會客室後，寇克夫人又出現了。「莎莉．喬登家的那個小伙子究竟是怎麼啦？」她問道：「我以為他早就把這件事解決掉了，害我這幾天拼命注意著報紙上面的報導。」

「噢，陳警官還在幫我們啦，」寇克說：「他動作雖然緩慢，但是做事情很實在。」

「他可真夠慢的，」老太太同意道：「你不妨告訴他，我已經等得不耐煩了。」

「那大概會讓他快一點吧！」寇克笑道。

「有些事情希望能快一點，」他的祖母說：「海倫是怎麼回事呢？她當然跟這個案件沒有瓜葛吧？」

「這我不方便講。你能不能告訴我，你是不是已經把那筆贊助金給了畢罕上校？」

「還沒有，但是我想我會給吧！」

「我勸你老人家再把錢留在身邊一陣子。」

他了。

「嗄？他不至於涉案吧？他可是位紳士啊？」

「反正請你接受我的建議就是了。」寇克說道。脫普─布洛克太太已經在門口等著他了。

「你這一番話把我弄得很緊張又興奮。」寇克夫人抱怨道。

「那對你這一大把年紀來說很不好，」寇克說：「你老人家要鎮靜一點。」

「你這話是什麼意思──我這一大把年紀？我前幾天才看到報紙說，有一個女人已經一百零二歲了。」

「噢，那可真是奮鬥的目標，」寇克對她說：「我走囉，回頭見。」

在寇克那輛敞篷車上，脫普─布洛克太太在他身旁坐得挺挺的，顯然不打算開口。寇克以天氣為題跟她交談了一下，但是並沒有把話匣子打開，於是放棄了這個努力。兩人一路上默默無語，最後寇克終於引她走進了莫洛小姐的辦公室。

在那間無精打采的辦公室裡，還好有助理檢察官這個迷人的活道具，但此時此刻這可不是她最關心的問題。她向脫普─布洛克太太打了聲招呼，請對方在她辦公桌旁邊的一張椅子坐下，表現出相當機警、一絲不苟的樣子。

「請這裡坐，非常謝謝妳能夠前來，希望不至於讓妳感到不便吧？」

「噢，哪裡。」女人一面回答一面就座，接著是一陣沈默。

「我想妳一定知道，我們在追查殺害菲德烈克．布魯斯爵士的兇手。」莫洛小姐開口道。

「那當然。」脫普－布洛克太太語氣冷淡的說：「妳為什麼想要見我？」

「我以為，妳本人或許有一些情報可以幫助我們。」

「我恐怕沒有。」脫普－布洛克太太拿出一方蕾絲邊的手帕，緩緩的打開來。

「嗯，也許沒有吧，」莫洛小姐笑道：「不過我們對這個可怕的事件仍然不敢有絲毫的大意，而錯過了案件中的任何人。菲德烈克爵士對妳來說，完全是個陌生人嗎？」

「是的，我只在那個星期二的晚上見過他一次面。」

「妳那天晚上也是第一次見到畢罕上校嗎？」

她忽然將手帕緊緊抓在手裡。「噢，不……不是。」

「妳以前見過他？」

「是的，在道森．寇克夫人的家裡，他是那裡的常客。」

「原來如此。我聽說妳和上校是滿要好的朋友，也許他還沒有來舊金山以前，妳就認識他了吧？」

「沒有，之前還不認識。」

「上校在放影片給大家看的時候，妳和格蘭小姐一直坐在同一張長椅上，妳有沒有留意到不尋常的事情？」

「沒有。」手帕揉成一團放在她大腿之上，她拿起來，再次將手帕慢慢撫平。

「妳曾經在印度住過嗎？」

「沒有……我從來沒去過那裡。」

「妳聽說過印度那裡發生過的一個悲劇，在白夏瓦？據說有一個叫做伊芙・杜蘭德的女人在那裡失蹤了？」

脫普—布洛克太太想了起來。「這件事我好像在報紙上看過，」她點頭道：「聽起來好像有點熟悉。」

「請妳告訴我，那天妳去寇克先生頂樓木屋吃晚飯的時候，送妳上樓的那位電梯小姐，妳是不是認識她？」

那條手帕再度被女人緊緊握在手裡。「不認得。我怎麼會認得她?」

「那麼說來，妳並不認識她?」

「恐怕是吧。想也知道，一般人並不會去……留意那樣的人。」

「嗯，妳說得對。」莫洛小姐隨意找了一個話題結束這次的約談：「妳是英國人吧，脫普—布洛克太太?」

「是的，我是英國人。」

「住倫敦嗎?」

「不是——我出生在德文郡，一直在……在我結婚之前，我都住在那裡。婚後我先生帶我來到紐約，他在那裡工作，是教會裡的神職人員。」

「好，非常謝謝妳。」

「恐怕我沒辦法幫上太多的忙。」

「噢，我想我所能問的也只有這些了，」莫洛小姐笑道：「問這些問題只是一些例行公事罷了，那天吃晚飯的每一個人都要問，妳了解吧。非常謝謝妳過來一趟。」說完她站了起來。

脫普—布洛克太太把手帕放回皮包裡，也站了起來。「我想就這樣了，是不是？」

「噢，是的。昨天下過雨之後，今天的天氣真好。」

「的確很好！」女人囁嚅了一下，往門口移動，寇克本來懶懶的靠在角落裡，這時也走了過來。

「有需要我服務的嗎？」他問道。

「現在沒有，謝謝你。你真的幫了不少忙。」

脫普—布洛克太太已經走到外面的房間去了，寇克壓低了聲音問道：「沒有跟那個電梯小姐有關的話嗎？」

「毫無線索，」莫洛小姐歎息道：「跟原來的劇本一模一樣，不過這跟我所料到的一樣。」

寇克看了一下另一個房間。「剛剛走出去的那位女士，」他很小聲的說：「一點忙也幫不上，是不是？我真的很抱歉，她沒辦法告訴妳任何事。」

莫洛小姐含笑走近他的身邊，散發出一股年輕女人的幽香，令他感到一陣暈眩。

「你錯了，」莫洛小姐柔柔的說：「剛剛走出去的這位女士告訴了我不少事情。」

「妳的意思是？」

「我的意思是她在說謊，非常明顯。她不但說謊，而且說得非常沒有技巧，我打算調查她為什麼要說謊。」

「妳真有一套！」寇克笑道，隨後趕緊走出這間辦公室，在穿堂趕上了脫普—布洛克太太。

返回道森・寇克夫人住處的那段路又是一趟沈悶的旅程，和那位晦暗、神秘的女人分手後，寇克不禁鬆了一口氣，他開車回到寇克大廈，坐電梯到二十樓。走出電梯時，他看到卡托先生正要敲他辦公室的門。卡托先生不只是夜間的大廈警衛，也是這棟建築物的副管理人，相當以這個頭銜為榮。

「哈囉，卡托，」寇克說：「你找我嗎？」

「是的，老闆，」卡托回答道：「有一件事情要找你，說不定很重要。」

寇克打開辦公室的門，兩人一同進去。

「是有關葛瑞絲・雷恩的事，老闆，」他們走進裡面那個房間後，卡托解釋道：「就是昨天晚上失蹤的那個女人。」

「噢，是，」寇克望著他，忽然產生極大的興趣。「有關她的什麼事？」

「警方問了我不少問題，例如我是從哪裡把她找來的啦，之類的。不過有一個問題我沒有回答，我認為應該先告訴你比較好，寇克先生。」

「噢，卡托，試圖隱瞞警方可不是一件聰明的事喔。」

「可是這個問題很關鍵，老闆……」

「什麼問題？」

「就是我是從哪裡把她雇來的這個問題。這個女人應徵的時候給了我一封介紹信，寫那封介紹信的是……」

「是誰？」

「是你的祖母寫的，老闆。那是道森．寇克夫人的介紹信。」

「我的天！你說葛瑞絲．雷恩拿著我祖母的介紹信跑來找你？」

「是的。信還在我這裡，你也許想要看吧？」

卡托拿出一個灰色的信封，是看起來比較花錢的那種信封。寇克把裡頭的信抽出來，看到確實是他祖母那種老式、不容易看得懂的字體。他唸道：

親愛的卡托先生：

拿這封介紹信的小姐名叫葛瑞絲．雷恩，她是我很要好的朋友，假如你能夠錄用她為貴大樓的服務人員——我以為她擔任電梯的服務工作挺合適的，則我將會感到非常欣慰。雷恩小姐的能力遠遠超過這份工作的要求，但因近況不佳，急需一份能安定下來的收入，我相信你一定能看出她非常具有工作的意願和能力，我願意擔保。即候

近祉

瑪麗．溫絲洛普．寇克

寇克唸完，疑惑的皺著眉頭。「卡托，這封信由我暫時保管一下，」他把信放進口袋裡。「唔，我想你沒有把這件事告訴警方是對的。」

「我也這麼認為，老闆。」卡托十分滿意的回答，隨即下樓去了。

【第十六章】多福多壽

寇克三步兩步跳上樓頂木屋，發現陳查禮正坐在窗戶旁邊，手上拿著約翰・畢罕上校的《開伯爾山口以外的天地》，看得十分入神。

「嗯，」寇克說：「我這裡有個最近的情報要告訴你，剛剛我發現咱們這個案子的另一個可疑人物。」

「疑點越多越有趣，」陳查禮對他說：「閣下能否惠示這位言行異常者的大名？」

「沒有別人，」寇克回答道：「就是敝人在下的祖母。」

陳查禮露出十分驚訝的表情。「你真的教我大吃一驚，居然是那位和藹可親的老太太，她做了什麼不名譽的事情？」

「那位葛瑞絲．雷恩——嗯，不管她叫什麼來著，反正她是我祖母介紹來寇克大廈工作的。」年輕人把卡托告訴他的話又說了一遍，並且把那封信拿給陳查禮看。

陳查禮好奇的讀著道森．寇克夫人熱情的推薦函，看完笑著拿還給寇克。「令祖母現在成了調查對象了，本人建議你不妨找莫洛小姐來問她。」

寇克大笑起來：「就這麼辦！決定性的沖天炮對轟一定非常好看。」

他打電話給莫洛小姐。莫洛小姐聽了他的敘述後，表示要在下午兩點到木屋這裡約談寇克夫人。

年輕人又打電話找到他的祖母。「哈囉，」他說道：「我是巴利。如果我沒記錯的話，今天早上你老人家說你想要跟菲德烈克爵士被殺的案子產生某種關聯，對吧？」

「噢，如果是以正面的方式，那我並不反對。老實說，我還滿樂意這麼做的。」

「這下你可如願啦，警方現在正在追查你老人家呢。」

「拜託，我做了什麼了？」

「你老人家自己去想好了，好好回想一下你做錯了哪些事，下午兩點來我這裡報告吧，莫洛小姐要問你話呢。」

「哦，是她？嗯，我不怕。」

「那好，儘管放馬過來。」

「不過我必須提早離開，我答應好了要去演講……」

「不必擔心，法律上認為你老人家沒事了，你就可以走了。我建議你到這裡要有實話實說的準備。只要你實話實說，我或許可以保證你不必蹲監牢。」

「你別恐嚇我，我會去的，但是只是因為好奇而已。我倒想要看看那個小女人是怎麼辦案子的，至於我自己究竟做了什麼事，我可是有把握得很。」

「那可不一定喔，」寇克回答道。「別忘了，兩點鐘喔，拜拜！」

打完電話後，接下來就是等待了，這段時間還真教人等得不耐煩呢。距離下午兩點還有一刻鐘，莫洛小姐抵達現場。

「這一回真的很奇怪，」寇克幫她脫下大衣時，莫洛小姐說道：「你祖母居然認識珍妮．傑洛姆、瑪麗．蘭特兒？」

「豈只認識她而已，」寇克回答道：「她們還是好朋友呢！」他把介紹信拿給莫洛小姐看，「妳看這裡，隨時願意替她擔保，我那個天真的老祖母！」

莫洛小姐笑了起來。「我得對她老人家有禮貌一點，」她說：「她似乎不是很認可我。」

「她已經上了年紀啦，對誰都不會認可的，」寇克解釋說：「甚至連我也不認可。妳也知道我的人品有多麼高尚，可是她就是要挑我的毛病，妳能想像嗎！」

「你胡說！」莫洛小姐嚷道。

「妳可別對她太好，」寇克建議道：「妳要是能壓得過她的話，她就會對待妳好一點。有些人就是喜歡吃這一套。」

陳查禮從他的房間進到客廳裡來。「啊哈，莫洛小姐，妳再度把美麗帶來這個地方了。法蘭納利隊長已經抓到了伊芙．杜蘭德，我猜得對不對呢？」

「如果你指的是那個電梯小姐的話，那就錯了，她跑得連個影子也看不見。你仍然認為她是伊芙．杜蘭德嗎？」

「如果她不是的話，那我必須把頭鑽進裝滿塵土的粗麻布袋裡，好好懺悔懺悔！」陳查禮回答道。

「喔，那不是放頭的好地方。」寇克說。

「不過我還是會鑽的！」陳查禮笑道。

道森．寇克夫人十分聒噪的走進來。「好啦，我到了，一分不多，一秒不少，請你們在筆錄上面記錄下來。」

「哈囉，」寇克迎上前去，「你老人家當然記得莫洛小姐吧。」

「噢，記得，搞法律的小姐，妳好嗎？還有陳警官……你看你，為什麼這個案子還沒有偵破呢？」

「請稍安勿躁，」陳查禮笑道：「我們離真相越來越近，終於懷疑到你頭上了。」

「我也聽說過了，」老太太悻悻的說，轉向莫洛小姐：「嗯，我的寶貝，巴利說妳要盤問我。」

「不是盤問啦，」莫洛小姐笑道：「只是要很禮貌的請教你幾個問題。」

「噢，真的嗎？可不要太有禮貌喔，我老是懷疑過分禮貌的人。我想，妳該不會認為我殺死了菲德烈克爵士吧？」

「不是的。不過你曾經寫過一封信……」

「原來如此。我經常有事沒事亂寫信，這個老毛病老是改不了，不過我每次都會在信的最後面加上『閱讀後請焚燬』的字樣，是有人沒有遵守我的指示嗎？」

莫洛小姐搖搖頭。「我想你這一回取消了這個警告，」她把那封推薦信交給寇克夫人。「這封信是你老人家寫的，是不是？」

寇克夫人瀏覽了一遍。「當然是我寫的，有問題嗎？」

「這位葛瑞絲．雷恩是你老人家的好朋友嗎？」

「從某個角度來說，是的。當然啦，我對這個女孩子了解得並不多……」

「哦，」巴利．寇克不禁嚷道：「你老人家要隨時替她擔保，卻對她了解得不多。」

「你少來了，巴利，」老夫人說道：「你又不是律師，不懂就別亂講。」

「這樣說來，你對葛瑞絲．雷恩認識得很少囉，寇克夫人？」莫洛小姐繼續問道。

「我剛才是這麼說的。」

「但是你卻毫無保留的推薦她，你為什麼要這樣做？」

寇克夫人遲疑了一下。「很抱歉，我認為這是我私人的事。」

「真對不起，」莫洛小姐隨即回答道：「請你老人家務必要回答。希望你不至於被這晤談的形式誤導了，這並不是一個社交性的聚會，我現在是代表地檢處來執行公務。」

寇克夫人睜大了眼睛。「我了解。不過妳要是不介意，我想要問妳幾個問題。」

「那倒可以，等妳問完時，我再重新發問。」

「葛瑞絲・雷恩這個女孩子跟菲德烈克・布魯斯爵士的謀殺案有什麼牽連？」

「那正是我們想要了解的事實。」

「妳是說她跟這個案子有某種關聯？」

「我們認為她有關聯，也就是你的推薦函不再是私人的事務了，寇克夫人。」

老太太穩穩的坐在椅子的邊緣。「除非我了解這件事的來龍去脈，否則我一個字也不想講。」

「你老人家要是還這麼固執的話，那就只有進監牢的分了。」巴利・寇克勸道。

「真的？那好，我的朋友在當律師的也不算少。莫洛小姐，我想要了解葛瑞絲・雷恩和菲德烈克爵士的關聯。」

「如果你能夠守口如瓶的話，我倒不反對讓你知道。」

「我祖母是西海岸口風最不緊密的女人喔！」寇克警告道。

「巴利你給我閉嘴，如果必須保密的話，我也辦得到。莫洛小姐……」

「菲德烈克爵士到這個地方來的時候，」莫洛小姐解釋道：「他是要尋找一個名叫伊芙·杜蘭德的女人，這個女人十五年前在印度失蹤了，我們懷疑葛瑞絲·雷恩就是這個女人。」

「噢，那你們何不乾脆問她就好了？」

「我們當然很樂意這麼做，但是卻不能夠。妳知道嗎，她又失蹤了。」

「什麼！她跑了？」

「是的。現在我已經回答過你的問題了，希望你也能回答我的問題。」莫洛小姐又露出一副公事公辦的樣子。「葛瑞絲·雷恩想必是由第三者帶到你面前的，而那位第三者又是妳所信任的人，那個人是誰？」

寇克夫人搖搖頭。「很抱歉，我不能告訴妳。」

「你拒絕回答，想必知道這麼做的嚴重性吧？」

「噢，我，嗯……老天，我怎麼搞成這個樣子？像我這麼一個有身分、有地位的女人……」

「你說得沒錯，」莫洛小姐很嚴肅的說：「一個本市最受人尊敬的女性，一舉一動都受到眾人矚目的女性。寇克夫人，我必須說我感到很驚訝，驚訝你竟然會干擾司法調查的程序。而所有的原因，都出在把葛瑞絲．雷恩帶來給你的那個人，那個人要求你守口如瓶。」

「我可沒那麼說。」

「那是我說的，但那是事實，對不對？」

「噢……是的。而且我必須說，那個女人對我千拜託萬拜託……」

「女人？把葛瑞絲．雷恩帶給妳的，是一個女人囉？」

「什麼？噢……是的。當然，我承認那一點。」

「是你自己先講出來的。」巴利．寇克咯咯笑。

「在你離開這裡之前，」莫洛小姐接著說：「請你告訴我，你有沒有告訴脫普—布洛克太太你要來這裡？」

「有。」

「你有沒有告訴她，你來到這裡我必會問你一些問題？」

「有……有的。」

「這麼說來，事實上把葛瑞絲．雷恩帶到你面前請求你施以援手，而又要求你不要把這件事講出去的，就是脫普—布洛克太太囉？」

寇克夫人沒有回答。

「你用不著回答我了，」莫洛小姐笑道：「其實你已經回答我了，我是看你的表情，你知道吧。」

寇克夫人聳了聳肩，埋怨道：「妳這個女人太精明了。」

「這下清楚了，我現在知道是脫普—布洛克太太介紹那位姓雷恩的女人給你。」莫洛小姐繼續說道：「你也沒有理由不把事實的真相告訴我吧。這件事是多久以前發生的呢？」

寇克夫人遲疑了一下，最後終於放棄了掙扎。「是好幾個月之前，」她說：「海倫把那個女孩子帶來我家，說是在渡船上遇到的——她們是老朋友了，早在德文郡的時候就已經認識，算起來已經很多年了。」

「在德文郡就已經認識。請你繼續說。」

「海倫說這個女孩子經歷了很多……」

「什麼？」

「我沒有問。我有一些顧慮。她非常貧窮，極需要一份工作，人又那麼漂亮、謙虛、很惹人憐，那就是我當下對她的印象。所以我就為她在這棟大樓安插了這份工作。」

「連我這一關也沒有經過？」寇克說。

「為什麼要經過你這一關？那件事必須立刻決定，而你跟往常一樣，不知道跑到哪裡去了。」

「而這就是你對葛瑞絲・雷恩所知道的一切？」莫洛小姐問道。

「是的。我也有詢問過她的狀況，據說她工作得滿好的，生活也顯然過得很愉快。那天晚上我們上來這裡時，還和她講過話，她說她非常感謝我。現在她人不見了，我真的覺得很遺憾。」

莫洛小姐露出了微笑。「還有一件事，脫普—布洛克太太和畢罕上校是相當密切的朋友，你有注意到這件事嗎？」

「我相信他們偶爾會一同外出，不過我並沒有過問。」

「想必是如此。我就問到這裡好了，寇克夫人。」

寇克夫人站了起來，整個人看起來好像受了一番折磨。「謝謝妳。幸好我還來得及趕去演講。」

「只有一點，」莫洛小姐補充道：「希望你不要把我們剛才那段談話告訴脫普─布洛克太太。」

「我……我不會對任何人講的。」老夫人苦笑道：「看來我像無法如願跟這件案子擺脫關係了。」

寇克夫人向三個人道聲再見，隨即匆匆的走了。

「哇，妳實在太厲害了！」寇克大叫，對莫洛小姐佩服得不得了。

莫洛小姐蹙著眉頭站起來。「你忘了我今天早上告訴你的嗎？脫普─布洛克太太在說謊，但是我沒有想到那麼快就得到了證實。」

「妳會繼續再讓她矇混下去嗎？」寇克問。

「這次不了，讓她繼續說謊有什麼好處？葛瑞絲．雷恩是她的老朋友，那意味著葛瑞絲．雷恩會從藏匿的地點寫信給脫普─布洛克太太，我要立刻對郵政機關採取措施，從現在開始，脫普─布洛克太太的郵件必須經過我才能拿到。」

「高招！」陳查禮讚許她道：「妳不但漂亮，人又很聰明，這真是令人驚奇的組合！我可不可以請問一下，我們那位好朋友法蘭納利現在在幹什麼？」

「隊長忽然對麗拉·巴爾小姐產生了奇想，我想他已經命令巴爾小姐下午五點到他的辦公室報到，說是要嚴詞逼問。我無法在場，不過我要是你的話，我會突然去拜訪他。」

陳查禮聳聳肩。「我怕我去到那邊，只能眼巴巴的看著門口墊子上印著的『歡迎光臨』那四個字。不過，我想我會若無其事的逛進去看看。」

莫洛小姐轉向巴利·寇克說：「我希望你的祖母大人不會因為我那樣子問她，而對我反感。」

「哪裡的話，妳那麼厲害，她崇拜妳都來不及，剛才她出門時，我看到她流露出這種眼神。」

「我可沒看到！」莫洛小姐笑道。

「妳沒有仔細看，這就是妳失誤的地方。妳只要看著她注視妳的那雙眼睛，就會發現她對妳非常讚許，這妳用不著懷疑。」

「真的嗎？那我恐怕是太忙了，這一類的事我必須留給老式的女孩子去想。好了，我現在必須走了。可以為法蘭納利隊長找到葛瑞絲·雷恩的，只有這唯一的機會了，總要有人來做這件事吧。」

「那最好是由妳來做，」寇克說：「希望很快再見到妳。」他送莫洛小姐出去。

四點半的時候，陳查禮來到司法大廈，隨即走到法蘭納利隊長的辦公室找他，隊長似乎難得有那麼好心情。

「噢，陳警官，你好，」他說道：「有什麼新聞嗎？」

「我？一切都還是老樣子。」陳查禮回答道。

「你並未如願快速進展，是不是？」法蘭納利問道。「嗯，這對你應該是上了一課。每一隻青蛙都應該好好待在自己的池塘，在檀香山你也許所向無敵，可是你在這裡碰到的都不是泛泛之輩，你已經快要滅頂了。」

「你所言不差，」陳查禮同意道：「我經常感到非常無力，不過我每次都會想到你，相信你不至於讓我滅頂才對。你看起來精神奕奕的，發生了什麼事嗎？」

「那當然，我剛剛弄了一個小花招，你知道嗎，我的點子還真不少哩。我在今天的早報登了一個廣告，懸賞那雙絨布拖鞋……」

「噢，對，」陳查禮笑道：「杜夫探長告訴我說，你可能會動這個主意。」

「噢，他有這樣對你講嗎？嗯，我並不是聽他的話才這麼做的，好幾天前我就有這個念頭，只是一時忘記罷了，結果是杜夫提醒了我，事情就是如此。我在報上很小心的登了一個廣告，然後……」

「已經見效了？」陳查禮替他說出來。

「你說效果是吧？我應該說有的。」法蘭納利拿出一樣東西，上面用弄髒的報紙包著，繫住這包東西的繩子已經鬆開，他把繩子拉向一旁，把裡面的東西拿出來。陳查禮看到這雙從中國公使館來的紅絲絨拖鞋，在倫敦發生命案的那個夜晚，這雙拖鞋就穿在希拉利・高特的腳上。一個星期前，菲德烈克爵士也是穿上它們而命喪黃泉的。

「真是運氣！」陳查禮說。

「可不是嗎？」法蘭納利也同意道。「不到一個小時之前，一位休假的士兵在城寨區發現了這雙拖鞋，把它們送了過來。他上星期三中午好像是要到奧克蘭那邊看他的女朋友，結果在渡船的座椅上撿到這個包包，當時也不見有人表示遺失了東西，所以他就留在身邊。當然啦，他應該把它們交給渡船管理處的人，可是他沒有。我告訴他說，沒關係，我不會追究這件事的。」

「是在到奧克蘭的渡船上發現的！」陳查禮重複說著。

「是的。那傢伙正在懷疑找到這玩意兒會怎麼樣，結果我發給他五塊錢獎金，他樂得不得了。」

陳查禮將拖鞋拿在手裡，仔細的察看，並再一次被拖鞋上寓意多福多壽的中國字所吸引。這真是一個虛假的允諾，它們既沒有帶給希拉利・高特多福與多壽，也沒有帶給菲德烈克・布魯斯爵士這樣的利益。

「到目前為止，」陳查禮沈吟道：「進展到什麼地步了？」

「嗯，我承認我們距離本壘還有很長的一段路，」法蘭納利回答說：「但是我們持續在推進中。上星期三，也就是命案發生後的第二天，有人把這雙拖鞋放在前往奧克蘭的渡船上，那個人顯然是故意這麼做的，我敢打賭，他顯然樂於把它們扔了。」

「這雙拖鞋，」陳查禮問道：「一直是用這張報紙包住的？」

「是的，那傢伙發現拖鞋的時候，外面包著的就是這張報紙。這是上星期三的晚報，第一刷大約是在早上十點鐘發行的。」

陳查禮把報紙攤開來，研究起來。「我想，你們應該對這張報紙仔細檢查過了吧？」

「嗄……我還抽不出時間來。」法蘭納利告訴他。

「這上面看起來並沒有什麼記號，」陳查禮說：「只除了……喔，你看，第一版的最旁邊有幾個數字，是用鉛筆隨便寫上去的，這個角落的紙也被撕了，差點把這幾個數字也撕掉了。」

法蘭納利挨過去，陳查禮指給他看，那顯然是兩組數字相加：

$$
\begin{array}{r}
\$\ 79. \\
23. \\
\hline
103.
\end{array}
$$

「一百零三，」法蘭納利唸道。「他加錯了。七十九和二十三加起來並不是一百零三。」

「那我們必須找看看，是誰算術這麼差，」陳查禮回答說：「如果你不反對的話，我想把它抄下來。」

「你儘管抄，用你的大腦好好想一想。可是你別忘了，這雙拖鞋是我弄到手的。」

「還有這張報紙，」陳查禮補充道：「閣下到目前為止所做的事情之中，這一件最為高明。」

辦公室的門打開了，一位穿制服的警員走了進來。「隊長，那個女人在門外，」警員說：「她把她的同伴也帶來了，我要不要叫他們一起進來？」

「那當然，」法蘭納利點頭道。「等一下要進來的是麗拉．巴爾小姐，」他向陳查禮解釋道：「我一直在懷疑她，她說的話我並不滿意。等一下我要再和她談一次，如果可以的話，你也留下來聽聽看吧。」

「你實在太客氣了！」陳查禮回答道。

麗拉．巴爾小姐很膽怯的走進門來，跟在她身後的是寇克的秘書金賽。那女的似乎非常擔心。

「你找我嗎，法蘭納利隊長？」

「是啊，進來吧，坐下！」他看著金賽。「這位是？」

「是金賽先生，我的一位朋友，」那女的解釋道：「我想你應該不會介意……」

「是妳的男朋友，嗯？」

「嗯，我在想……」

「那天晚上妳在辦公室裡看到菲德烈克爵士，出來後一直在哭，就是為了他？」

「是。」

「嗯，我很樂意見到他。總之，我很高興妳能夠證明妳交了一個男朋友。但是就算是如此，妳那天告訴我的那些話，還是有很多疑點。」

「你要那樣想我也沒有辦法，」女子鼓起勇氣反駁道：「事實就是如此。」

「好吧，那我們就擱在一邊。我現在要問的，是第二天晚上發生的事。菲德烈克爵士被殺的那天晚上，妳在辦公室裡加班嗎？」

「是的，長官。不過當那件事……發生的時候，我應該已經離開那裡了。」

「妳怎麼知道妳是在那件事發生之前離開的？」

「是不是這樣我不知道，我只是用推測……」

「妳不可以推測！」法蘭納利盛氣凌人的說。

「她有很好的理由認為她是在命案發生之前離開的，」金賽插嘴：「她並沒有聽到槍聲。」

法蘭納利轉過來看著他。「喂，等我需要你的答覆時，我自然會問。」他轉到那女子身上：「妳沒有聽到任何槍聲？」

「沒有，長官。」

「妳要回家時，在走道也沒有看到任何人？」

「噢，我……我……」

「說吧。」

「關於這一點，我想要改變我的證詞。」

「喔，是嗎？」

「是的。這件事我跟金賽先生談過了，他認為我……是錯的。」

「妳的意思是妳說了假話？」

「可是我並不想惹上這件事情，」那女子抗辯道：「我害怕出庭作證，而且我認為……這件事我似乎幫……」

「妳認為妳幫不上什麼忙，是嗎？我說妳這個女人實在太年輕了，這件事非常嚴重，我可以把妳關起來……」

「噢，那我要是改變證詞呢？我現在告訴你事實好不好？」

「唔，那我可以考慮。不過妳必須曉得一點，這必須是千真萬確的事實。好，那妳是說那時候有人在走道囉？」

「是的。我正準備要離開辦公室，可是才剛剛把門打開，我忽然想起雨傘忘了帶，所以我就回去拿傘。我在門邊的時候，看到兩個男人站在電梯口。」

「兩個男人。他們長得什麼樣子？」

「其中一個，是中國人。」

法蘭納利愣了一下。「中國人！該不是坐在這裡的陳警官吧？」陳查禮微笑著。

「噢，不是，」女子繼續說：「那個中國人年紀比較大，他在跟一個高高瘦瘦的人講話，那個人我在報紙上看過他的照片。」

「喔，妳在報上看過他的照片？他叫什麼名字？」

「他的名字叫約翰．畢罕上校，我記得他是一個……探險家吧？」

「原來如此，」法蘭納利立起身來，在辦公室裡踱了起來。「在菲德烈克爵士被人殺死之前，妳看到畢罕跟一個中國人在電梯口講話，那時妳又回到房間裡面拿傘？」
「是的，等我再出來時，他們都走了。」
「還看到什麼嗎？」
「沒有，我想沒有了。」
「仔細想，妳曾經隱瞞事實。」
「她又不是宣誓作證！」金賽不滿的說。
「噢，沒有宣誓作證又怎麼樣？她先前阻擾了我們辦案，那可不是鬧著玩的。不過我不會那麼計較的，因為現在她總算說了實話。好啦，妳可以走了。別忘了我還可能有話要問妳。」
女子和金賽離開後，法蘭納利顯然非常高興，不斷在辦公室裡走來走去。
「現在我可有了進展啦，」他大叫道：「原來是畢罕！早先我居然沒有注意到他，可是從現在起我要把浪費的時間補回來。謀殺案發生之前，畢罕在走道裡和一個中國佬講話，然後他就放心的上樓去放他的影片了。是一個中國佬……你聽到了嗎？那雙拖鞋是從中國公使館來的，老天爺，現在終於要開始進入決定性的關頭了。」

「假如我猜得不錯的話，」陳查禮說：「你現在打算要……」

「我現在要去追查那個畢罕上校，他告訴莫洛小姐說他不曾離開頂樓那木屋，這顯然是在說謊，這一次還是個名人呢。」

「很冒昧的打個岔，」陳查禮說：「畢罕上校是個非常精明的人，你要小心他跟你鬥智。」

「我才不怕他。他要不了我，這一套我太內行了。」

「相當有自信，令人佩服，」陳查禮笑道：「希望結果證實你說得沒錯。」

「那是一定的，反正你把畢罕上校留給我就是了。」

「樂意之至，」陳查禮同意說：「那你也要把一些東西留給我來調查。」

「什麼東西？」法蘭納利問。

「我是指報紙一角的那些模糊的數字。」

「喔，爛得可以的加法，」法蘭納利嗤之以鼻，「而且是個沒搞頭的線索。」

「時間會揭開一切！」陳查禮有禮貌的說。

【第十七章】來自白夏瓦的女人

第二天早上十點，巴利．寇克接到了一通電話，那聲音即使由電話線傳過來，似乎也能帶給他很大的快樂。

「早安，」他說：「聽到妳的聲音真是太好了，這就是我所謂好的開始。」

「謝謝你唷，」莫洛小姐回答道：「既然你今天一開始就有好兆頭，那可不可以請你暫時退居一旁，請陳警官來聽電話好嗎？」

「什麼，妳不是要跟我講話？」

「很抱歉，不是，我今天相當忙。」

「我可以跟另一個人同樣快速的了解妳話中的暗示。好吧，既然我不是妳所要找的人，那妳的言下之意，就是……」

「拜託，寇克先生。」

「陳警官現在來了。我沒有生氣，但是我受到了創傷，很嚴重的創傷。」

他把話筒拿給陳查禮。

「喂，陳警官嗎？」莫洛小姐說道：「法蘭納利隊長十一點要約談畢罕上校，今天他已經畢罕畢罕的唸個不停。他要我在約談的時候，幫忙提醒一下上校在謀殺案的那個晚上所作的供詞，所以我建議你也能來。」

「隊長有找我嗎？」陳查禮問道。

「是我想找你的，那樣行不行？」

「那我的面子就很夠了，」陳查禮回答道：「我會去的，是在法蘭納利隊長的辦公室嗎？」

「是的，可別爽約了喔。」莫洛小姐說完後掛斷。

「有事情發生了？」寇克問道。

陳查禮聳了聳肩。「法蘭納利隊長對畢罕上校產生了一陣狂熱，他十一點要訊問畢罕，我也受邀到場。」

「那我呢？」

「噢，很抱歉，他們沒有提到你。」

「那我想我不能去了。」寇克說。

快要十一點的時候，陳查禮來到了司法大廈。他在法蘭納利陰暗的辦公室裡遇到了莫洛小姐，有了這位小姐存在，辦公室陰鬱的角落便出現了光彩。

「陳警官你早，」莫洛小姐說：「隊長正帶著杜夫探長參觀這棟大廈呢。你能夠來，我就放心了，我好像覺得法蘭納利隊長今天早上並不怎麼在意我的存在。」

「那是因為美國本土的警察都有愚蠢的傾向。」陳查禮告訴她說。

法蘭納利進到辦公室裡來，後面跟著的是杜夫探長。隊長站著看了陳查禮和莫洛小姐半晌。

「嗯，你們兩位挺搭配的，」他大聲說道：「怎麼樣，有什麼意見？」

「你所謂的意見是什麼，隊長？」莫洛小姐甜甜說道。

「看起來似乎把我矇在鼓裡的意見，」他說道：「你們以為我是誰？有讀心術嗎？

我剛才和杜夫探長談到了畢罕上校，居然發現你們兩個對畢罕上校的了解，比起你們告訴我的還要多。」

「請二位不要誤會，我可不是打小報告噢，」杜夫笑道：「我跟隊長提到這些事，以為隊長本來就曉得了。」

「你當然認為我已經曉得了，」法蘭納利氣爆了，「我為什麼不應該曉得？這個案子應該是我在指揮的，是不是？可是你們兩個卻一路往下查，查到了什麼東西卻往肚子裡吞。我告訴你們，這讓我很難堪……」

「噢，我很抱歉。」莫洛小姐嚷道。

「這還差不多。你們說畢罕上校有一個助手，一個叫李剛的中國佬，是嗎？陳警官，你現在願意告訴我了嗎？還是你要繼續把嘴巴閉上，假裝……」

「是我不對，」莫洛小姐插話說：「我本來應該親自告訴你的，當然啦，陳警官也一定以為我已經告訴過你了。」

「噢，妳不用這樣，」陳查禮阻止道：「請妳不要把所有的責任往自己身上攬，讓我來負責吧。我是犯了一些錯誤，沒錯，有一些案情我是悶在心裡面沒有講出來，不過我是希望有一些亮光能夠照進來……」

「可以了，可以了，」法蘭納利打岔道：「那你現在可以講了吧？我很想要了解。你第一次聽到李剛這個名字是什麼時候？」

「在菲德烈克爵士遇害的那天中午，我有幸能跟他們一起吃飯。吃完飯後，菲德烈克爵士單獨把我找到一旁，告訴我說，李剛這個人是從外地來的，住在傑克森街的親戚家，爵士希望我去探這個人的口風，可是我當時不得不拒絕。謀殺案發生後的第二天早上，我住進茂伊號輪船的頭等艙房裡時，還以為我就要回檀香山去了，結果我聽到畢罕上校在隔壁房裡跟一個人道別，那個人畢罕上校管他叫李剛。上校叫李剛到了檀香山之後要深居簡出，如果被人家找到，就不要回答任何問題。」

「這就是你們認為毫不重要的事情，而我一點都不知道，」法蘭納利生氣的說：「那麼畢罕也參加了白夏瓦那天晚上的夜遊，這又是怎麼回事？」

「那是我們星期二晚上才知道的。」莫洛小姐告訴他。

「妳到三十六個小時後才告訴我，嗯？一九一三年的五月四日，畢罕上校離開了白夏瓦，取道這個……這個……開伯爾山口，去……」

「取道阿富汗和波斯北部的開佛爾沙漠到德黑蘭。」杜夫幫他說道。

「是的。這是你告訴探長的，陳警官，可是你卻沒有告訴我。」

陳查禮聳了聳肩。「我不應該麻煩你的，這件事似乎並不怎麼重要吧。是的，我是可以就這件事臆測一下，一個歷歷如繪的臆測。不過呢，隊長，我看你忙這個謀殺案忙得焦頭爛額，我應該把你這個大忙人找來，跟我一起觀賞旖旎的羅曼史嗎？」

「不管你怎麼說，」法蘭納利反駁道：「如果我沒有訊問那個姓巴爾的小女生，到現在我還在迷霧中呢。我可比你精多了，畢罕這條線索是我自己找到的，但是那並不能免除你的責任，我對你們兩個非常失望。」

「我真是慚愧！」陳查禮深深的一鞠躬。

「好啦，算了。」

一名穿制服的警員帶著畢罕上校來到辦公室。上校這個人想必認識一位很好的裁縫師傅，裁縫師傅也一定非常中意這位客戶英挺的身材，他的穿著完美極了，上衣鈕扣還插著一朵小花，戴著手套的手拄著一根手杖。他站立了一陣子，那雙疲倦的眼睛把全世界最孤絕的角落都看遍了，這回頗不尋常透出機警的光芒。

「你們早，」他向莫洛小姐和陳查禮行了個禮：「噢，這位……我想是法蘭納利隊長吧！」

「你早，」法蘭納利回答道，「這位是從蘇格蘭警場來的杜夫探長。」

「幸會，」畢罕答道。「很榮幸見到從蘇格蘭警場來的人。看來菲德烈克爵士謀殺案有了進展。」

「沒錯，」法蘭納利一肚子不高興的嚷道：「如果你肯回答我們一些問題，並且講老實話。」

畢罕上校的眉毛微微揚了一下。「說老實話，那當然，」他說道，露出一種蒼白無力的微笑。「我會盡力，我可以坐下來嗎？」

「當然可以，」法蘭納利指著一張沾著一層灰的椅子。「菲德烈克爵士被殺的那晚，你在那間屋裡放映幻燈片給大家看。」

「我想不應該那樣說，是影片，你知道吧，西藏的——」

「噢，是、是。你一面放那些幻燈影片一面解說，可是在最後你退出了，讓那個影片自行放完。之後這裡坐著的莫洛小姐問你——莫洛小姐，妳問他什麼來著？」

「我問他離開那架機器的時候做了些什麼，」莫洛小姐說：「他告訴我說，在那段時間裡，他並沒有離開那個房間。」

隊長看著畢罕。「她講的對嗎，上校？」

「是的，我想我是這麼對她說的。」

「為什麼？」

「什麼為什麼？你這話是什麼意思？」

「你明明下到二十樓跟一個中國佬講話，卻為什麼告訴她你哪裡也沒有去？」

畢罕輕輕的笑了起來。「隊長，你有沒有做過一件事，但事後又後悔了？你講的這件無關緊要的事提醒了我——我那時到樓下去也不是什麼大不了的事。我天生就不願意惹上這一類殺人放火的事情，所以就愚蠢的做了一個小小的……不實陳述。」

「那你的確有下到二十樓去囉？」

「只去了一下子而已。你知道嗎，我用放映機放了七捲影片，那件事還滿累人的。先前我叫我一個老助手李剛把放映器材搬到寇克先生的住處去，本來以為到了十點全部就會結束，所以我叫他那個時候回來拿。當我十點十五分離開機器時，發現還有一捲影片要放映，所以我下樓去，看到李剛等在那裡，就叫他先回去。我告訴他我會自己把那部機器搬回去。」

「噢，那他回去了嗎？」

「他立刻就走了，坐電梯走的。那個電梯小姐可以證明我講的話是真的，如果……」

「如果什麼？」

「如果她願意的話。」

「你是打算要說，如果我們找得到她的話？」

「我為什麼要那樣說？她不在那個大廈裡嗎？」

「她不在了。在這種情形下，也許李剛可以為你作證吧？」

「我相信他可以的，如果你肯打電報給他的話。他現在人在檀香山。」

「他第二天中午就走了，搭的是茂伊號郵輪？」

「是的。」

「是你送他上船的？」

「那當然，他跟著我不只二十年了呢，對我十分忠心。」

「當你向他道別時，你告訴他要在夏威夷深居簡出？」

「是的，我……我是那麼說了。你知道嗎，他的護照出了一點問題，我怕他會遇上麻煩。」

「你還告訴他，不要回答任何人的詢問。」

「那當然，為了同樣的理由嘛。」

「你也知道他上岸的時候必須亮出護照，如果護照有問題，你認為深居簡出會比較好嗎？」

「你是說到另一個美國的港埠申請辦護照？噢，你看看，我恐怕忽略了你們這裡有很多法規限制，它們滿亂的，我發現。」

「你必須……他並不像你那麼常旅行吧，上校。」

「喔，對啊。你現在話裡面有諷刺的意味了。」

「噢，你不用放在心上，」法蘭納利說：「我們會找到李剛的。但是我的話還沒問完，據我所知，一九一三年五月三日的晚上，你人在印度的白夏瓦。」

畢罕緩緩的點了點頭。「那有紀錄可查。」

「而且不那麼好抵賴吧?你參加山丘夜遊,一行人之中有個女人名叫伊芙・杜蘭德。」畢罕微微的顫抖起來。「那天晚上伊芙・杜蘭德不見了,而且從此失去蹤影,你知道她是怎麼離開印度的嗎?」

「如果她從此失去了蹤影,你怎麼知道她離開了印度?」

「這你甭管,問問題的人是我,你還記得那件事嗎?」

「當然記得,很令人震驚的一件事。」

法蘭納利盯著他看了一會。「請你告訴我,上校,那天晚上你到巴利・寇克的木屋吃晚飯之前,你曾經見過菲德烈克爵士嗎?」

「從未見過。等一等,我記得他說他曾經出席倫敦皇家地理學會的晚宴,在那裡見過我,但是我已經不太記得那次的集會了。」

「你並不知道他來舊金山,是要來尋找伊芙・杜蘭德的吧?」

「真的嗎?那太不尋常了吧。」

「你並不知道?」

「我當然不知道。」

「你有沒有可能曾經幫忙過他？」

「不可能。」畢罕堅定的答道。

「很好，上校。你應該不會馬上離開舊金山吧？」

「再過幾天吧，等我下一趟長途探險的準備安排好了之後。」

「在我們抓到殺害菲德烈克爵士的兇手之前，你不可以離開，你懂吧？」

「可是，我的老兄啊，你該不是認為……」

「我認為你的證詞說不定很有價值，所以我要你不要離開，你明白吧？」

「明白，但願你們早日成功。」

「我們都希望如此。」

「那是當然的。」畢罕轉向杜夫探長。「菲德烈克爵士這次真是太不幸了，他是個令人景仰的人。」

「而且十分受人愛戴，」杜夫不動聲色的說：「請你不用擔心，所有能做的事都已經做了，畢罕上校。」

「你這麼說我就放心了，」畢罕站了起來。「假如沒有其他事情的話……」

「目前沒有。」法蘭納利說。

「那就謝謝你了。」畢罕回答道，隨後快活的走出辦公室。

法蘭納利盯著畢罕的背影猛瞧。「他連說謊也說得像是正人君子，是不是？」

「真是漂亮！」莫洛小姐歎息道，她的眼睛還看著探險家剛剛走過的那扇門。

「好啦，他並沒有把我給耍了，」法蘭納利說：「他對這個案子所了解的比說出來的還要多，假如他不是大名鼎鼎的畢罕上校，我今天早上一定會冒個險把他關起來。」

「噢，可是你不能那麼做。」莫洛小姐嚷道。

「我想也不行吧，否則我會遭到灣區那些俱樂部裡太太小姐們的圍毆。但是話說回來，我也用不著那樣做，他的知名度太高了，沒辦法任意行動，不過我還是派人盯住他比較好。好了，我們現在來談正事吧，假如李剛現在在我們手裡的話，我一定會把他心裡頭的秘密挖出來。陳警官，菲德烈克爵士告訴了你什麼？我是說李剛在傑克森街的親戚，我想把他們找出來。」

「沒有用的，」陳查禮回答道：「我已經去查過了。」

「噢，你查過了？當然啦，你並沒有把它告訴我……」

「講出來也沒有用，那次真的是慘不忍睹，我進入了那個人的家裡，但計畫卻被一個日行一善的童子軍破壞了……」

「他家裡有個童子軍？」

「是的，名字叫做李威利。菲德烈克爵士講的就是東方公寓的李亨利一家。」

法蘭納利想了想。「嗯，假如老頭子不肯講的話，小朋友應該會講的，我們應該找機會讓李威利講講話。」

「這我也試過了，他並沒有告訴我多少東西，只除了在一次艱苦的旅途中，畢罕上校殺了一個人。」

「他告訴你這個嗎？那他應該曉得畢罕從事探險的一些情形了。」

「他當然曉得，他是聽……」

法蘭納利跳了起來。「這些對我來說就夠了。我要叫唐人街分駐所的曼利今天晚上把那個小鬼帶過來，那些中國小鬼都很喜歡曼利，我們一定可以問到一些東西。」

電話鈴響了，法蘭納利抓起話筒來接，又交給了莫洛小姐。她聽到電話線那頭傳來的最新情況，眼睛不禁一亮，露出興奮的神情。隨後她掛下了話筒，轉身面對其他人。

「剛剛是主任檢察官打來的，」她說道：「我們掌握了一封從聖塔芭巴拉寄給脫普—布洛克太太的信，那封信是葛瑞絲．雷恩寫的，上面有她的新住址。」

「好極了，」法蘭納利大叫道：「我不是告訴過妳嗎，她是絕對不可能從我手裡逃脫的。我立刻叫一組人開車去找她，」他看著莫洛小姐，說：「我可以叫他們去妳的辦公室裡問地址。」

莫洛小姐點點頭。「我等一下就回辦公室，我會把地址給他們。」

法蘭納利兩隻手搓了搓。「終於有看頭了！今天晚上七點，我會把那個小鬼弄來這裡。陳警官，你要來一趟，我可能需要你的幫忙。你想看的話也歡迎來，杜夫探長。」

「謝謝你。」杜夫說道。

「那我怎麼辦？」莫洛小姐問道。

法蘭納利皺著眉頭看著她。「我對妳並不是那麼滿意，妳那些秘密……」

「我已經說過抱歉了嘛，」莫洛小姐對他笑道：「而且，你能找到葛瑞絲．雷恩，我也幫了一點小忙。」

「嗯，那件事嘛，我想妳有幫上忙。好吧，妳想要來的話，那就來吧。」

於是這一夥人就解散了，陳查禮回到木屋，發現巴利．寇克正饑渴的等著最新消息，當他聽完當晚的作業安排時，便堅持要邀請莫洛小姐和陳查禮去吃晚飯。

傍晚六點三十分，這三個人從一家幽幽暗暗的小餐廳裡出來，寇克是因為這裡的主廚很有一套，才選擇來這家餐廳的。他們漫步走向司法大廈。

夜涼如水，星月皎潔，他們繞過唐人街的邊緣，穿越擁有多彩多姿歷史的樸資茅斯廣場，平常充斥著遊民、觀光客的廣場，此時空無一人，史蒂文生的銅像在星空下孤獨的站著。

法蘭納利和杜夫在辦公室等候著，看到巴利．寇克出現時，隊長並不十分殷勤。

「該到的都到了，是不是？」法蘭納利問道。

「我不請自來，希望你別見怪。」寇克笑道。

「噢，還好啦，現在要把你擋在門外也太晚了。」他轉向莫洛小姐。「妳有見到彼德森嗎？」

「有的，我把地址給他了。」

「他跟梅爾斯一組，這兩個人都很不錯。今天晚上他們會去聖塔芭巴拉，一直守候到天亮，如果沒有意外的話，最晚明天下午他們就會把葛瑞絲・雷恩帶進我的辦公室。如果這個女人還能從我的手裡跑掉的話，那算她有本事。」

一夥人坐了下來，隨後一名身材高大的警察走了進來，他穿著便服，上衣是黃卡其襯衫。此人面露笑容，和藹可親，卻又擁有一雙隨時能應付任何緊急狀況的機伶眼神。

法蘭納利上前介紹這個人給大家認識。「這位是曼利警官，」他解釋道：「他是我們唐人街分駐所的所長，在那個職位幹了七年，比任何人都要了解那個地方的狀況。」

曼利的態度相當誠懇。「請大家多多指教，」他說：「隊長，那個小孩已經在外面了，我找到他之後就立刻把他帶來，不讓他有機會回家問大人。」

「很好，」法蘭納利點點頭，「他話講得很清楚吧？」

「噢，他很能講的，我們兩個已經是老朋友了。我去把他帶來。」

曼利到外頭的那個辦公室把李威利帶進來。這位童子軍穿著普通小孩的衣服，從他的表情看來，似乎穿制服更能帶給他精神上的支持。

「咱們到啦，威利。」曼利說道：「這位是法蘭納利隊長，他想要請你幫他一個很大的忙。」

「沒問題！」李威利咧嘴而笑。

「所有的童子軍都是美國公民，」曼利接著說：「他們都站在美國的法律和秩序這一邊，你說是不是這樣，威利？」

「我們宣誓要效忠美國的政府和法律。」李威利一本正經的回答。

「我已經向他解釋過了，」曼利對法蘭納利說：「他家的任何一個人不管怎樣都不會牽扯到這件事，也不會因為他告訴你任何事而受到傷害。」

「沒錯，」法蘭納利對李威利說：「小朋友，這點我可以向你保證。」

「沒問題！」小男孩很爽快的點頭道。

「聽說你的堂伯李剛擔任畢罕上校的助理非常久了，」法蘭納利開始問道：「他跟著上校到過世界各地嗎？」

李威利點點頭。「戈壁沙漠、開佛爾沙漠、西藏、印度，還有阿富汗。」

「你聽李剛說過他跟著上校去探險的故事嗎？」

「聽過。」

「你都記得嗎？」

「絕對不會忘掉。」李威利回答道，小小的黑眼睛發出了亮光。

「你還告訴你這位朋友陳先生，說上校有一次曾因為某種理由開槍打死了一個人？」

小男孩的眼睛半瞇起來。「因為當時的情況必須那麼做，在那個地方不算犯法。」

「那當然，那時的情況當然必須那樣做，」法蘭納利用心的附和道：「我們並不會因為上校那麼做，而對他怎樣，在舊金山以外地區發生的事我們無權追究，我們只是好奇罷了。你還記得上校槍殺那個人，是在哪一趟探險的時候發生的嗎？」

「那當然，那是從白夏瓦穿越開伯爾山口到阿富汗的路上。」

「是在阿富汗發生的嗎？」

「是的。那是一個大壞蛋，名字叫穆罕默德．艾許瑞福．坎恩，他是負責照顧駱駝的。他想要偷……」

「偷什麼？」

「偷一串珍珠項鍊。畢罕上校看到他進入那個帳篷，那個帳篷不准任何人進去，除非是不要命了。」

「那是什麼樣的帳篷？」

「女生的帳篷。」

辦公室一時之間沈寂起來。「女生的帳篷？」法蘭納利問道：「是什麼樣的女生？」

「那個女生是跟隨他們到德黑蘭去的，她來自白夏瓦。」

「你的堂伯有沒有說她長得什麼樣子？」

「有啊，他說那個女生長得很美，金色的頭髮，眼睛像天空一樣藍。非常的漂亮，我堂伯那麼說。」

「她是跟他們從白夏瓦一直旅行到德黑蘭的？」

「是的，當他們穿越開伯爾山口的時候，只有我堂伯和上校知道這件事，因為她藏在二輪馬車裡面。通過山口之後她就出來了，而且她有她自己的帳篷，畢罕上校說誰都不許進入她的帳篷，要是進去，就會被上校殺死。」

「可是這個看守駱駝的他違反了規定，所以就被開槍殺死了？」

「就是這樣。」李威利說。

「我想也是，」法蘭納利同意說。「非常好，小朋友，我要問你的就是這些了。我非常的感謝你，現在你可以回家了。如果我對你們童子軍有什麼話要說的話，我認為你應該得到一面德行獎章。」

「我已經有二十二面了呢，」李威利很得意的說：「我現在是老鷹級童子軍喔。」

李威利跟著曼利走了。

法蘭納利站了起來，在辦公室裡踱起方步來。「嗯，你們都知道了嗎？」他大聲說道：「這真是再真實不過了。伊芙‧杜蘭德那天晚上失蹤了，把她那個可憐的丈夫逼出了憂鬱症來，整個印度的地皮都翻遍了，就為了找她，結果她卻躲在約翰‧畢罕上校的駱駝隊裡面穿越了整個阿富汗，那個人人崇拜的大探險家，那個任何人做夢都不會去懷疑的英勇好人。」法蘭納利轉向陳查禮。「我現在了解你的話是什麼意思了，羅曼史，你是這麼說的。嗯，我會用別的話來描述它，我會說那是跟另外一個男人跑了。這真是畢罕上校見不得人的過去——他過往事蹟的一個可愛污點。老天，真是太了不起了！你認為這件事代表什麼意義嗎？」

陳查禮聳聳肩。「我認為你今天晚上飛得太高了些。」

「可不是嗎？又高、又寬廣、又很美妙。我逮住了這個人，也逮到了他的犯罪動機。菲德烈克爵士跑到舊金山來尋找伊芙‧杜蘭德，結果這裡有一個約翰‧畢罕上校站在浪頭上面，那個榮耀在身，人人尊敬的英雄。畢罕得知菲德烈克爵士來到這裡，起了疑心，他也聽說這位大偵探去過印度——這個人會不會發現伊芙·杜蘭德是如何離開印度的呢？如果他發現了，而且抖了出來，那麼約翰·畢罕冒險犯難的生涯就會毀於一旦。他將會一敗塗地，萬劫不復，再也籌不到任何錢，去從事他那偉大的探險。他是坐以待斃的人嗎？不是的，那他要怎麼做？」

「問題是，這只是乍看之下如此而已。」陳查禮說。

「第一點他想要了解的是，菲德烈克爵士實際知道的有多少。那天吃晚飯的時候，他聽說保險箱是開著的，找到機會他就鑽到樓下去，進入寇克先生的辦公室。」

「從上了鎖的門進去嗎？」陳查禮問道。

「那個電梯小姐可以給他鑰匙，那個女人就是伊芙·杜蘭德——可別忘了。要不然還有李剛，這傢伙也在現場——也有可能是碰巧。他也可能利用太平梯，不管怎樣，畢罕進入了辦公室。他這個也找那個也找，把檔案翻遍了，看到菲德烈克爵士已經發覺了一切。就在這個時候菲德烈克爵士進來了，他是全天下唯一曉得伊芙·杜蘭德如何離開印度，並且能夠說出去的一個人，也是能夠把畢罕打下十八層地獄的人。畢罕看得眼睛發紅，把槍掏了出來，那對他只是輕而易舉的事——他以前也曾經做過。砰！菲德烈克爵士躺在地板上死了，然後畢罕把刑事檔案拿走——從前那件醜聞的秘密這下安全了。老天，還會有比這個更好的殺人動機嗎！」

「你沒有提到那雙絨布拖鞋，」陳查禮不慍不火的說：「希拉利．高特死掉的時候穿在腳上的那雙。」

「噢，去他的吧！」法蘭納利大聲說道：「你思路有條理一點好不好，老兄！我們一次只能解決一件事情。」

【第十八章】法蘭納利的重大戲碼

法蘭納利隊長得意極了，走到自己的書桌後面一屁股坐下，他把這個案子的矛頭指向畢罕做了總結，認為自己的判斷天衣無縫，滿臉笑容的看著在場的其他人。

「每一個問題都將得到妥善的解決，」他接著說：「明天晚上我這間辦公室將要上演重大的戲碼，假如我們還弄不出一些成果出來的話，那我就無從判斷人性是什麼了。首先，我會把杜蘭德少校請來，告訴他伊芙．杜蘭德已經找到了，會被帶到這裡來，在等待的這段時間裡，我會把那個女人是如何離開印度的問題提出來，使他在內心中對畢罕產生疑問，然後我再把那個女人帶來這個房間，歷經了十五年的痛苦煎熬，他終於見到他太太了。他會怎麼想呢？他會問自己以及他太太什麼問題呢？這段期間他太太跑到哪裡去了呢？用什麼方式離開印度的呢？這時我會把畢罕上校帶過來，要他親自面對這個遭受他傷害的丈夫，和那個由他的駱駝隊帶走的女人。我會告訴杜蘭德說，他太太是跟著畢罕走的，我有確實的情報。然後我就坐到一邊去，看看他們之間會有什麼反應……我這樣安排你覺得怎樣，陳警官？」

「你這是為了抓樹上的鳥，而不惜把大樹砍倒。」陳查禮說。

「喔，有時候我們不得不這麼做。這個方式雖然迂迴，但卻應當有效。杜夫探長你意下如何？」

「聽起來挺不錯的，好像演戲一樣，」杜夫懶懶的說。「但是你真的認為，這樣就會使殺害菲德烈克爵士的兇手現形嗎？」

「會的。那個女人，或是畢罕，兩人之中的一個將會承受不了，當場承認。這一類的案子每次都是如此，我敢跟你們打賭，不會錯的啦，明天晚上我們將會向前邁進一大步。」

眾人離開了法蘭納利的辦公室，讓他一個人自鳴得意。出了門之後，陳查禮和杜夫探長結伴走了，寇克和莫洛小姐一起往上坡路段慢慢逛去。

「想要搭計程車嗎？」寇克問道。

「謝了，我寧願用走的……」一面走一面想。」

「我們是有一些事情要好好想一想，是不是？妳會為畢罕感到難過嗎？」

莫洛小姐聳了聳肩。「你不要胡扯。我根本就不相信他會那樣做，就算他滿口承認也一樣。」

「噢，我懂了，他是妳心目中的英雄。但那還是一樣，我的大小姐，他脫不了關係。假如菲德烈克爵士還活著，那就會威脅到他的計畫，而以目前的情況，漸漸也看得出來那件事情似乎是他幹的。要不然，除非妳認為伊芙．杜蘭德不在那個駱駝隊裡。」

「我相信她在駱駝隊裡。」她回答道。

「因為妳想要相信，」寇克笑道：「那件事情太浪漫了，無法用言語來形容，是不是？老天，這樣的念頭實在讓人覺得年輕而暈眩。那天晚上在小山丘上的快樂聚會，那個捉迷藏的遊戲，在檉柳植物後面倏然相會的那一剎那，『我是你的俘虜了，明天你要走的時候，請你帶我走。』所有的事情都把它忘掉吧……這個世界裡只有你我兩個人的愛。馬車一路晃呀晃的通過了開伯爾山口，那個心愛的女人一直躲在縫了又縫、補了又補的帆布底下。突然間，那條幾千年來駱駝商隊走過的道路出現了，那條通往撒馬爾罕的黃金路線，來自北方的商人大批湧來，到處都是駱駝和皮膚黝黑的男人，自開天闢地以來，無數的鐵靴踏過這條路徑，揚起漫天的煙塵……」

「我不知道你原來這麼浪漫哩！」

「噢，是妳從來沒有給過我機會，妳老是跟那些法律文書在一起。他們就在那條有名的商路走了八個月，夜晚頭頂上有閃爍的繁星，到了黎明天際瀰漫著沙漠煙霧。時而烈日凌空，再來是積雪遍野，凜烈的強風颳著紛飛的大雪，那一男一女廝守著……」

「而那個可憐的丈夫卻近乎瘋狂的到處找人，幾乎把全印度的土地都翻遍了。」

「是啊，他們早就把杜蘭德抛諸腦後了，是不是？可是他們相戀著。妳知道嗎，這樣看起來我們好像碰到了一個偉大的愛情故事，妳想……」

「我在懷疑。」

「懷疑什麼？」

「我在懷疑剛才想的是不是真的，假如是的話，那有使我們更接近這件懸案的解決嗎？因為問題畢竟還留在那裡——是誰殺害了菲德烈克爵士？法蘭納利隊長對畢罕做了那麼大膽的推斷，手上卻沒有一點點證據。」

「噢，先把妳的顧慮放下，我們來假裝一下好了。譬如這條沒有人的街道是通往德黑蘭的駱駝商隊路線，也就是從中國到波斯的絲路，而妳和我……」

「你和我現在沒有工夫來走這條絲路了，我們必須找出破案的那條路來。」

寇克歎了一口氣。「好吧，標題是：莫洛檢察官搗毀追尋羅曼史的門路。但是妳先別高興，哪天我會趁妳不留神的時候一把將妳逮住——留神了！」

「我是不可能失去警戒心的！」她笑道。

星期五早上吃過早飯之後，陳查禮先是猶豫了一下，隨後跟在巴利．寇克身後進入了他的房間。

「真對不起，」陳查禮說：「我有一個大膽的請求。」

「哦，那有什麼問題。什麼請求？」

「我想請你帶我到大都會俱樂部，跟大門口的安全人員講一下，讓我自由進出。我很想見一下俱樂部裡的資深工作人員。」

「資深工作人員？那就是李彼德囉，他在寄物處工作了三十年，找他可以嗎？」

「非常好。我想請你告知這位姓李的老兄，請他帶我上上下下的看一下俱樂部裡的陳設，上至天花板，下至地下室，這樣有可能嗎？」

「當然可以，」寇克注視著他說：「你還在想著菲德烈克爵士死的時候，身邊留下來的那本大都會俱樂部的手冊嗎？」

「我一直沒忘掉，」陳查禮回答道。「你準備好了我們就一起去，可不可以？」

寇克一肚子疑惑的帶陳查禮到大都會俱樂部，介紹他給李彼德認識。

「你用不著跟著我晃來晃去的，」陳查禮很開心的對寇克說：「我要好好調查一下這個地方，稍後再回到木屋去。」

「好吧，」寇克回答道：「悉聽尊便。」

接近吃午飯的時候，陳查禮回來了，他那小小的眼睛發出了亮光。

「運氣如何？」寇克問道。

「時機一到就知道了，」陳查禮說：「我發現這裡的大陸性氣候令人精神振奮，很擔心午餐的時候會把廚房裡的東西一掃而空。」

「噢，你可不要一高興就把氰氫酸喝到肚子裡去了，」寇克笑道：「有一個感覺告訴我，假如我們現在失去了你，那將是天大的災難。」

吃過午餐之後，莫洛小姐打電話來說，葛瑞絲．雷恩將在兩名警員的陪同下，於下午四點抵達法蘭納利隊長的辦公室。她又說他們兩位都受邀請去看法蘭納利如何破案——這是她主動提出來的。

「咱們現在就去吧，」陳查禮說：「法蘭納利隊長主導的重大戲碼一定擠滿了觀眾。」

「你認為會有什麼結果呢？」寇克問道。

「我也很想知道。如果結果非常成功，那麼我的工作就結束了；而如果不……」

「嗯，怎樣？」

「那我就半路殺出，好好的表現一番。」陳查禮說。

當陳查禮和巴利．寇克走進刑警隊隊長的辦公室時，法蘭納利、杜夫探長和莫洛小姐都在。

「哈囉，」隊長說道：「你們都想來看完結篇是嗎？」

「我們情不自禁想來看看。」陳查禮對他說。

「嗯，我會搞定的，」法蘭納利說：「一切我都安排好了。」

陳查禮點點頭。「聰明的人會在口渴之前動手開鑿水井。」他表示。

「你也沒有做太多的開鑿工作吧，」法蘭納利叱責說：「不過我必須承認，陳警官，你倒也遵守承諾，沒有提供太多的協助，讓我自己解決了這個案子。我本來就能勝任這個案子，並不需要你的幫助，所以十天之前你本來就該坐船回你老家去的。」

「那對我來說是個痛苦的回憶，」陳查禮說：「不過我也不是個心胸狹窄的小人，時間一到我自然會向你致上最誠摯的祝賀。」

畢罕上校由人引進了辦公室，他的樣子依然無動於衷，也一如往常般謙遜。

「喔，隊長，」他說道：「我又來到這裡了，完全依照你的指示。」

「我很高興再度見到你。」法蘭納利說。

「嗯，不知你今天找我有何貴幹？」畢罕坐進一張椅子裡。

「我想請你會見一位……女性。」

上校打開銀質香菸盒，拿出一根香菸，菸屁股朝香菸盒上頓了頓。「喔，好啊。我並不算是很有女性緣的男人，不過……」

「我想你會很有興趣見到這位的。」法蘭納利告訴他。

「真的嗎？」他劃亮一根火柴。

「你知道嗎？」法蘭納利接著說：「這個女人曾經在你的陪伴下有過一段頗為漫長的旅程。」

火點著了，畢罕那隻黝黑而修長的手拿著火柴停在那裡。「你這話我聽不懂！」他說道。

「我想那是為期八個月的旅程吧，」法蘭納利執意的說：「你們穿越了開伯爾山口，橫越阿富汗和波斯東部，最後抵達德黑蘭。」

畢罕點亮香菸，丟掉火柴。「我說老兄，你在說什麼呀？」

「你聽得懂我講的是什麼。伊芙．杜蘭德，這個女人十五年前在你的協助下離開了印度，沒有人懷疑是你幹的，是不是，上校？像你這麼一個大人物，怎麼可以懷疑呢？

你胸口掛著那麼多勳章啊。但是呢，我知道是你幹的，我知道你帶著杜蘭德的老婆跑了，我也能夠證明這一點。不過呢，我也許用不著證明，乾脆讓你自己承認吧！」他說到這裡，停了下來。

畢罕一副事不關己的朝天花板吐了個菸圈，然後一直看著那個菸圈散開來。「那樣的話，」他說：「我若拒絕回答會不會很愚蠢呢？」

「隨你的便吧，」法蘭納利回答道：「不管怎樣，伊芙．杜蘭德再過幾分鐘就會來到這裡，我要你再度看看她，那樣說不定能夠把你的記憶叫醒。我要你看著她，而她就站在她丈夫身邊。」

畢罕點點頭。「那我會非常樂意，他們兩個我都認識，那是好久以前的事了。是的，這樣的重逢在你的形容之下如此感人，我會非常高興從旁見證的。」

一名警員出現在門邊，報告道：「杜蘭德少校到了，人在外面。」

「很好，」法蘭納利說道：「派特，這位是畢罕上校。我要你帶他到後面房間，第二間那間，在那邊陪著他，等到我叫你時你們就出來。」

畢罕站了起來，問道：「我遭逮捕了嗎？」

「你並沒有遭逮捕，」法蘭納利說道：「不過你必須跟派特一起進去，聽清楚了嗎？」

「非常清楚。派特，我已經準備好啦。」

兩人離開後，法蘭納利站了起來，走到接待室那邊的門，請杜蘭德少校進來。

少校進來之後似乎若有所失的站立著，法蘭納利拉一張椅子給他。「請坐吧，少校。這裡的人你都認識的，我有一件重大的消息要告訴你，我們認為是你太太的女人已經找到了，等一下她就會來到這裡。」

杜蘭德凝視著他。「你已經找到……伊芙了？是真的嗎？」

「再等一下就知道了，」法蘭納利說：「我可以告訴你我很有把握，可是還是讓你親自來看好了。在她來之前，我要問你一兩件事情。你太太失蹤那天晚上，約翰・畢罕上校，那個探險家也是受邀賓客之一嗎？」

「噢，是的。」

「他第二天就通過開伯爾山口，展開了一段長途的旅行了？」

「是的。我並沒有看著他走，不過其他人告訴我他已經走了。」

「有沒有任何人曾經認為，他走的時候也把你的太太帶走了？」

這個問題像一顆子彈打中了杜蘭德，他整個臉不禁變白起來。「我從來沒有聽人提出那樣的看法。」他回答道，聲音幾乎聽不見。

「那也一樣，我在這裡要告訴你那就是當時所發生的事。」

杜蘭德不禁站起來，在辦公室裡走來走去。「畢罕，」他喃喃唸著，「是畢罕，噢，不可能，不可能，他不可能那麼做。那麼樣的好人，畢罕，那麼出色，又是正人君子，他絕對不會對我做出那種事的。」

「他現在人在這裡，我剛剛還指控他幹了這件事。」

「可是他一定否認了，是不是？」

「沒錯，他否認了，但是我有證據……」

「去你媽的證據！」杜蘭德大聲說道：「我告訴你，他才不是那種人！絕對不是畢罕。而我的太太伊芙，你這樣講是在侮辱她，你知不知道？她愛的是我，這我可以肯定，她愛的是我！我絕不相信……我絕……」

「等她來的時候，你問她好了。」法蘭納利說道。杜蘭德回到椅子上坐下，整個臉埋在雙手之中。

時間像是停滯下來似的，眾人默不作聲的等著。莫洛小姐的臉頰因為興奮而顯得紅撲撲的，杜夫菸斗不離手的靜靜吐著菸圈，陳查禮則是穩若磐石一動也不動的坐著。巴利．寇克神經緊張的拿出一根香菸，卻又把它放回香菸盒裡。

姓彼德森的那名警員在門口出現了，他看起來風塵僕僕，衣服有點髒。

「哈囉，吉姆，」法蘭納利大聲說道：「你找到她了嗎？」

「我這回找到她了！」彼德森說完，側身而站，擁有很多個名字的女人走進辦公室中，兩眼顯得憂慮而疲倦。又是另一段長長的屏息。

「杜蘭德少校，」法蘭納利說道：「我要是沒有搞錯的話……」

杜蘭德緩緩的站起來，上前走了幾步，對那個女人端詳了好一陣子，然後很失望的做了個手勢。

「依然是舊事重演，」他斷斷續續的說道：「同樣的故事又演了一遍。法蘭納利隊長，你搞錯了，這個女人不是我的太太。」

【第十九章】暗處的守候者

有好一陣子沒有人講話。法蘭納利就像一個發著紅光的熱氣球被人戳了一個洞，裡面的氣逐漸洩光。突然之間他的眼睛吐出了怒火，十分生氣的轉向陳查禮。

「你！」他吼道：「是你害我的！你跟你那個什麼爛預感！這個小姐是珍妮．傑洛姆，也是瑪麗．蘭特兒，那代表什麼意思？那代表她就是伊芙．杜蘭德。這根本就是瞎猜——猜得太離譜了，而我居然聽你的話，相信了你。老天吶，我真是一個大傻瓜！」

陳查禮的眼睛露出了深深的悔意。「我感到非常抱歉，犯了這麼愚蠢的錯誤。隊長，不知你是否能原諒？」

法蘭納利十分輕蔑的說：「應該說我是否能原諒我自己吧？憑我，湯姆．法蘭納利，居然會去相信一個中國佬的話，混了那麼久的經驗，那麼多的紀錄，狗屎！我真的瘋了，完全瘋了，但是現在什麼都結束了。」他站了起來。「杜蘭德少校，對你我有一千個抱歉，我發誓再也不會讓你如此失望。」

杜蘭德無奈的聳聳肩。「噢，那無所謂啦，我知道你也是出自一片好意。雖然以前曾經失望過那麼多次，可是剛剛……我真的抱著相當大的希望，希望走進來的會是伊芙。我真是太傻了，很多年以前我就應當學會這個教訓的。好了，我再多講也是沒有用的。」他走到門邊。「假如沒有別的事的話，隊長……」

「是的，沒有別的事了。我感到非常遺憾，少校。」

杜蘭德行了個禮。「我也感到非常遺憾，我們還會見面的，再見。」

少校出去時，經過站在門邊的那位葛瑞絲．雷恩，她累得垂著頭站在那裡，現在一步步走到法蘭納利的辦公桌前，經過一整天辛苦的勞頓，她的臉色相當蒼白，眼神有點遲鈍。「你找我幹什麼？」她對法蘭納利說。

「等一下！」法蘭納利咆哮道。

莫洛小姐站起來，拉了張椅子給那個女人坐，那個女人報以感激的眼神。

「我想起畢罕來了，」法蘭納利說道，他再度怒視陳查禮，「我本來要伸手去抓他，卻抓了個空，這我也必須謝謝你。」

「我的罪惡感急遽升高！」陳查禮歎氣道。

「那是理所當然的，」隊長回答道，他走向裡面房間的門口，大聲叫道：「派特！」派特立刻出現，後面跟來了畢罕上校，畢罕立即好奇的四下看著辦公室。

「我說，」他開口道：「那個感人的夫妻團圓呢？杜蘭德不在這裡，我也沒看到他的太太。」

法蘭納利的臉色變得比平常還要紅。「那是一個錯誤！」他坦承道。

「我看是很多個錯誤吧，」畢罕肆無忌憚的說：「經常犯錯很危險喔，隊長，你應該克服這個缺點。」

「我如果需要你的勸告，我會開口的。」苦惱的法蘭納利回答道：「你現在可以走了。不過我仍然認為你是這個案子裡的重要人證，除非有我的允許，我警告你任何沙漠都不得去。」

「我會記住你的話。」畢罕點點頭，隨後走了。

「你現在準備把我怎麼辦？」葛瑞絲．雷恩再度問道。

「嗯，我想妳是受了一點罪，」法蘭納利說道：「我要向妳道歉，妳想必知道，我因一時失察而聽信了一個中國佬的話，那就是我何以會弄錯妳的身分的緣故。我是用妳偷了一套制服的名義把妳找回來的，不過寇克先生大概不會追究這件事吧。」

「我才不會呢，」寇克大聲說道，他轉向那個女人。「希望妳不會認為這是我出的主意，假如妳要制服的話，多少件我都送給妳。」

「謝謝你的好意。」她回答道。

「不客氣。還有，妳原來那份工作，假如妳還要的話，它還是妳的。妳知道嗎，我一直想要讓寇克大廈變得更漂亮一點，那天妳離開之後，一切就倒退了。」

她露出了微笑，沒有作答。「我可以走了？」她站起來說道。

「是的，」法蘭納利同意道：「妳走吧。」

莫洛小姐很熱心的注視著她，說道：「妳要到哪裡去？」

「我不知道。我……」

「我知道，」助理檢察官說：「妳跟我一起回家，我住在一棟公寓，有好幾個房間，妳至少今天晚上可以陪我吧。」

「噢，妳對我真的太好了！」葛瑞絲．雷恩答道，聲音有點哽到。

「可別這麼說，我們所有的人對妳太不好了，我們走吧。」

兩個女人走後，法蘭納利深深陷坐在辦公桌後面。「現在我要依我的方式改變這件事，」他宣布道：「今天晚上是個嚴重的挫敗，但這是我自找的，居然會去聽信一個中國佬的意見！假如葛瑞絲．雷恩不是伊芙．杜蘭德，那還有誰是？杜夫探長，你可有高見？」

「我可能也要警告你，」杜夫笑道：「聽信一個英國佬的意見也是很危險的。」

「噢，可是你是從蘇格蘭警場來的，我尊重你的意見。想想看，伊芙．杜蘭德一定在某個地方，我很確定這一點，因為菲德烈克爵士沒有把握的話是不會講的。那個麗拉．巴爾很符合描述；至於葛蘿莉亞．格蘭，她用的是假名，來自澳洲——或許吧；還有一個是艾琳．恩得比，那天晚上她衣服上有鐵鏽的痕跡。可是我並不看好她們，有可能是，但也很可能不是。或許我們可以請陳警官再猜一次吧。」

「還有另一個可能，」陳查禮說：「就是脫普—布洛克太太，我不得不提出這位女士。」

「你可真會猜啊，」法蘭納利嗤之以鼻的說：「那根本不可能，如果你認為是脫普—布洛克太太，那她的確不在我的考慮之內。這幾個女人裡面……我再重新來過吧。」

「我覺得無地自容，也很後悔，」陳查禮說：「雖然如此，可是我話到舌尖，不得不講。隊長，你有沒聽說過中國的一句老話——『最危險的地方就是最安全的地方』？」

「我已經受夠了你們中國的老話了。」隊長回答道。

「我指出那個女人代表什麼呢？那也就是說，你我的頭上是最亮的地方。這就是事實的真相，法蘭納利隊長。請你接受我的建議，那你就不用顧慮伊芙．杜蘭德了。」

「為什麼不用顧慮？」法蘭納利不由自主的問道。

「因為你已經瀕臨重大勝利的邊緣，頂多再過幾個小時，你的腦中就會響起你對自己的讚美。」

「怎麼說？」

「在幾個小時內，你就可以逮捕殺害菲德烈克．布魯斯爵士的兇手。」陳查禮氣定神閒的告訴他。

「哦，你要怎麼抓到那個兇手？」法蘭納利問道。

「只有一個條件，對你而言可能難以接受，」陳查禮繼續說：「為了你著想，我要懇請你同意這一點。」

「一個條件？什麼條件？」

「你必須再聽信一次——也是最後一次，你口中所謂中國佬的意見。」

法蘭納利不禁發起抖來，他本來想要一口拒絕，但看到這位矮個子男人一副很有自信的模樣，又使他感到相當困擾。

「再聽信一次你的話？就像我先前所做的那樣？」

杜夫探長站了起來，重新點著了他的菸斗。「隊長，假如你真的尊重我的意見，那麼我只有一個小小的建議，那就是請你採信我們這位朋友的意見吧。他要求你做的，你就做吧。」

法蘭納利有好一會兒沒有回答。「好吧，」他終於說道：「這次你又抖弄什麼袖裡乾坤？又是預感嗎？」

陳查禮搖搖頭，說：「是十拿九穩的事實真相。我只不過是從一個島上來的笨人，而且經常把事情搞錯，但這一次我再正確不過了。你跟著我，我會證明給你看。」

「我希望你知道你在說什麼！」法蘭納利說道。

「我說的是把兇手逮捕起來，在幾個小時之內。假如我要求你做什麼，你也能忍住性子做的話。」陳查禮告訴他道：「杜夫探長在蘇格蘭警場非常受到同事的推崇，在他們偵辦的每一宗謀殺案裡，都有他們稱之為基本線索的東西，我們這個案子裡面同樣也有基本線索。」

「是那雙拖鞋嗎？」法蘭納利問道。

「不是，」陳查禮回答道：「那雙拖鞋很有價值，但並不是基本線索。基本線索當時就在死者的手邊，那個人比同樣吃這行飯的人都要優秀多了，但令人扼腕的是，這樣的一個人已經死了。當菲德烈克爵士看到自己馬上就要死了，他搆到一個書架，拿下了什麼東西？那就是基本線索，他死在那許多灰塵的地板上時，基本線索就落在他的手邊，也就是大都會俱樂部的年度手冊。」

此後是短暫的沈默，陳警官的說詞在聽者的腦際嗡嗡作響。

「嗯，那你想要做什麼？」法蘭納利問道。

「我要你務必在半個小時之內趕到大都會俱樂部去，當然杜夫探長也會陪著你，然後你們必須發揮不尋常的耐性，像個石像般的等候著。究竟要等候多久，我現在還無法預測，但是時機一到我就會把殺害菲德烈克爵士的兇手指出來給你看，然後把證據攤開來。」

法蘭納利站起來，說：「好吧，這是你最後一次機會，假如你再耍我的話，我就會把你當作不受歡迎的外國人驅逐出境。在半個小時之內是吧，我們會準時到達的。」

「不受歡迎的外國人會在大門口迎接你，」陳查禮笑道：「但願他隨時都會成為受歡迎的人。寇克先生，我能麻煩你慷慨的陪我一同前往嗎？」

陳查禮和巴利．寇克離開了隊長辦公室。「陳警官，」當他們在街上招呼計程車時，寇克說道：「看來你已經跟隊長槓上了。」

陳查禮點了點頭。「到時候的情形還會比現在更加嚴重。」他回答道。

寇克望著他：「怎麼會？」

「我會把成功的方法指給他看，而他會把全部的功勞一個人獨吞，但是一看到我他就會心裡頭不對勁。自已施展不開，卻在別人的指引下登上眾所仰望的高處，沒有人會喜歡那個指引者。」

他們上了計程車，「到大都會俱樂部。」陳查禮吩咐司機，然後又轉向寇克，說道：「不過我現在卻必須深深的向你低頭賠不是，因為我嚴重的背叛了你對我的信任。」

「怎麼會呢？」寇克吃驚的問道。

陳查禮把一封信從口袋裡拿出來，那封信的邊緣有點磨損，信封上的字跡也有點模糊了。「前兩天你在辦公室裡寫信時，把這封信交給我去寄，結果我只去收發箱那裡虛晃了一下，把這封信抽了出來。」

「你說什麼！老天！」寇克驚叫道：「你沒有把它寄出去？」

「沒有。還有什麼事會比這麼做更令人生氣呢？你那麼大方的邀我住在你那裡，又對那對好，而我卻糟蹋了你對我的信任。」

「你總有理由吧？」寇克問道。

「是有非常好的理由，時候一到你就會知道，我如果請求你原諒的話，你會不會認為我撈過界了？」

「那怎麼會。」寇克笑道。

「你真是我這輩子所看過最隨和的人，」計程車來到聯合廣場，陳查禮叫司機停下來。「我在這裡下車去彌補我的罪過，」他解釋道：「這封延誤了好幾天的信，現在會由一個身分特殊的快腿郵差送到它的目的地。」

「我說……你的意思不是……」寇克驚訝的叫道。

「我的意思正要逐漸的顯現出來，」陳查禮告訴他道，隨即下了計程車。「麻煩你到俱樂部的大門口等我回來，守護天使會很嫉妒那種有資格走進大都會俱樂部的人，那裡正是我的目的地，但是請你千萬確保我不至於被屏斥於大門外。」

「我會留意的。」寇克承諾說。

寇克坐著計程車趕到俱樂部，腦中縈繞著新的臆測和疑問。不——不可能是那樣吧，可是看陳查禮的樣子……

他抵達那棟大廈後沒多久，陳查禮就出現了，寇克引著他通過一身派頭打扮的守門員。不一時法蘭納利和杜夫也到了，隊長露出一副自己的判斷比較高明的樣子。

「我認為這又是在追天邊的野鴨子，分明就是大海撈針嘛。」他懊惱的說。

「如果那隻鴨子有了警覺，我想就會如此，」陳查禮告訴他。「所以我們必須要有東方人的鎮靜，你夠不夠鎮靜呢？我們說不定要在這裡混到半夜呢。」

「那真是愉快呀！」法蘭納利回答道：「嗯，我會等個一下子。可是你要記住，這可是你最後一次機會了。」

「這也是你重大的機會，」陳查禮聳聳肩說：「你必須記住，我們要是在這裡犯下了錯誤，不啻是在眾目睽睽之下上吊。寇克先生，我已經挑好了隱密的角落，咱們可以在那邊蹲伏下來，不至於被人發現。我指的是辦公室後面的小房間，那裡的門正對著寄物處的側面。」

「好的，我知道你指的地方在哪裡。」寇克把經理找來，於是四個人被引入裡面的一個房間，那房間正好無人使用，有一點暗暗的。椅子搬了過來，除了陳查禮之外，其餘三人都坐下來，這位矮個子中國偵探調度了一番，讓這三位同伴都能夠對寄物處一目瞭然。在寄物處那裡，陳查禮今天早上認識的朋友李彼德正坐在櫃台後面，很專心的看著一份報紙。

「請等我一下！」陳查禮說，他從開向寄物處後頭櫃台的門走出去，低聲跟老李簡短的談了幾句話，坐在暗處的三個人看到他很快的向俱樂部大廳瞄了一眼，立刻匆匆回到他們藏匿的地方。

約翰・畢罕上校一如往常步履輕快的走到櫃台，寄放帽子和大衣。寇克、法蘭納利和杜夫都迫不及待的傾身向前，注視著他的一舉一動，只見他領了一個銅質的牌子，轉身離開。但是陳查禮動也沒動。

時間一分一秒的過去，其他會員也來到俱樂部裡用餐，寄放他們的物品，對那個小房間裡的幾雙眼睛絲毫沒有察覺。法蘭納利坐的那把椅子很不舒服，開始不安分的抖動起來。

「這是在搞什麼鬼？」他質問道。

「有耐心一點，」陳查禮提醒他說：「中國有句老話，時候一到，母牛肚子裡的青草就會轉化為乳汁。」

「是啊，可是我寧願把母牛搜出來。」法蘭納利咕咕噥噥的說。

「有耐心的等待，」陳查禮繼續說：「是成為一名優秀偵探的頭號要件，我這樣說對不對，杜夫探長？」

「有時候這似乎是唯一的要件，」杜夫點頭道：「我想我可以在這裡抽菸吧？」

「噢，當然可以。」寇克告訴他，杜夫這才鬆了一口氣，把菸斗拿出來。

好不容易又過了一段時間，他們反覆聽到大廳裡鋪著瓷磚的地板上，有腳步聲來來回回的走動著，俱樂部會員見面時相互問好、約定晚餐會面地點的交談，法蘭納利此時已經焦急得像是熱鍋上的螞蟻了。

「假如你這次再愚弄我的話……」他發難道。

當他看到艾瑞克．杜蘭德少校的時候，今天才剛剛受到的羞辱又被撩了起來。杜蘭德把風衣和氈帽交給李彼德保管，整個人看起來十分憂鬱的樣子。

「可憐的東西，」法蘭納利輕輕的說：「我們今天又給了他一次重大的打擊，那根本是沒有必要的。」他帶著怒意看著陳查禮，這位中國偵探正像一尊胖胖的彌勒佛縮在椅子裡。

半個小時過去了，法蘭納利頻頻觸摸著手錶上的數字。「我連晚餐也耽誤了，」他抱怨道：「還有這張椅子，簡直像個橡木桶似的。」

「現在沒有時間搬一張沙發來了，」陳查禮和氣的說：「靜下來吧，我求你。最快樂的人就是最安靜的人，我們現在才開始守候呢。」

又過了半個小時，法蘭納利開始冒煙了。「你給我們一個暗示好了，」他質問道：「我們到底在等候什麼？看在老天爺的份上，我要知道，否則我現在就要走出去。」

「拜託，」陳查禮低聲的說：「我們正在等候殺死菲德烈克．布魯斯爵士的兇手，我這樣說夠不夠？」

「不，還不夠，」隊長憤然道：「我已經對你還有你那無理的神秘厭煩透了，你手上有什麼牌，像白人一樣的放到桌面好了。這張椅子已經快把我折磨死了，告訴你……」

「別講話！」陳查禮說道，這回換他俯身向前，經由半掩著的門往寄物處注視了。其他三個人都順著他的眼光看過去。

是艾瑞克．杜蘭德少校站在櫃台前面，他把銅質的牌子丟在桌上，換取自己的大衣和帽子，牌子撞擊在桌面上發出冷冷的聲音。李彼德把衣帽交給杜蘭德，並且俯身過去，幫他穿好風衣。杜蘭德又在口袋裡摸索著，找出一張小紙牌，拿給李彼德。老先生把寄放的東西檢視了一番，拿出一只黑色皮製的公事包。

陳查禮一把抓住法蘭納利的胳臂，把還在驚疑之間的隊長向大廳拉扯過去，寇克和杜夫立刻跟了過去，四個人在大門口橫向排成一列。杜蘭德步履輕健的出現了，當他碰到攔住去路的那四個人時，不禁停了下來。

「喔，我們又見面了。」他說道：「寇克先生，你真是體貼，送了我這家俱樂部的貴賓卡，我實在非常感謝。那張貴賓卡是剛剛收到的，我想我可以經常上這裡來。」

陳查禮圓圓胖胖的臉展現愉快的光采，他伸出手臂做了一個動作。

「法蘭納利隊長，」他大聲說道：「把這個人抓起來！」

「嗄……我……我不明……」法蘭納利結結巴巴起來。

「逮捕這個叫做杜蘭德的人，」陳查禮繼續說道：「趁他手上還提著這箱資料的時候逮捕他，這箱資料很有用處，它是菲德烈克爵士遇害的那天下午，寄放到這家俱樂部的。」

【第二十章】真相大白

杜蘭德的臉上逐漸失去了所有的血色，變得像濃霧般的灰白，他站在那裡，被勝券在握的矮個子中國人攔住去路，絲毫沒有反抗的舉動。

「菲德烈克爵士的公事包，」法蘭納利大叫道，所有的猶豫一掃而空，瞬間變得十分機警而有自信。「老天爺，如果這是真的話，我們的調查工作就結束了。」他公事包拿在手裡，想要把它打開。「這玩意兒鎖住了，」他說：「我可不想把它打壞掉，這可能是非常重要的證物。」

「寇克先生還保有菲德烈克爵士的鑰匙吧，」陳查禮說：「我本來應該帶過來的，但是我不知道它們放在哪裡。」

「放在我的書桌裡。」寇克告訴他。

他們四周圍上了一群好奇的人，陳查禮轉身對法蘭納利說：「我們站在這裡只會有一個結果：被一大群人困在裡面。依我的淺見，我們應該到寇克先生的木屋裡去，我們在那裡才有可能像將麥子脫殼似的解決這個案子。」

「好主意！」法蘭納利回答道。

「我同時想要求寇克先生到電話亭打電話，要莫洛小姐火速趕到木屋裡和我們會合。在這個節骨眼如果把她拋在一邊，那將是非常對不起她的一件事。」

「那當然，」法蘭納利同意道：「去打吧，寇克先生。」

「還有，」陳查禮拉了一下寇克的臂膀，「你請她也把那個叫葛瑞絲・雷恩的電梯小姐一起帶過來。」

「為什麼？」法蘭納利問道。

「到時候就知道了。」陳查禮聳了聳肩。

當寇克從速去忙他的事時，約翰・畢罕上校走了過來，站在那裡好一陣子，研究著現場的狀況，他那莫測高深的表情絲毫未改。

「畢罕上校，」陳查禮向他解釋道：「我們在這裡抓住了殺死菲德烈克．布魯斯爵士的兇手。」

「哦，真的？」畢罕平靜的回答道。

「用不著懷疑。我想，這件事也關係著你，我可不可以請你賞個光，參加我們小小的聚會？」

「當然可以，」畢罕回答道，隨即到櫃台取回衣帽，陳查禮也跟了過去，向李彼德索取那張小紙牌，這位老先生剛才就是憑這張領據將菲德烈克爵士的財物交出來的。

寇克、畢罕和陳查禮都回到了大門口那一小群人身邊。「統統搞定了，」法蘭納利說道：「我們走吧，杜蘭德少校。」

杜蘭德遲疑了一下，說：「我並不熟悉你們的法律，不過你們是不是應該要有逮捕令嗎？」

「你用不著擔心那個，我現在是以嫌犯拘捕你，需要逮捕令的話，我也可以弄到手。不要傻了吧，跟我走。」

外面開始下起了小雨，整個城市被霧裹住了。杜夫、法蘭納利和杜蘭德三個人搭同一輛計程車，後頭陳查禮、寇克和畢罕上校搭另一輛。正當陳查禮要上車時，黑暗中跑來一個上氣不接下氣的人。

「跟法蘭納利在一起的那個人是誰？」比爾．蘭金喘著氣問道。

「就如我剛才從飯店打電話告訴你的，」陳查禮說：「我們找到了我們所要找的人。」

「杜蘭德少校？」

「沒錯。」

「太好了，我二十分鐘之內會發出緊急號外，你答應過我的話還算話吧？」

「我一向遵守承諾。」陳查禮告訴他說。

「那，畢罕呢？」

陳查禮看了一眼暗暗的計程車內部。「他跟這件事無關，是我們先前搞錯了。」

「噢，那太可惜了。」蘭金說道：「好吧，我要先走了，稍過一會我會回來問詳細的情形，非常非常的謝謝你。」

陳查禮矮胖的身軀鑽進計程車裡，車子駛往寇克大廈。

「我有一個小小的希望，」矮個子偵探對寇克說：「希望你已經原諒了我的罪過，我是指你那封裝著大都會俱樂部貴賓卡的信，我耽擱了那麼久才送去給杜蘭德少校。」

「噢，我當然不會計較。」寇克告訴他說。

「因為他要是那時候就進了大都會俱樂部，我可還沒準備好。」陳查禮補充道。

「嗯，我剛才整個人都涼了，」寇克說：「你一定注意他相當久了。」

「這些我等一下會解釋清楚，倒是有一點我現在覺得滿得意的，那就是全世界最不希望伊芙·杜蘭德被人發現的，便是杜蘭德少校。」

「噢，天吶，為什麼？」寇克問道。

「唉，我可不是個會變魔術的人噢，這個問題我希望等一下會真相大白，說不定畢罕上校會讓我們明白吧。」

在幽暗的車廂裡，上校說話的聲音平靜而冷淡。「我有點厭倦撒謊，」他說道：「我可以讓你們明白真相，但是我不打算這麼做。你們明白嗎，我曾經許下了承諾。陳警官，我也跟你一樣，寧可信守承諾。」

「你我有許多特點滿相像的。」

子了。」

畢罕笑了起來。「對了，你告訴記者說我沒有涉入這個案子裡面，真的是太給我面子了。」

「我只希望，」陳查禮回答道：「等一下的場面不至於埋沒掉我的寬宏大量。」

他們在寇克大廈門前下車，坐電梯上了樓頂的木屋，帕拉岱斯已經讓法蘭納利、杜夫和他們的嫌犯進去了。

「你們也來了，」法蘭納利高興的說：「寇克先生，把鑰匙找出來吧。」

寇克走到書桌旁，拿出了菲德烈克爵士的好幾把鑰匙，隊長和杜夫都站在他的身邊，迫不及待的拿著鑰匙試那個手提箱。陳查禮在一張椅子的邊緣坐下，他那小小的眼睛注視著杜蘭德少校。杜蘭德坐在客廳一角，垂著頭，直直的看著腳底下的地毯。

「我的天吶！」杜夫大聲叫道：「這是菲德烈克爵士的皮箱，一點都沒有錯。而這個……對的，這就是我們所要找的，」他拿出一疊紙來，上頭的字都是用打字機打的。

「這是他有關伊芙．杜蘭德的記錄。」

杜夫調查員開始饑渴的閱讀起來，法蘭納利轉向杜蘭德。

「我說，少校，這下可把你打敗了，領這個手提箱的牌子你是從哪裡拿的？」

杜蘭德沒有回答。「我來替他回答好了，」陳查禮說：「那天晚上他殺死菲德烈克爵士的時候，從爵士口袋裡面找到了那張牌子。」

「你在此之前來過舊金山，少校？」法蘭納利追問道。

杜蘭德仍舊連頭也沒有抬起來。

「他當然來過，」陳查禮笑道：「法蘭納利隊長，現在記者隨時隨地都會把你圍住，急著想要問你是怎麼抓到這個危險人物的。我是不是應該把這件事情告訴你比較好，這樣你才能回答得恰當些？」

法蘭納利目光灼灼的看著他，說：「那就需要你多費心了。我們想來想去，這件事不知要從什麼地方開始問起才好。」

杜夫忽然抬起頭來。「我建議你從你什麼時候開始懷疑杜蘭德開始說起。」他說，然後又繼續埋首閱讀手上的文件。

陳查禮點點頭。「我開始對杜蘭德起疑，就是在這個客廳，他從芝加哥抵達舊金山的那個晚上。隊長，你有沒有聽說過……別害怕，這次不是什麼古老的諺語。你有沒有聽說過中國人是相信心靈感應的民族？這是真的。一個表情，一個手勢，一個說話的音調，總有和內在相應的。當我聽到寇克先生說要送一兩家俱樂部的貴賓卡給這位少校，我就從上校突兀的熱情回答中得到一陣警訊，我立刻問我自己，這位少校對於舊金山的紳士俱樂部是不是有特殊的興趣？看那個情形似乎是的。那樣的話，這個人是不是我們所要找的人呢？不會吧，他怎麼可能。假如他是跟我們這位優秀的杜夫探長迢迢千里從紐約趕來這裡，那就不可能。

「可是呢，我就勸我自己說，在這個地方停下來，好好的想一想。杜夫探長針對這點是怎麼講的？他說他在芝加哥下了二十世紀特快車，才發現這位少校也是坐同一班列車來的。我問我自己，像杜夫這麼聰明的人，在這一輩子中是不是曾經被人家矇騙過。承蒙杜夫探長慷慨的請我去吃晚飯，我們找地方坐下來的時候，我就大膽向他試探這個問題。我很客氣的問他，當二十世紀特快車從紐約開往芝加哥的時候，他有沒有親眼看到杜蘭德少校在同一班火車上？他說沒有，他沒看見。他是在芝加哥車站看到杜蘭德的，而杜蘭德卻說他自己也是搭杜夫探長剛下車的那班火車到達這裡的，並且聲稱他自己也要到舊金山去。這就是說，他們在同一天晚上，搭同一班火車到西海岸來。

「當時有件事是有可能的，也就是一個人可以重複自己的旅程。我們以謀殺案發生後的時間來推算，這位少校很有可能展開這樣的行程。於是我就更深入的思考杜蘭德這個人，想起那次中午聚餐的時候，菲德烈克爵士告訴我們伊芙．杜蘭德這個案子，他有一件事忽略掉了，我當時也注意到了。他說當他打算前往白夏瓦，調查伊芙．杜蘭德這個案子時，曾經先去拜訪這個女人的叔叔喬治．曼諾林爵士。但是這個女人的丈夫人也在英國，他對這個案件的了解應該要比那位叔叔還要多才對，那麼，當時菲德烈克爵士為什麼不去請教這個做丈夫的呢？我覺得此事大有文章。

「我從頭到尾一直對大都會俱樂部的年度手冊念念不忘，那本冊子是菲德烈克爵士臨死之前從他的手上掉落下來的。後來寇克先生很好意的帶我到那個俱樂部吃飯，他還把一個手提箱寄放在那裡。我注意到寄放衣服帽子，服務人員給的是一個金屬牌子，但是寄放手提箱給的是紙牌子，上面還有那位李彼德用顫抖的手寫下寄放的物品名稱。我的心中因此出現一道亮光，猜想菲德烈克爵士會把我們急著尋找的檔案資料寄放在那裡，而領取寄放物品的牌子在他死時就放在口袋裡。但是這個紙牌被兇手拿走了，兇手相當聰明，他最後終於明白他急著要找的文件放在哪裡了。但是教兇手感到束手無策的是，俱樂部的大門管制得十分嚴格，只有會員和持有貴賓卡的人才能進入。他在失望之餘只好逃之夭夭，但是除非他把那張紙牌子能夠換取的東西領出來，否則那玩意兒永遠是他心裡頭的夢魘。他非常想那麼做，但風險太大了。

「然後很有利的證據出現了，那雙絨布拖鞋在辦案的過程中又回到我們手上，是用一張報紙包著的，報紙的邊緣有一些數字，有部分被撕掉了，那是兩個金額的合計——七十九加二十三等於一〇三——只能看到元的部分，角和分的部分被撕掉了。我於是到鐵路局的辦公室去了解，因為我認為報紙被撕去之前一定留下了完整的數字。結果是這樣：七十九點八四加二十三點六三等於一〇三點四七，這又是什麼呢？它是坐火車到芝加哥便宜座位的票價。然後這個人在謀殺案發生後次日的星期三早上，將這雙拖鞋遺棄在通往奧克蘭的渡船上面，再搭乘火車從奧克蘭到芝加哥。做這件事的人我最懷疑的是誰呢？就是杜蘭德少校。

「我越想越深，非常多的想法在我這個不是很聰明的心裡頭串來串去。我把火車的時刻表拿來研究，假設杜蘭德少校是在星期三中午搭火車離開奧克蘭的，那他將會在星期六早上九點抵達芝加哥。他還是對那只手提箱放心不下，但是他的上策還是應該要往東走，趕快到達拉莎利街的車站後換火車去紐約。結果他到達芝加哥的時候，看到杜夫探長正從二十世紀特快車下車，他們兩個曾經在巴黎見過面，他腦筋動得很快，立刻想到一個好主意。首先他要給杜夫一個他是從同一班火車下車的印象，然後在這位蘇格蘭警場探員的陪伴下回到加州，那樣的話，誰還會對他起疑呢？所以我們不明就裡的杜夫探長，竟親自陪著殺人兇手回到謀殺案的現場。

「這些似乎是滿合乎邏輯的，但是這些都圍繞著一件事情打轉——菲德烈克爵士有沒有把手提箱寄放在俱樂部裡呢？所以我今天早上去拜訪李彼德，他是大都會俱樂部寄物處的管理員，在獲悉菲德烈克爵士遇害那天確實有把東西存放在那裡時，我簡直克制不住滿心的歡喜。這樣說來，菲德烈克死去時的手勢，是要喚起我們注意這個事實了，他設法把基本線索交給我們——真的是非常了不起的一個人！我當時真是愛不釋手的撫摸著這個手提箱，看到上面已經積下了灰塵，而裡面無疑是非常重要的情報資料。但是我並不急著想打開這個手提箱，而是想設下一個圈套。我有無限的渴望，想要法蘭納利隊長看見這個人在寄物處，手上提著這個手提箱的樣子。這樣的證據是不容狡辯的。

「所以我非常愉快的離開大都會俱樂部，這件事已經清晰的攤開來了。我還沒有發現杜蘭德少校犯案的動機，但是我很肯定他會不惜殺人，來阻止他那失蹤的太太被人找到。他來到美國，並不是因為菲德烈克爵士拍給他的電報而來的，那是個謊話，菲德烈克爵士要的並不是他。但是他已經得知，可能是從他太太的叔叔那裡得知，菲德烈克爵士正在著手把他太太的失蹤之謎揭發出來。為了一個現在尚未明瞭的原因，他決定不能使這件事發生，所以他和菲德烈克爵士同時來到了舊金山。他找到這位大偵探的住址，知道了辦公室在什麼位置，觀察著他的機會。為了防止這位偵探把他太太的事揭露出來，有兩件事是必須做的：他必須把這個案子的檔案摧毀，並且殺死菲德烈克爵士。他決定先從檔案下手，所以在寇克先生請吃飯的那天夜晚，他強行進入了辦公室，沒有被任何人看到。他正在到處找東西的時候，菲德烈克爵士穿著絨布拖鞋輕輕的走進去，把他嚇了一大跳。這下他的機會來了，菲德烈克爵士並未攜帶武器，於是他開槍將爵士打死。但是他的工作只完成了一半，於是他拼命搜尋那份檔案，結果沒有找到。但是他找到了那個手提箱的領取紙牌。他重施故技，處心積慮的想進入那家俱樂部，但是卻沒有膽量那麼做。當他想要換搭另一班火車逃跑時，那張紙牌正在他的皮夾子裡發燙呢。假如他能夠回到舊金山的話，該有多好啊！而在芝加哥，他的大好機會上門了。

「根據這所有的想法，我於是設下了今天晚上的圈套，結果殺害菲德烈克．布魯斯爵士的這個人自投羅網了。」

杜夫探長抬起頭來，他似乎是閱讀和聆聽同時進行的。「聰明、做苦工和運氣，」他評論道：「這三項是解決一個犯罪案件的要素。我想要就我的觀點補充一下，在這個案子裡頭，那三個要素之中最為關鍵的是聰明。」

陳查禮鞠了個躬。「你這樣的評論，我會一輩子視若珍寶，引以為榮。」

「是的，這真的非常好，」法蘭納利十分吃味的承認道：「非常的好。但那是不完整的。那雙絨布拖鞋呢？希拉利．高特呢？高特的案子是怎麼跟這整件事扯在一起的？」

「我可沒那麼貪婪，」陳查禮笑道：「這些留給法蘭納利隊長敏銳的頭腦解決吧。」

法蘭納利轉向杜夫探長。「也許那在檔案裡頭吧？」

「我只看了一半，」杜夫回答道：「裡頭只提了一次希拉利．高特，說高特律師被殺死的那天，造訪高特事務所的人裡面，艾瑞克．杜蘭德是其中之一。艾瑞克．杜蘭德上尉——他那個時候是這個官階。如果要知道這是什麼意思，我還要繼續看下去。」

「有一件事你讀到沒有？」陳查禮問道：「菲德烈克爵士知不知道我們懷疑的女人裡面，哪一個是伊芙．杜蘭德？」

「他顯然還不知道，只知道這個女人在寇克大廈裡面，他似乎滿傾向於麗拉．巴爾小姐的。」

「噢，那他知道伊芙．杜蘭德是如何逃離印度的嗎？」

「那毫無疑問，他曉得。」

「他知道那個女人是與駱駝商隊一起走的嗎？」

「的確是駱駝商隊，穿越開伯爾山口，在約翰．畢罕上校的陪伴之下。」杜夫點點頭說。

他們都看向上校那邊，只見他默默無言的遠遠坐在客廳的一角。「這件事是真的嗎，畢罕上校？」法蘭納利問道。

這位探險家低了低頭。「這件事我無法再否認了，是真的。」

「那你說不定知道……」

「不管我知道什麼，我都不能自由自在的講。」

「假如我把你……」法蘭納利勃然道。

「當然啦，你可以試試看嘛。但是你不會得逞。」

門打開了，莫洛小姐急匆匆的穿過玄關，跟她在一起的還有那位電梯小姐，是珍妮．傑洛姆？瑪麗．蘭特兒？還是葛瑞絲．雷恩？不過她叫什麼名字，總之她進來了，而且兩眼直直的看著艾瑞克．杜蘭德。

「艾瑞克！」她失聲叫道：「你做了什麼事？噢，你怎麼可以……」

杜蘭德抬起頭來，用充血的眼睛看著她。「妳離我遠一點！」他陰沈的說：「走開！妳除了一直帶給我麻煩外，其他什麼都沒有。妳給我走開，我恨妳！」

那女人後退了兩步，被他語氣中的恨意嚇到了。

陳查禮走到那個女人身邊。「對不起，」他和氣的說道：「也許妳已經知道了這個消息了吧？殺死菲德烈克爵士的是這個姓杜蘭德的男人，他是妳的丈夫吧？是不是？」

女人一下子坐到椅子上，兩隻手蒙住了臉。「是的，」她哭泣道：「他是我丈夫。」

「妳真的是伊芙．杜蘭德？」

「是……是的。」

陳查禮嚴厲的看著法蘭納利。「現在真相大白了，」他說道：「你聽信一個中國佬的話，終究不算是丟臉吧。」

【第二十一章】伊芙・杜蘭德發生了什麼事？

法蘭納利十分憤怒的轉向伊芙・杜蘭德。「妳一直都曉得？」他大聲說道：「妳知道杜蘭德少校之前來過這裡，他對菲德烈克爵士下手的那天晚上妳有看到他……」

「沒有，沒有，」她辯白道：「我並沒有看到他，我做夢也想不到會有這種事。而且那天晚上他如果知道我在這棟大廈裡面的話，他就會很小心的避開我。因為我如果看到他……我如果知道是他的話，那就是最後攤牌的時候了。我一定會說，我一定會立刻把這整件事情說出來。」

法蘭納利稍稍平靜下來。「好吧，我們回到前面好了。妳總算承認妳就是伊芙・杜蘭德，十五年前在白夏瓦，妳逃離了妳的丈夫，跟著這位畢罕上校的駱駝隊一起走……」

那女人吃驚的抬起頭來，她這下才看到了這位探險家。「那一點也不假，」她輕輕的說：「我的確是跟畢罕上校走的。」

「跟另外一個男人跑走了，棄妳的丈夫於不顧？為什麼？妳是跟上校談戀愛了。」

「才不是！」她的眼睛噴出火花，「你不可以那樣想！畢罕上校做的是慈善義舉，一個無私的義舉，他絕不能為了這件事受到傷害，我在很久以前就發過誓了。」

「算了吧，伊芙，」上校說道：「我不會受到傷害的，不要因為我的緣故把妳那件事說出來。」

「那的確是你的為人，」她回答道：「可是我堅持要說出來。我曾經說過，要是我被人發現的話，我就會把所有的事統統說出來。而艾瑞克現在已經做了那樣的事情，再也無所謂了。噢，我終於可以放心的把那件可怕的事情全部講出來了。」

她轉而面對法蘭納利。「這件事我必須從頭開始說起。我的父母親在我很小的時候就死了，我是在德文郡由我的叔叔和嬸嬸扶養長大的。我一直不太快樂，因為我叔叔的觀念很舊，他的本意很好，是個好人，但是我們就是合不來。後來我就遇到了艾瑞克，他是個很浪漫的人，我非常的愛他，那年我只有十七歲，到了我十八歲生日的時候，我們結婚了。他分發到一個部隊單位，駐紮的地點在白夏瓦，而我跟著他一起過去。

「早在我們還未抵達印度之前，我就開始後悔我所做的事了。我很遺憾當初沒有聽從我叔叔的話——他非常反對我們結婚。我發現艾瑞克在英挺的外表底下，人品十分卑鄙下流，經常賭博、酗酒，他的本來面目把我嚇壞了——他事實上十分暴戾、粗野，是個騙子。

「我們到達白夏瓦後沒多久，從倫敦那裡寄來很多封信，那些信的信封都髒髒的，地址上的筆跡像是沒唸過什麼書的人寫的，我丈夫看了這些信之後似乎非常震怒，每當它們出現他便無法克制自己。我覺得十分困惑，開始提高警覺。結果有一天，也就是我們到山上夜遊的那一天，當時艾瑞克不在，有一封這樣的信送到我手裡。那時候我的情緒非常低潮，我很清楚當艾瑞克看到這封信時，他會有怎樣的爆炸性反應。我猶豫了很久，還是把信拆開來看。

「自從看了那封信之後，我的生命便徹頭徹尾的改變了。那封信是倫敦一棟辦公大樓的門房寄來的，上面說他需要更多的錢，而且要立刻寄去。他並沒有拐彎抹角，而是開門見山的提出要求。事情再明白不過，艾瑞克——我的丈夫遭到這個門房的勒索，他必須付錢，才能使那個人守口如瓶；如果他不付錢，那個門房就要把事情抖出來，因為在一年前的某個晚上，那個門房看到他從倫敦的一家事務所裡出來，而希拉利．高特律師就倒臥在那家事務所裡面，頭部中彈死了。」

伊芙．杜蘭德停頓下來，努力了一番才繼續說：「這樣說來，我丈夫是因為殺死了希拉利．高特才會遭人恐嚇。過了不久，他看起來心情挺愉快的回家來了。我對他說：『我要馬上離開你。』他問為什麼，我於是把那封拆開來的信拿給他看。

「他的臉色灰黯下來，人整個崩潰了。他馬上跪下來，趴在我的腳邊不斷向我哀求。不必我開口問，他就把這件可怕的事情全部說了出來。希拉利．高特和我叔叔喬治．曼諾林爵士是多年的老朋友，發生事情的那天早上，這位律師把艾瑞克找去，告訴他說，如果他執意要跟我結婚的話，那他——我是指高特先生——就會到我叔叔那裡，把艾瑞克過去所有的敗行劣跡告訴我叔叔。艾瑞克當時聽完之後就離開了事務所，到了晚上，他偷偷跑回去，殺死了希拉利．高特，而在離開的時候，卻被那個門房看到了。

「他說他是為了愛我才做下那件事情的。因為他必須要得到我，因為他下定決心，沒有任何事情可以擋住他的去路，而我必須原諒他……」

「對不起，」陳查禮打岔道：「在那個不愉快的時刻裡，他有沒有提到一雙絨布拖鞋？」

「有的。在……在殺死高特先生之後，他看到一張椅子上面放著那雙拖鞋，他知道蘇格蘭警場的人一向十分注重基本線索，於是立意弄出一個基本線索來。那個基本線索本身必須沒有任何意義，又能夠使焦點從他身上轉移開，所以他脫掉了希拉利·高特的皮鞋，把拖鞋穿上去。我想，他可能還覺得相當得意吧。唉，他一向十分聰明，卻都用在不正當的用途上。他很驕傲的吹噓他做下的事情，又津津樂道的說他把蘇格蘭警場耍得團團轉。然後他再度的哀求我，說他是為了我才做那件事的，要我絕對不能說出來。只要我不說，而我又是他的太太，任何人也不能強迫我說。天地良心，我真的不想說出來，我所想的就是離開他。於是我又說我要離開，他就說：『那我第一個先把妳殺死。』這話他可不是隨隨便便講的。

「於是我參加了那次的夜遊，而我整個人生已是支離破碎，狂亂、失序與憂懼。畢罕上校也參加了那次夜遊，我以前曾經見過他一次，他是一個好人，一個正人君子，而艾瑞克正好相反。上校第二天就要離開了，我於是靈機一動，要他務必帶我走。因此我提議玩捉迷藏的遊戲，先前我已經跟上校講好了，要他到一個特定的地點找我。他來了，我請他承諾永遠不把這件事講出來，我還向他解釋我的處境有多麼可怕。如果我試圖公然離去的話，我擔心也確信艾瑞克會把威脅付諸行動。畢罕上校人真的非常好，他把每一件事都安排得非常妥當，我在那個小山丘上躲了一整個晚上，到了黎明，他和李剛坐著馬車來了，那馬車是他臨時增添的，等到我們穿越開伯爾山口之後再把它遺棄。於是我就躲在那輛篷車裡，等到通過開伯爾山口之後，我便展開了最為精彩的探險活動，從來沒有一個女人有過我這樣的經歷。我坐在一隻駱駝上，花了八個月的時間跋涉過那個蠻荒的國度——極目所望除了夜晚的星空、沙暴之外，便是無窮無止的沙漠，空曠而神秘。來到德黑蘭郊外，我脫離駱駝商隊，隻身一人去到巴庫，再輾轉到義大利。八個月過去之後，正如我所說的，所有的風風雨雨都平息下來。

「但是我現在明白我做的是什麼事了。畢罕上校是個英雄，走到任何地方都受人尊敬，假如我如何離開印度的事讓人知道了怎麼辦？他再也無法展開單單純純的探險行程了，因為這是一個十分諷刺的世界。畢罕上校做了一項義舉，一個騎士的行為，卻會陷入一種處境，在全世界人的眼光下，變成和別人的老婆私奔的人。假如這件事被人曉得了，上校輝煌的探險事業就會被摧毀無遺，所以這件事絕對不能讓外人知道，我老早便下定決心要堅守這一點。」

「妳也的確做到了，」畢罕輕輕的說。「各位在座的先生，你們剛剛都聽到了我這件所謂騎士的行為，但是跟伊芙・杜蘭德勇敢的行徑比起來，實在是無足輕重。」

「首先，」那女人繼續說：「我寫信給艾瑞克，告訴他休想要找到我——為了他自己著想。我說如果我被人發現了，如果我如何離開印度的事曝光了，那我一刻也不會猶豫，會立刻為畢罕上校洗刷污名，把我為什麼要離開印度的事講出來，我會說我是因為發現自己的丈夫是一名殺人兇手才離開的。艾瑞克並沒有答覆我，但是他一定收到了我的信。從那之後，他沒有試圖去找我，可是他也不要任何人找到我——就像他這些天來證明給你們看的。」

她停頓了一下。「這就是全部的事實了。我……我這件事情掙扎得很辛苦。我賣掉了首飾，每天過日子只等著時間的流逝。之後我到了尼斯，使用瑪麗・蘭特兒的化名，在一個歌劇團混得一席之地。而就在那裡，我首度察覺到有另一個男人在追查我的行蹤——那個人從不罷休。蘇格蘭警場的菲德烈克・布魯斯爵士負責調查希拉利・高特謀殺案，他知道艾瑞克在謀殺案發生的那天曾經去過高特的辦公室，當他在報上看到我在印度失蹤的消息時，他一定嗅到了兩者之間的關聯。有一天晚上我從尼斯的那家戲院出來，從蘇格蘭警場來的一位調查員在英國人散步大道叫住了我，他說：『妳就是伊芙·杜蘭德。』我立刻予以否認，並且逃走了，設法到達馬賽。然後我從馬賽到了紐約，想盡辦法改變我的外貌，主要是改變頭髮的顏色，並且用珍妮·傑洛姆的化名，在流行服飾公司當模特兒。結果蘇格蘭警場又在追查我的行蹤，我不得不連夜逃走。最後我來到舊金山，灰心已極，身無分文，而後在坐渡船時，遇見了海倫·脫普—布洛克太太，她是我從前在德文郡的鄰居，她實在是太好了，為我在這個地方謀到一份工作。我過得很快樂，直到菲德烈克·布魯斯爵士來到這裡，他仍然在追查這個老案子。」

杜蘭德緩緩的站了起來。「我想妳這下可滿意了！」他聲音沙啞的說。

「噢，艾瑞克……」

「妳把我給毀了，這下妳該滿意了。」他紅紅的眼睛幾乎要噴出火來。「妳可把妳那個天殺的加拉罕爵士的名譽挽救了。」

「你準備要認罪囉？」法蘭納利大聲說道。

杜蘭德絕望的聳了聳肩。「我為什麼不？還有什麼能留下來的？」他把惡毒的眼睛轉向陳查禮。「這個惡鬼所講的每一件事都是真的，我實在太佩服他了。我還以為我這個人很聰明，可是卻被他打敗了。」他的聲音變得歇斯底里起來。「菲德烈克爵士是我殺的，我為什麼不該殺他？那是我唯一的選擇。他站在那裡笑嘻嘻的看著我，我的天吶，他究竟是怎樣的一個人！他從不放棄，絕不罷手。十六年了，他還在追著我跑。都十六年了，他竟然不肯忘掉。沒錯，我殺了他！」

「那雙絨布拖鞋呢？」陳查禮輕聲的問。

「我多年前離開那間辦公室的那雙拖鞋就穿在他腳上，我開過槍之後才看到絨布拖鞋，那時候我驚慌起來。它們就像一項判決——我的標記——穿在菲德烈克爵士的腳上，一直指著我。我因此把它們脫掉，帶走它們。我……我不知道要拿它們做什麼。我的驚慌後來消失了，可是我已經殺了他。對，我殺了他！我已經準備好還他一命了，但卻不是你們所想的那種方式。」

突然間他轉了個身，用身體撞破了法國式落地窗，滾到木屋外頭的花園裡去。

「太平梯！」法蘭納利大叫道：「把他攔住！」

隊長、杜夫和陳查禮都追了過去。陳查禮跑到了左邊的太平梯前，但那不是艾瑞克．杜蘭德今天晚上想跑的方向，他跳過欄杆到了花園外側。一時之間，他那高大的身軀彷彿停頓住了，朦朧的天空襯托出一個黑暗的翦影，隨後在無聲之中消失了。

三人跑到欄杆旁邊，看向下面。在底下的地面，不太明亮的街燈照出黑黑的一團東西，一群人開始圍了過去。

【第二十二章】返回夏威夷

他們追捕脫逃嫌犯的行動就此悲劇性的落幕，三個男人慢慢的走回木屋的客廳裡。

「唉，」法蘭納利說道：「他就這樣沒有了。」

「他逃跑了嗎？」莫洛小姐失聲嚷道。

「逃離了這個世界，」法蘭納利點頭道，伊芙．杜蘭德聽了不禁低聲哭泣起來，莫洛小姐攬住她的肩膀予以安慰。「我必須到樓下處理這件事了！」法蘭納利又說道，隨即走了出去。

「親愛的，我們最好回家吧！」莫洛小姐輕聲勸道，她和伊芙．杜蘭德向玄關走去，寇克跟過去為她們開門，他有很多話想要說，但是在這種情況下沈默似乎是唯一能做的事。

「我開車送妳們好了！」他提議道。

「噢，不用了，謝謝你，」莫洛小姐回答道：「我們會叫計程車的。」

「那，祝你們晚安吧，」他沈重的說：「希望能很快再看到妳。」

當他回到客廳時，畢罕上校正在講話。「除了這條路之外，他也沒有別的好選擇了，就這樣走完了一生，多麼失敗呀！唉，可憐的杜蘭德少校！」

杜夫靜靜的添加菸絲，心情毫無起伏。「對了，有一件事情提一下也好，」他說道：「我早上收到一份有關他的電報，他在十年前遭英國陸軍很不名譽的開除了，他是否還擁有少校的職銜搞不好還是個問題，不過你想必知道這件事吧，畢罕上校？」

「是的，我知道。」畢罕回答道。

「你知道的事情那麼多，」杜夫繼續說道：「但卻沒有講出來，那你星期二那天晚上在底下那層樓到底幹什麼？」

「就像我告訴法蘭納利的那樣，我是到樓下告訴李剛不必等了。」

「我不懂，為什麼你不是到樓下和伊芙．杜蘭德談話？」

上校搖搖頭道：「不是那樣，我先前已經和伊芙談過話了。你知道嗎，吃那頓晚餐的好幾天之前，我總算找到了伊芙，我失去她的消息已經有十年了，後來有謠傳她在舊金山，我才會到這裡來。至於我之所以到樓下去的目的，我先前已經講過了，是有話要告訴李剛。」

「第二天你就送他坐船去檀香山？」

「是的，我是這麼做的，那是伊芙所要求的，我在兩天前就安排了。伊芙聽說菲德烈克爵士對他感到興趣，擔心會發生什麼意外，把我的下一個探險計畫搞砸了。這件事根本沒有必要，李剛什麼話也不會講的，但為了教她安心，我就依照她的要求做了。」

杜夫十分不以為然的看著他。「你明知杜蘭德幹下了一起謀殺案，但卻一點都沒有告訴警方，你是不是在玩遊戲呢，畢罕上校？」

畢罕聳了聳肩。「是的，我想是吧。我很清楚那是在玩遊戲。可是菲德烈克爵士被殺的那個晚上，我做夢也沒有想到杜蘭德會在舊金山。而就算我知道他在這裡……嗯，你也知道……」

「我看我並不了解。」杜夫反駁道。

「其實我並沒有非要向你解釋不可的理由，」畢罕接著說：「不過，我還是講出來好了。事情發生在我們橫渡阿富汗和開佛爾沙漠的那趟長途旅程，伊芙表現得十分勇敢、毫無怨言，我……我愛上她了。這是我的第一次，也是最後的一次。從那時候起她……所為我做的事，唉，讓我更加崇拜她。可是這件事我從來沒有告訴過她，我不知道她心裡在不在乎我這個人。只要杜蘭德還活著，從某方面而言，他可以說是我的敵人。而我要是把他打倒了，那我當初做這件事情的動機又是為了什麼呢？我實在沒辦法搞得懂我自己，我是有建議伊芙把那件事說出來，但是我並沒有堅持，你知道嗎，我就是沒辦法那麼做。我必須讓她來決定。那天晚上她從法蘭納利手下的監視下逃走的時候，我是幫了她的忙。假如她所想要的就是那樣的話，我也不得不同意。你說得沒錯，杜夫探長，我的確是在玩遊戲，從我的立場來看就是如此。」

杜夫聳了聳肩。「真是很高貴的情操，」他說道：「不過，我也只能祝你好運了。」

「謝謝你，」畢罕回答道，他拿起了他的大衣。「有一點我想要說的是，當然這是出於自私的動機，我真的很希望你們能把他抓到。結果在座的這位陳警官看穿了其中的奧妙，並沒有讓我失望。陳警官，我要衷心的向你祝賀，不過我對你的同胞還算是相當了解——你能偵破這個案子，我一點都不感到驚訝。」

陳查禮向他鞠躬，謝道：「你這些誇獎我會永誌不忘。」

「我想我得走了！」畢罕說完之後便走了。

杜夫捧起了菲德烈克爵士的手提箱。「陳警官，也許你想看一下這些檔案吧。」

陳查禮愣了一下，「對不起，你說什麼？」

「我是說，也許你想要瞄一眼菲德烈克爵士的檔案吧？」

陳查禮搖搖頭說：「我的好奇心就像一盆火被傾盆大雨整個澆熄了。菲德烈克爵士所描述的那塊帷幕，我們既已看到它的背後，這樣我已經很滿意了。我現在最苦惱的是，一直要到下個禮拜三，才會有船開往檀香山，中間這五天我真不知該怎麼過才好。」

杜夫不禁大笑起來。「好吧，這份檔案我已經很快速的看完了，」他繼續說：「在倫敦的那位大樓門房，菲德烈克爵士曾經跟他的一些朋友談過話。在蘇格蘭警場知道有這個人之前，他已經死了，他朋友所能提供的證詞也十分含糊，沒辦法在法庭前提出來作證，因此需要伊芙·杜蘭德的確實陳述，而那也正是菲德烈克爵士不惜任何代價所要得到的。」

「菲德烈克爵士是怎麼知道伊芙・杜蘭德人在舊金山？」巴利・寇克問道。

「脫普—布洛克太太寫了一封信給人在上海的姑媽，他是從那封信中得到那個情報的。這裡有一份那封信的複本，脫普—布洛克太太在裡頭說，伊芙・杜蘭德人在舊金山，並且在寇克大廈工作。寇克先生，這也解釋了他為什麼要和你攀上關係。但是他無法認出伊芙・杜蘭德來，他是抱憾而終的，真是可憐。他本來選定的人是麗拉・巴爾小姐，卻又不敢向脫普—布洛克太太旁敲側擊，因為擔心伊芙會再度從指縫中溜走。那天吃晚飯的時候他設下了一個陷阱——辦公桌沒鎖，保險箱打開，他非常希望有誰會偷偷摸摸的進去，到處找找看個究竟。設陷阱這件事以及指認珍妮・傑洛姆或者瑪麗・蘭特兒的事，他倒是相當有信心。」

「假如他能活下來的話，他就贏了。」陳查禮說。

「無疑是如此。在白夏瓦，他對於伊芙・杜蘭德如何離開印度的調查感到相當滿意。只要能找到她，爵士就會把自己所知道的事告訴她，而她大概也會把自己的故事講出來吧，像她今天晚上在這裡就這麼做了。只要找到了伊芙・杜蘭德，爵士長期追查希拉利・高特謀殺案兇手的工作，就可以結束了。唉，可憐的菲德烈克爵士！」杜夫拿起了大衣，寇克幫他穿上。「這個手提箱我要帶走，對蘇格蘭警場來說會相當有用。」他伸出手來，「陳警官，我跑了這麼長的旅程，光是能夠認識你，就已經值回票價了。你哪一天如果能夠來倫敦的話，我會帶著你參觀那個地方，向你介紹那裡的工作情況。」

陳查禮露出了微笑，說：「你太客氣了。但是送信的郵差卻總在休假的日子裡走得腿都快斷掉了。這樣說吧，這位郵差下次又休長假的話，也一定會有一枝大號的槍指著他，逼他去做同樣的事。」

「那我一點都不會懷疑，」杜夫答道。「寇克先生，很高興認識你。再見，祝你們二位好運。」

寇克送他出去，回來時，陳查禮正站在窗戶旁邊，觀看著高樓大廈的屋頂，隨後忽然轉過身來，「我現在去打包行李。」

「咦，你不是還有五天才要走嗎？」寇克問道。

陳查禮搖搖頭。「做客太久會像不吃的魚那樣壞掉。你對我實在太好了，再好下去我會覺得不舒服的，我立刻搬走。」

「噢，那怎麼行，」寇克大聲說道：「我們那個老帕拉岱斯再過幾分鐘就會送上晚餐了。」

「拜託，」陳查禮說：「到了最後，請給我想怎麼做就怎麼做的餘裕吧。」

他走到自己的臥房，沒多久又出人意料的回來了。「行李已經收拾好了，」他往窗外望了一眼。「檀香山今晚也是明月高掛，我一直在想著住在家裡時的夜晚——長夜漫漫，促膝長談，長長的啜它一口茶，長長的睡它一覺，做一個長長的美夢。」他走到門口玄關，拿起大衣和帽子。「我不知道該如何形容我對你的謝意，」他說道，回過頭來。「在接受了你那麼殷勤的款待之……」

一陣尖銳、急促的門鈴聲持續的響了起來，陳查禮趕緊走到臥房裡去。寇克前去開門，原來是記者比爾．蘭金，他急匆匆的闖了進來。

「陳查禮哪裡去了？」他上氣不接下氣的問道。

「剛剛才進他的房間，」寇克回答道：「他馬上要走了。」

「我要好好的謝他，」蘭金繼續大聲的說道：「他真的把我變成了王子，全市的報紙都被我打垮了。而且我有一個新聞要告訴他，奧克蘭剛剛有一個女人被謀殺了，出事的現場十分詭異，還有很多稀奇古怪的線索。既然他要等到下個禮拜才離開的話……」

寇克不禁大笑起來。「這個你自己告訴他！」他建議道。

他們等了好久都不見陳查禮的人影，寇克乾脆到臥房去找他，不料卻吃了一驚，大叫起來。房間裡面居然空無一人！而通往甬道的門則打開著。他走了進去，發現通往樓下辦公室的門也打開著。

「蘭金！」他高叫道：「快過來！快來！」

蘭金趕了過來。「怎麼了？他在哪裡？」

寇克領著那位記者下樓，進到辦公室裡，裡頭暗暗的，打開電燈四下一望，他指著敞開的玻璃窗，外面是太平梯。梯子被盡可能的推開了，很不容易搆得到。

「我們這位送信的郵差，」寇克說道：「他已經完全拒絕再多走路了。」

「他居然用伊芙・杜蘭德那一招對付我們！」蘭金大叫道：「這下完了，我要倒大楣了！」

寇克哈哈大笑起來。「還好，」他說道：「我知道在哪裡找得到他——下個星期三的中午。」

為了證實這個預測，巴利・寇克到了禮拜三的上午十一點，出現在莫洛小姐那個布滿塵埃的辦公室裡，他先在花店買了一大把昂貴的紫羅蘭，交給了這位助理檢察官。

「你這是幹什麼？」莫洛小姐問道。

「噢，」他說道：「像今天這個晴朗得到處發亮的早上，碼頭裡隨便一條船都要駛往海洋中的可愛島嶼，這些花就是要祝福妳『一路平安』的。」

「可是我又沒有要坐船去哪裡！」莫洛小姐不服道。

「我們就假裝妳是好了，最起碼妳總要到碼頭吧，去拿帽子吧。」

「噢，那當然。」她拿了帽子，兩個人從陰暗的階梯走下樓去。

「你有聽到陳警官的任何消息嗎？」她問道。

「什麼消息也沒有。」寇克告訴她：「陳警官不會冒任何危險的。不過我們將會在船上找到他，這我可以用我的身家性命打賭。」

他們上車後，寇克催了一下油門。「今天早上天氣真好，」他說道：「妳要是一直關在那間陰暗的辦公室裡，外面發生了什麼事就不曉得了。我說小姐呀，春天就在我們這裡呢！」

「大概是吧。對了，你知道畢罕上校昨天晚上坐船去中國了嗎？」

「知道。那伊芙．杜蘭德呢？」

「她明天要啟程回英國，她叔叔打電報來，要她回去跟他們一起住。上校會在戈壁沙漠耗上一年，然後也會到英國去，我想他到那裡的時候，德文郡應該是春天了吧。他們似乎想把那個春天變得非常的可愛。」

寇克點點頭。「但是卻要分開一年，太糟糕了，要等好久。你手上有春天的話，就應該好好的享受啊，這是我的建議。」

他把車子駛向碼頭。這又是個啟航的日子——興奮及道別的日子，到處都是旅客和水手，還有無聊的船上服務人員，耐住性子排成一列。

莫洛小姐和寇克從扶梯登上了這艘白色大輪船的甲板。「妳只要站在欄杆這裡就好了，」寇克說：「喏，花給妳……」

「這到底要做什麼？」

「我想要看看妳扮演這個角色的樣子，等一下我就回來。」

當他回來時，陳查禮步伐輕鬆的走在他的身邊，這位中國偵探滿臉笑容，心中的滿意藏也藏不住。

「妳這個樣子實在太引人注目了。」他對小姐說。

「哇，你究竟到哪裡去了？」莫洛小姐大叫道：「我們都想死你了。」

他笑了起來，解釋道：「我藏起來了，躲避誘惑。」

「可是法蘭納利隊長把你的功勞統統搶去，那太不公平了。」

陳查禮聳了聳肩，說：「從一開始我就知道，我在這個案子所要做的，就是站在暗處把腰彎得低低的。既然如此，我又何必在乎呢？我能不能再說一遍，妳今天早上這副模樣實在太好看了。」

「她拿著花站在欄杆邊，」寇克問道：「你覺得她看起來像什麼，陳警官？」

「像一位新娘，」陳查禮會意，很敏捷的說：「像是剛剛逮到丈夫，兩個人正要快快樂樂坐船去度蜜月的新娘。」

「完全正確，」寇克同意道：「你知道嗎，她現在正在預演這個角色哩。」

「那怎麼行，我是第一次聽到這樣的話。」莫洛小姐抗議道。

「以前有一位智者曾經說過：『美麗的鳥兒總會成為籠中鳥』，」陳查禮對她說：「妳想要逃走的話，看來是沒希望了。」

莫洛小姐拿給他一個包裝好的小盒子。「這是送給另外一位巴利的禮物，這裡面有我的愛。」

「太感謝妳了，小傢伙會驕傲死了。不過妳給他的可不是妳全部的愛吧，妳總不能忽略這個名字的本尊，中國人是有心靈感應的民族，我可以感覺到這一點。我這樣說對嗎？我這一世英名可就要看妳的回答來決定囉。」

莫洛小姐笑了起來：「我很擔心……你的看法往往是對的。」

「這麼說來，這可真的是我最快樂的一天了！」陳查禮告訴她說。

「我也是！」寇克大聲嚷道，他從口袋裡拿出一個信封袋。「那件事我會安排的，我也要送東西給小小的巴利，這是我最誠摯的關懷。」

陳查禮接受了那個信封袋，裡面裝著沈甸甸的金鎖片。「你們的好意把我的心都裝滿了，」他說：「等你們帶著新婚時的欣喜到達檀香山時，將會有一個小傢伙親自來向你們道謝的。」

「那他得趕快學講話才行，」寇克回答說：「不過有你這樣的人當老爸……」

「送行訪客請回岸上」，船上最後的廣播響起了。兩人趕緊向陳查禮握手道別，轉身離去，來到扶梯處，只見四周都是送行道別的人群，擁抱的擁抱，吻別的吻別，互道最後一聲承諾與囑咐。寇克迅速的俯身過去，親吻莫洛小姐。

「噢，你怎麼可以這樣！」她嚷道。

「真抱歉，我還當妳是正要離去呢。」

「可是我又沒有要走，你也一樣。」

「這裡那麼亂，沒有人會注意的。走吧。」

他們下到碼頭後便一路跑著，直跑到可以和陳查禮面對著面的地方才停下來。這位中國偵探拿到一捲黃色的彩紙，抓住了末端，丟向莫洛小姐。

寇克很快樂的笑了起來。「假如兩個禮拜前有人告訴我說，我會去親吻一個搞法律的女人，而且很喜歡……」他接下來的話被船上鳴放的響笛聲轟轟然的打斷了。

輪船緩緩的駛離了碼頭，五彩繽紛的紙帶被拉斷了，尾端漂曳在水面上，陳查禮俯向欄杆，盡量向著岸邊。

「阿囉哈！」他高聲叫道：「我們還會再相會的！」他胖胖臉上散發著歡樂的光彩，偌大的輪船停車換舵，抖動了一下，開始向夏威夷群島駛去。

國家圖書館出版品預行編目資料

帷幕背後／厄爾・畢格斯（Earl Derr Biggers）著；劉育林譯．--初版．--臺北市：臉譜出版：城邦文化發行，2002〔民91〕

面：　公分．--（陳查禮探案全集；3）

譯自：The Chinese parrot

ISBN 957-469-716-9（平裝）

874.57　　90017237